最经典的寓言故事

盛文林◎编著

台海出版社

图书在版编目（CIP）数据

最经典的寓言故事 / 盛文林编著. 一北京：台海出版社，2011.1

ISBN 978-7-80141-729-9

Ⅰ. ①最… Ⅱ. ①盛… Ⅲ. ①寓言一作品集一世界
Ⅳ. ①I17

中国版本图书馆 CIP 数据核字(2010)第 226853 号

最经典的寓言故事

著　者：盛文林

责任编辑：谢香　　装帧设计：天下书装
版式设计：盛文林文化　　责任印制：蔡旭

出版发行：台海出版社
地　址：北京市景山东街 20 号，　邮政编码：　100009
电　话：010－64041652（发行，邮购）
传　真：010－84045799（总编室）
网　址：www.taimeng.org.cn/thcbs/defauit.htm
E-mail：　th-cbs@163.com

经　销：全国各地新华书店
印　刷：北京高岭印刷有限公司
本书如有破损、缺页、装订错误，请与本社联系调换

开　本：　710×1000　1/16
字　数：200 千字　　印　张：16
版　次：2011 年 1 月第 1 版　　印　次：2011 年 1 月第 1 次印刷
书　号：ISBN 978-7-80141-729-9

定　价：28.00 元

前言

有人说，寓言就像一盏照亮人生的指路明灯，是一把打开心灵之门，启发人的智慧、活跃人思想的钥匙。读寓言可以品味其中饱含的哲理，让人们在生活、工作、学习中联系自身，警醒行为。

生动活泼的故事，最质朴、最形象的方式中蕴藏着做人的道理。

“人”字写起来简单容易，只有一撇一捺，做起来却不易。做人是门高深的学问，是个一生一世的功夫。人的一生，其实就是一个懂得如何去做人，学习和修炼如何做事做人的过程。

处世也是一门艺术，需要我们用心对待，你用心研究它，便能找准做事做人的门道，用心对待它，便能打造成功的人生。人们成就的大小，其实也是做事做人方面的智慧、方式和境界的高低。

然而，世态炎凉，命运多舛，人有善恶，理有方圆，天有阴晴，这一切需要人们在人生中时刻面对。人们如何能真正学会处事和做人？

在人的成长过程中，也许会有家长、老师等的循循善诱教导，或从身边生活实例中领悟，但这些还不够。我们不妨翻开历史，从古人身上去学习。

历史上的那些先哲圣贤、帝王将相、名流智者，他们在处世和为人方面充满智慧与谋略，他们在各种环境下的经验博大精深，他们在瞬息万变形势中洞察时机的能力令人钦佩。这是历尽沧桑、洗尽铅华的历史精华！在岁月沉浸中越发历久弥香。

先贤智者们智慧的处世理念和方式方法，指导、培养出了一代代的英杰人物，这些人物也更丰富着现代人的处世哲学。

本书从世界人类文明历史中精选出精彩故事，每个故事后皆有人生道理评析。

本书记录了人生经验，汇集了人生智谋，包含着人生法则与人生真谛。翻阅本书，从中细品、感悟、体会，汲取营养，领悟哲理，将所学所悟巧妙地运用于生活、学习与工作中，打造智慧人生。

Contents

目录

天道常轮回　善恶终有报

物有似是者　真伪不难知

问人间何处　美丑当别论

可及若不及　智愚皆境界

本质非现象　表里需如一

如影常随形　福祸两相依

持家勿偷闲　勤懒需相宜

无巧不成拙　诚诈有所鉴

世间难辨识　虚实有妙境

天道常轮回 善恶终有报

古人说："勿以恶小而为之，勿以善小而不为。""善不可失，恶不可长。"还有句老话叫做"为人不做亏心事，半夜敲门心不惊"。凡不做亏心事的人，吃得香，睡得熟，心中坦然，神清气爽；而做了恶事的人，因心中有"鬼"，而惶惶不可终日，惧怕法网从天而降。

恶有恶报，善有善报，不是不报，时候未到，时候一到，一切都报！

善恶到头终有报，只争来早与来迟。

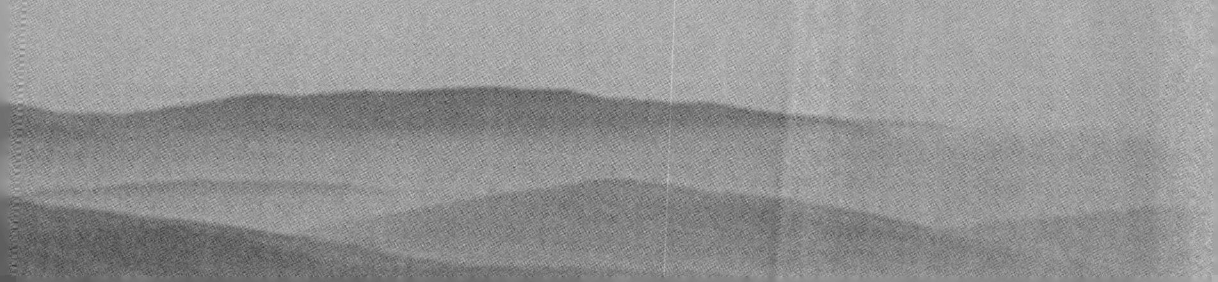

农夫和狐狸

寓言出处

选自《克雷洛夫寓言集》。伊万·安德烈耶维奇·克雷洛夫不仅是最杰出的俄国寓言作家，是和古希腊的伊索和法国的拉封丹同样声誉的世界三大寓言家。

故事欣赏

农夫在鸡舍附近碰见了狐狸。

农夫想劝狐狸改邪归正，便语重心长地对它说："请告诉我，狐狸，你为什么那样热衷于偷鸡？现在我们推心置腹地谈谈吧！你干这种事没有一点儿好处，且不说偷东西罪过可耻，世界上没有一个人不骂你。你自己也得每天提心吊胆，生怕为了一顿饭而把命丢在鸡窝里，这值得吗？"

狐狸委屈地回答："这样的日子谁会爱过啊？我的遭遇辛酸又苦楚。我每次都痛苦得连饭也吃不下去，但有什么办法呢？我原是正派人，为了养育孩子，被生活所迫啊！亲爱的朋友，有时我还在想，难道世界上以偷盗为生的就我一个吗？当然，干这种事叫我心如刀割。"农夫说："朋友，如果你说的都是实话，我可以帮助你摆脱那罪恶的营生，清清白白地活下去！我雇你来看守我的鸡窝，以防止狐狸的侵袭。还会有谁比狐狸更了解狐狸的诡计？我保证你什么都不缺，你会生活得很富裕。"

交易谈妥了，狐狸立即当上了鸡窝的守卫。农夫很富有，狐狸亦衣食无忧。狐狸吃饱了，长胖了，然而它并没有改邪归正。不是偷来的东西它很快就吃腻了。

于是在一个漆黑的夜晚，狐狸咬死了农夫所有的鸡，从而结束了这段劳动生涯。

寓言解读

诚实和守法的人无论多么贫困，也不会有偷窃和欺骗行径；而盗贼即使成了百万富翁，也改不了偷盗本性。

狗的友谊

寓言出处

选自《克雷洛夫寓言集》。寓言集收录了克雷洛夫一生创作的203篇寓言。这些寓言有着极强的人民性和现实性，蕴含着他自己的以及从父辈们那里一代一代传下来的全部生活智慧和实际经验。

故事欣赏

黄狗和黑狗吃饱了饭，躺在厨房外的墙脚边晒太阳，并彬彬有礼地攀谈起来。它们谈到人世间的各种问题，自己必须做的工作，恶与善，最后谈到了友谊问题。

黑狗说："人生最大的幸福，就是能和忠诚可靠的朋友在一起生活，同甘苦，共患难。

彼此相亲相爱，保护对方，使朋友高兴，让朋友的日子过得更加快乐，同时也在朋友的快乐中找到自己的欢乐。天底下还能有比这更加幸福的吗？假如你和我能结成这样亲密的朋友，日子一定好过得多，就连时间的飞逝都不会觉得了。"

黄狗热情洋溢地说道："太好了，我的宝贝，就让我们做朋友吧！"

黑狗也很激动："亲爱的黄狗，过去我们没有一天不打架，我好几回都觉得非常痛心！

真是何苦呢？主人挺好的，我们吃的又多，住的也宽敞，打架是完全没有道理的！来吧，握握爪吧！"

黄狗嚷道："赞成，赞成!"

两个新要好起来的朋友立刻热情地拥抱在一起，互相舔着脸孔，高兴极了，它们高呼着："友谊万岁！让吵架、妒忌、怨恨都滚开吧!"

就在这时候，厨子扔出来一根香喷喷的骨头。两个新朋友立即像闪电似的向骨头直扑过去。友好和睦像燃烧的蜡烛一般熔掉了。"亲密"的朋友"亲密"地滚在一起，相互撕咬，搞得狗毛满天乱飞。直到一桶凉水浇到它们背上，这对宝贝才被拆开了。

寓言解读

人世间充满了这样的友谊，听他们讲话，你以为他们是同心同德；丢给他们一根骨头，就全成了狗。真正的友谊不是只建立在口头上的，不是互相吹捧，而是真心相助，不求回报的。

人们都相信狗的忠诚，但那是对它们的主人。如果牵扯到利益的话它们就不太一样了——信奉弱肉强食！其实人与人之间的友谊有些也跟狗相似，这种人往往在骨子里就有种狗的性格——人为财、鸟为食。当然，它们也没错。做人也一样，只不过我们把这种友谊可叫做：各取所需、互利互惠！就看你想要什么样的友谊，来结交啥样的人。诚如一句话：羽毛相同的鸟儿飞在一起。所以，那些抱着"千金散尽还复来"的人的友谊要真诚得多。

黄鼠狼和爱神

寓言出处

选自《伊索寓言》。伊索，相传是公元前6世纪古希腊人。奴隶，善于讲动物故事。《伊索寓言》原书名为《埃索波斯故事集成》，是古希腊民间流传的讽喻故事，经后人加工，成为一部世界上最早的寓言故事集。

故事欣赏

有一只黄鼠狼爱上了一个相貌英俊的年轻人，因而她祈求爱神把她变成一个女人。爱神被她的热情打动，出于对她的怜悯，就把她变成了一个美丽的少女。

就这样，那个青年对她一见倾心，于是就将她领到自己家里。

他们在屋里坐下后，爱神想弄明白随着黄鼠狼身体外形的改变，她的生活习性是否也跟着改变了，于是便把一只老鼠放到屋中央。

黄鼠狼由于忘记了自己的情境，于是就从床上站起来，拼命追捕那只老鼠，想吃掉它。女神见了非常生气，就立刻将她变回了黄鼠狼原来的样子。

寓言解读

有些本性恶劣的人，即便相貌改变了，但生活习性是无论如何也改变不了的。

东郭先生与狼

寓言出处

出自《东田传》。马中锡，字天禄，号东田，祖籍大都，明代著名文学家。他的寓言体小说《中山狼传》，以仁厚的东郭先生最终险被狡诈的狼吞噬生命的艺术典型概括总结了自己悲怆的一生，深刻揭示了“除恶务尽”的哲理，虽非其力作，但却成为传诵千古的名篇。

故事欣赏

晋国大夫赵简子率领众随从到中山去打猎，途中遇见一只像人一样直立的狼狂叫着挡住了去路。赵简子立即拉弓搭箭，只听得弦响狼嚎，飞箭射穿了狼的前腿。那狼中箭不死、落荒而逃，使赵简子非常恼怒。他驾起猎车穷追不舍，车马扬起的尘土遮天蔽日。

这时候，东郭先生正站在驮着一大袋书简的毛驴旁边向四处张望。原来，他前往中山国求官，走到这里迷了路。正当他面对岔路犹豫不决的时候，突然蹿出了一只狼。那狼哀怜地对他说："现在我遇难了，请赶快把我藏进你的那条口袋吧！如果我能够活命，今后一定会报答您。"

东郭先生看着赵简子的人马卷起的尘烟越来越近，惶恐地说："我隐藏世卿追杀的狼，岂不是要触怒权贵？然而墨家兼爱的宗旨不容我见死不救，那么你就往口袋里躲吧！"说着他便拿出书简，腾空口袋，往袋中装狼。他既怕狼的脚爪踩着狼颔下的垂肉，又怕狼的身子压住了狼的尾巴，装来装去三次都没有成功。危急之下，狼蜷曲起身躯，把头低弯到尾巴上，恳求东郭先生先绑好四只脚再装。这一次很顺利。东郭先生把装狼的袋子扛到驴背上以后就退缩到路旁去了。不一会儿，赵简子来到东郭先生跟前，但是没有从他那里打听到狼的去向，因此愤怒地斩断了车辕，并威胁说："谁敢知情不报，下场就跟这车辕一样！"东郭先生匍匐在地上说："虽说我是个蠢人，但还认得狼。人常说岔道多了连驯服的羊也会走失。而这中山的岔道把我都搞迷了路，更何况一只不驯的狼呢？"赵简子听了这话，调转车头就走了。

当人唤马嘶的声音远去之后，狼在口袋里说："多谢先生救了我。请放我出来，受我一拜吧！"可是狼一出袋子却改口说："刚才亏你救我，使我大难不死。现在我饿得要死，你为什么不把身躯送给我吃，将我救到底呢？"说着它就张牙舞爪地向东郭先生扑去。东郭先生慌忙躲闪，围着毛驴兜圈子与狼周旋起来。

太阳快下山的时候，东郭先生怕天黑遇到狼群，于是对狼说："我们还是按民间的规矩办吧！如果有三位老人说你应该吃我，我就让你吃。"狼高兴地答应了。但前面没有行人，于是狼逼他去问杏树。老杏树说："种树人只费一颗杏核种我，二十年来他一家人吃我的果实、卖我的果实，享够了财利。尽管我贡献很大，到老了，却要被他卖到本匠铺换钱。你对狼恩德不重，它为什么不能吃你呢？"狼正要扑向东郭先生，这时正好又看见了一头母牛，于是又逼东郭先生去问牛。那牛说："当初我被老农用一把刀换回。他用我拉车帮套、犁田耕地，养活了全家人。现在我老了，他却想杀我，从我的皮肉筋骨中获利。你对狼恩德不重，它为什么不能吃你呢？"狼听了又嚣张起来。

就在这时来了一位拄着藜杖的老人。东郭先生急忙请老人主持公道。老人听了事情的经过，叹息地用藜杖敲着狼说：“你不是知道虎狼也讲父子之情吗？为什么还背叛对你有恩德的人呢？”狼狡辩地说：“他用绳子捆绑我的手脚，用诗书压住我的身躯，分明是想把我闷死在不透气的口袋里，我为什么不吃掉这种人呢？”老人说：“你们各说各有理，我难以裁决。俗话说‘眼见为实’。如果你能让东郭先生再把你往口袋里装一次，我就可以依据他谋害你的事实为你作证，这样你岂不有了吃他的充分理由？”狼高兴地听从了老人的劝说，然而却没有想到在束手就缚、落入袋中之后，等待它的是老人和东郭先生的利剑。

寓言解读

东郭先生把“兼爱”施于恶狼身上，因而险遭厄运。这一寓言告诉我们，即使在人与人的关系中，也存在“东郭先生”式的问题。一个人应该真心实意地爱他人，但丝毫不应该怜惜狼一样的恶人。现在，“东郭先生”和“中山狼”已经成为汉语中固定词语，“东郭先生”专指那些不辨是非而滥施同情心的人，“中山狼”则指忘恩负义、恩将仇报的人。

李离殉法

寓言出处

选自《韩非子》。韩非为韩国公子（即国君之子），汉族，战国末期韩国人（今河南省新郑）。是中国古代著名的哲学家、思想家、政论家和散文家，法家思想的集大成者，后世称“韩子”或“韩非子”，中国古代著名法家思想的代表人物。韩非的著作，是他逝世后，后人辑集而成的。

故事欣赏

李离是春秋时期晋国掌管刑罚的最高长官。李离执法如山、公正不阿，视法律比生命更重要，成为我国历史上一位了不起的人物。

李离断案，一向都是细致入微，极其认真，所以他经手的案子从无差错，可是有一天，李离在查阅过去的案卷时，竟发现了一起错杀的冤案，他感到惊骇不已，惭愧万分。他觉得自己犯下了不可饶恕的罪过，不但不配再做执法的长官，而且给国家的法律抹了黑。于是，李离让手下人将自己捆绑起来，送到晋文公那里，请求晋文公将自己处死。

晋文公对李离这种严于律己的行为十分赞赏，也为他的诚心实意所感动。晋文公不但没有怪罪李离，还亲自为他解开身上的绳索。

晋文公劝李离说："这件案子是下面搞错的，并不是你的罪过。再说，我们每个官员的职务有高有低，因此我们的处罚也该有轻有重。何况这件案子又不是你直接办理的，我怎么能怪罪于你呢？"

可是李离依然长跪不起，他坚持说："臣下的官职最高，从没把自己的权力让给下属；平时享受的俸禄也最多，也并没有把俸禄分给下属。今天我有了过错，怎么可以把责任推给下面的人呢？现在出了错案，我理当承担罪责。还是请大王将我处死吧！"

晋文公有些不高兴了，说："你认为下属出了问题，责任在你这个上司的身上。如果照你的逻辑去推断，那不连我也该有罪了吗？"

李离回答说："我是掌管刑罚的最高长官，国家法律早有规定，判错刑者服刑，杀错人者要被杀。大王信任我，将执行国家刑罚的重任交给了我，而我却没能深入调查，明断真伪，以致于造成了错杀无辜的冤案，按法律我应受到处置，因此处死我是理所当然！如果我不自觉伏法，那法律的尊严还能受到别人重视吗？"

说完，李离猛地从卫士手里夺过宝剑，使尽力气朝自己挥去，顿时鲜血迸溅，气绝身亡。

晋文公阻拦不及，好长时间都唏嘘不已。

寓言解读

承认错误需要勇气，承担错误所招致的责任和后果需要更大的勇气。

李离为了维护法律的尊严，以身谢罪，其做法固然令人敬佩，但如果执法者的监督仅仅依赖于自身的品德修养，效果也是显而易见的，毕竟中国历史上仅仅出了一个李离。

李离以自己的鲜血和生命捍卫法律的尊严，实践了“在法律面前人人平等”的思想，对我们的教育是非常深刻的。

杜鹃和斑鸠

寓言出处

选自《伊索寓言》。《伊索寓言》通过简短而精炼的小寓言故事来体现日常生活中那些不为我们察觉的真理。这些小故事言简意赅，平易近人，富有哲理，不但读者众多，而且在文学史上也具有重大影响。

故事欣赏

一只杜鹃在树枝上发出阵阵哀啼，一只可爱的斑鸠听到了，便向它询问，希望能帮助它排忧解难。

斑鸠站在枝头与它絮语：“杜鹃，你的鸣叫为什么这样哀怨啊？是不是因为春天即将离开，冬天逼近，爱情也将逝去，阳光也不再和煦温暖啊？”

杜鹃悲哀地说：“我这样可怜，怎能不伤心？请你帮我评评理。今年春天我曾幸福地恋爱，不久就当上了母亲。谁知孩子们完全不想与我相认，难道这就是我所盼望的报恩？当我看到小鸭子把母鸭围住，十分亲昵，而母鸡一声召唤，小鸡就向母鸡扑去，我怎能不感到羡慕？而我无依无靠，孤孤单单，根本不知道什么是孩子们对母亲的依恋。”

斑鸠回答道：“可怜的杜鹃，我对你深表同情。如果孩子们如此不孝顺，那我可无法忍受，尽管这类事层出不穷。可是你说你已经生育过孩子？你什么时候筑的巢，我怎么从没有看到呢？在我印象中你总是不停地飞来飞去。”

杜鹃不屑地说：“浪费大好时光，卧在巢里去孵雏，做那种事简直愚笨如猪！我总是在别的鸟巢里下蛋，让它们替我孵。”

斑鸠禁不住讽刺道：“那你还希望从孩子们那里得到什么温暖？”

寓言解读

父母们得不到孩子们的爱和孝敬，自然有孩子们的责任。然而，如果孩子们从小得不到父母的爱，父母又不尽养育的义务，而把他们交给漠不关心的佣人抚养，那么这些父母到老年时，得不到孩子们的抚慰和孝顺，就只好怪罪自己了。

虢君好谀

寓言出处

选自《新书·先醒》。贾谊，洛阳人，西汉初期杰出的政治家和文学家。青少年时代就以才华负盛名，20 多岁，被文帝召为博士，任太中大夫，提出一系列改革措施，但受谗被贬，做了长沙王的太傅，后作梁怀王太傅，故又称贾长沙、贾太傅。死时，年仅 33 岁。所著文章 58 篇，由刘向编为《新书》，或曰《贾子新书》。

故事欣赏

虢国的国君平日里只爱听好话，听不得反面的意见，在他的身边围满了只会阿谀奉承而不会治国的小人，直至有一天虢国终于亡国。那一群误国之臣也一个个作鸟兽散，没有一个人愿意顾及国君的，虢国的国君总算侥幸地跟着一个车夫逃了出来。

车夫驾着马车，载着虢国国君逃到荒郊野外，国君又渴又饿垂头丧气，车夫赶紧取过车上的食品袋，送上清酒、肉脯和干粮，让国君吃喝。国君感到奇怪，车夫哪来的这些食物呢？于是他在吃饱喝足后，便擦擦嘴问车夫：

“你从哪里弄来这些东西呢？”

车夫回答说：“我事先准备好的。”

国君又问：“你为什么会事先做好这些准备呢？”

车夫回答说：“我是专替大王您做的准备，以便在逃亡的路上好充饥、解渴呀。”

国君不高兴地又问："你知道我会有逃亡的这一天吗？"

车夫回答说："是的，我估计迟早会有这一天。"

国君生气了，不满地说："既然这样，为什么过去不早点告诉我？"

车夫说："您只喜欢听奉承的话。如果是提意见的话，哪怕再有道理您也不爱听。我要给您提意见，您一定听不进去，说不定还会把我处死。要是那样，您今天便会连一个跟随的人也没有，更不用说谁来给您吃的喝的了。"

国君听到这里，气愤至极，紫涨着脸指着车夫大声吼叫。

车夫见状，知道这个昏君真是无可救药，死到临头还不知悔改。于是连忙谢罪说："大王息怒，是我说错了。"

两人都不说话，马车走了一程，国君又开口问道："你说，我到底为什么会亡国而逃呢？"

车夫这次只好改口说："是因为大王您太仁慈贤明了。"

国君很感兴趣地接着问："为什么仁慈贤明的国君不能在家享受快乐，过安定的日子，却要逃亡在外呢？"

车夫说："除了大王您是个贤明的人外，其他所有的国君都不是好人，他们嫉妒您，才造成您逃亡在外的。"

国君听了，心里舒服极了，一边坐靠在车前的横木上，一边美滋滋地自言自语说："唉，难道贤明的君主就该如此受苦吗？"他头脑里一片昏昏沉沉，十分困乏地枕着车夫的腿睡着了。

这时，车夫总算是彻底看清了这个昏庸无能的虢国的国君，他觉得跟随这个人太不值得。于是车夫慢慢从国君头下抽出自己的腿，换一个石头给他枕上，然后离开国君，头也不回地走了。

最后，这位亡国之君死在了荒郊野外，被野兽吃掉了。

寓言解读

如果一个人只爱听奉承话，听不进批评意见，又一味执迷不悟，一意孤行，那后果将是十分可悲的。

常言道：忠言逆耳，古今凡有成就之人，皆具备听取采纳不同意见的良好习惯。无论听到的意见是好是坏，只要正确，必然虚心接受，这样才能查缺补漏，不断进步。如果只听奉承话，对相左却正确的意见拒不采纳，一味的执迷不悟，独断专行，其后果将是十分可悲的。

财 富

寓言出处

选自《泰戈尔寓言》。泰戈尔，是印度著名诗人、文学家、作家、艺术家、社会活动家、哲学家和印度民族主义者。1913 年他获得诺贝尔文学奖，是第一位获得诺贝尔文学奖的亚洲人。

故事欣赏

萨纳丹在恒河边数着念珠祈祷，一个衣衫褴褛的婆罗门来到他的面前说："救救我，我好苦啊！""我只有一只施舍碗了，我已经把我的东西都给光了。"萨纳丹说。"可是大自在神托梦给我，让我前来求你。"婆罗门说。萨纳丹忽然想起他曾在河堤边卵石堆里捡到一块无价的宝石，当时他想，有人也许需要它，便把它藏在沙里。他给婆罗门指出了地点，婆罗门按照他所说的，果然挖出了那块宝石。

婆罗门坐在地上，沉思良久，直到夕阳沉落在树林后面，放牛倌都赶着牛群回家了。于是他站起来，缓步走到萨纳丹面前说道："大师，有一种财富足以藐视世间一切财富，请施舍给我一丁点儿那样的财富。"

说罢，他把那块珍贵的宝石扔进了河里。

寓言解读

世界上最宝贵的财富就是人类的善良。

爷爷和孙子

寓言出处

选自《列夫·托尔斯泰寓言》。列夫·托尔斯泰，俄国作家、思想家，19世纪末20世纪初最伟大的文学家，19世纪俄国伟大的批判现实主义作家，是世界文学史上最杰出的作家之一，他被称颂为具有“最清醒的现实主义”的“天才艺术家”。主要作品有长篇小说《战争与和平》、《安娜·卡列尼娜》、《复活》等，也创作了大量的童话，是大多数人所崇拜的对象。

他的《民间故事》大多渗透着宗教伦理思想和美化宗法制古风遗习的倾向，但却以情节紧凑、语言简朴著称。

故事欣赏

爷爷已经老态龙钟了。他迈不动双腿，眼睛看不清，耳朵听不见，牙齿也都掉光了。当他吃饭的时候，饭菜常常从他嘴里漏出来。儿子和儿媳妇便不再让他上桌子，只让他在火炉边吃饭。有一次，他们端了一碗饭给老人吃，老人想把碗挪近一点，可是碗掉在地上，摔碎了。于是儿媳妇就开始破口大骂，说他把家里的东西都弄坏了，打了好多碗。她还说以后她要用大木盆给老人盛饭。老人只是叹了口气，一言未发。

有一天，儿子和媳妇在家里坐着，看见他们的儿子在地上摆弄一堆小木片。父亲就问道：“米沙，你这是在做什么？”“爸，我正在做木盆呢。等将来你和妈老了的时候，我好用这只木盆给你们盛饭。”米沙回答说。

夫妻俩你看看我，我看看你，哭了起来，他们为自己那样对待老人而羞愧。从那以后，他们又重新把老人请上桌吃饭，并且细心地照顾他。

寓言解读

父母是孩子的一面镜子，孩子在父母的影响下，会自然而然地形成像父母的个性。

杂色羊

寓言出处

选自《克雷洛夫寓言集》。

故事欣赏

狮子非常讨厌杂色羊，要消灭它们其实非常容易，但这样做有失公正，百兽拥护它为王，并不是为了让它随便镇压异己。可它一看见杂色羊就无法容忍！不知怎样才能既除掉杂色羊，又保住自己的名誉。

狮子一直都很困惑。于是它召见狗熊和狐狸，向它们吐露了自己的难题，说自己一看见杂色羊眼睛就痛，长此以往准会完全丧失视力，如何避免这场灾难，它已经一筹莫展。

“万能的狮王！”狗熊眉头一皱，说，“这个问题有什么难的？你就直接下令把杂色羊处死，谁还会怜惜它们？”

狮子觉得不满意。狐狸见狮子仍然愁眉不展，便谦逊地提出一个建议：“啊，狮王，我们仁慈的狮王！你想必不愿意把这些可怜的羊赶走，更不愿滥杀无辜。既然如此，那我斗胆提一个建议：请下令拨给它们一片草场，那里给母羊准备充足的饲料，给小羊一个蹦跳、奔跑的天地。不过我们缺少牧人，所以不妨派狼去管理杂色羊。不知为什么，我预感到这一族类好像会自然而然地绝迹。就让它们自求多福吧，将来不管发生什么事都同你没有关系。”

狐狸的建议立即被采纳，以后的结果狮子非常满意，别说杂色羊，就连单色羊在那里也渐渐绝迹。

寓言解读

要问百兽对此有什么议论，他们都说：“狮王很好，坏事都是狼干的。”

许多人自己想做坏事却害怕别人批评，就寻找替罪羔羊，把责任都推到别人身上。

两个隐士

寓言出处

选自《纪伯伦寓言》。纪伯伦，是黎巴嫩阿拉伯诗人、作家、画家。被称为“艺术天才”、“黎巴嫩文坛骄子”，是阿拉伯现代小说、艺术和散文的主要奠基人，20 世纪阿拉伯新文学道路的开拓者之一。

纪伯伦作品多以“爱”和“美”为主题，通过大胆的想象和象征的手法，表达深沉的感情和远大的理想。他的思想受尼采哲学影响较大，作品中常常流露出愤世嫉俗的态度或表现某种神秘的力量。

故事欣赏

在幽寂的深山中隐居着两位隐士，他们膜拜上帝并相敬如宾。这两位隐士共同享用一个陶钵，这是他们唯一的财产。有一天，邪恶精灵附在年长隐士的心中，于是年长隐士来到年轻隐士面前说：“我们同住已久，现在是我们该分别的时候了。让我们平分财产吧！”年轻的隐士听后，不无忧伤地说：“这真使我难过，兄长，你竟要离我而去了。但你既然决心要走，那就这样吧。”他拿出那个陶钵，把它递给年长的隐士，说：“我们无法把它平分，兄长，你拿去吧。”

“我可不接受这种施舍，除了我应得的那一份，我什么也不会拿。这个陶钵必须平分。”

“如果这钵被分为两半，它对你对我还有何用呢？假如你愿意，我们可以通过抓阄来决定钵的归属。”

“我只愿公平地得到我那份财产，我不会愚蠢到让公道及我的财产由那些没指望的允诺来决定。这个陶钵必须平分。”

年轻隐士再也无法说服他，只好说："如果这的确是你的意愿，即使打碎它你也不在乎，那么就让我们现在把它分了吧！"

这时年长隐士的脸色却变得非常冷峻，他破口大骂："你这该诅咒的懦夫，你竟然不敢争斗！"

寓言解读

对待那些蛮不讲理、无理取闹的人，要勇于与他们作斗争，否则，他们会得寸进尺。

永某氏之鼠

寓言出处

选自《三戒》。柳宗元，字子厚，世称"柳河东"，唐代文学家、哲学家、散文家和思想家，与韩愈共同倡导唐代古文运动，并称为"韩柳"。与刘禹锡并称"刘柳"。与王维、孟浩然、韦应物并称"王孟韦柳"。与唐代的韩愈、宋代的欧阳修、苏洵、苏轼、苏辙、王安石和曾巩，并称为"唐宋八大家"。一生留诗文作品达600余篇，其文的成就大于诗。

故事欣赏

永州有个人，怕犯日忌，受迷信的束缚很厉害。他生于子年，认为老鼠是子神，所以特别爱护老鼠。人不仅不养猫和狗，还不准僮仆们打老鼠。他家的粮仓、厨房，任随老鼠横行，从不过问。因此，老鼠们互相传告，纷纷搬到他家来住，饱食终日而没有灾祸。这位先生被老鼠祸害得家里没有一件完好的器具，架上没有一件完整的衣裳，人的饮食大都是老鼠糟蹋剩下的东西。白天，老鼠成群结队和人一块行走。夜晚，便偷吃东西。白天，老鼠成群结队和人一块行走。夜晚，便偷吃东西，彼此咬架争斗，刺耳的尖叫声千奇百怪，吵得人无法入睡，而这位先生却从不觉得厌烦。

几年以后，这位先生迁居外地，另一家人家搬来居住，老鼠仍像过去一样为非作歹。新主人愤慨地说："这些见不得阳光的坏东西，偷窃捣乱得太厉害了，怎么会闹到这种地步呢?"于是，借来五、六只猫，关门闭户，大肆捕捉；又搬砖移瓦，用水灌洞，雇人四面围剿。就这样，捕杀的老鼠堆积如山，扔在偏僻的地方，臭味过了几个月才散去。

寓言解读

对坏人坏事，不能纵容包庇，姑息养奸；必须彻底揭发，坚决斗争。

角　力

寓言出处

选自《萨迪寓言》。萨迪，波斯著名穆斯林诗人。代表作为训世故事诗集《果园》与《蔷薇园》。其中有不少寓意隽永的寓言诗。

他的作品明白晓畅、清新自然、语言质朴流畅，数百年来始终是波斯文学的典范。在对相关事件的评判中，诗人表现了自己的理想、愿望和爱憎情感，充满对善良、纯洁、赤诚、正义、光明与真理的礼赞，堪称是萨迪的理想国。全书运用娓娓动听的叙述与以事喻理的教谕，使人受到启发和教育。

故事欣赏

有一个人善于角力。他的武艺高强，掌握的武功足有三百六十种，而且每次出手都各不相同。在他的徒弟里面，有一个英俊的青年，这个人十分喜欢他。他将自己的武艺传给了他三百五十九种，自己只保留了一种。

那青年力大无比，本事高强，谁也打不过他。后来，他跑到国王跟前炫耀，说自己的本领和力气绝不比师傅差。之所以不愿胜过他的师傅，是因为自己尊敬他，再加上他又是自己的师傅。

他的狂妄无礼，引起了国王的反感，他叫人预备一个宽大的场地，把满朝文武都叫来。国王让师徒二人比武。那青年耀武扬威地走进场地，好像一个巨人，仿佛他的敌人是一座铁山，也会被他推倒。

由于他力气很大，他师傅使出了没有传给他的最后一着，一把将他抓住。他还不知如何招架，就被师傅举过头顶，扔在了地上。全场都为这位师傅的胜利而喝彩。国王叫人拿了一件袍子奖给师傅，对那青年斥责道："你真是太狂妄了，妄想胜过你师傅，结果是自不量力，你败了。"

这个青年说道："陛下！他并不是凭力气胜的我。他留下一手没有传给我。就凭这小小的一点本事，今天把我打败了。"

那师傅说道："我留下这一手就是为了今天。因为圣人曾经说过：'不要把本事全部教给你的朋友，如果将来他变成你的敌人，你怎么对付他呢？'从前有个吃过徒弟亏的人，他所说的话你没有听过吗？'也不知是如今人心改变，还是世上本来就没有情义。我传授给他们射箭的技艺，最后他们却把我当做天上的飞鹄。'"

寓言解读

人心难测，当你在传授别人技艺的时候，要留下一手，以备他在侵害你的时候对付他。

丑角的笑

寓言出处

选自《泰戈尔寓言》。泰戈尔的作品中含有深刻的宗教和哲学的见解，让人们感受到一种振奋人心和进取奋斗的精神鼓舞。

故事欣赏

将军走到怒不可遏的国王面前，向国王敬礼说："村子已经受到惩罚，男人们都被打倒在地上，女人们蜷缩在没有灯火的屋子里，不敢哭出声来。"

祭司长站起来向国王祝贺："上帝的仁慈永远归于陛下。"丑角听到这句话纵声大笑，吓得朝臣们毛骨悚然，国王的眉头皱得更紧了。

"王座的尊荣，"大臣说，"是以陛下的威严和全能上帝的恩宠为支柱的。"

丑角笑得更响了，国王怒声喝道："不合时宜地寻欢作乐！"

"上帝赐给陛下多少恩宠，而他赐给我的就只有这一份笑的禀赋。"

"这份禀赋要断送你的性命。"国王右手握剑说。

但是丑角又纵声大笑起来，直到他不能再笑为止。恐怖的阴影笼罩着宫廷，因为他们听见大笑的声音在上帝的沉默深处回响。

寓言解读

"上帝"是永远不会保佑那些荼毒生灵、滥杀无辜的人的。

物有似是者
真伪不难知

人与人在社会中生存，为了生存也就产生了竞争，在竞争中虚伪就成了达到某些目的而使用的手段。某些人在自我保护的基础上衍生出虚伪的一面，为自己的某种目的而将其假恶丑的一面掩盖，他们把假的演成真的，人们根本分辨不出虚伪，虚伪已经成为很多人的习惯性需要。

生活需要真善美，只有真实才能最终得到别人的好感，获得信任。

燕人还国

寓言出处

选自《列子》。列子，名御寇，东周威烈王时期郑国圃田（白沙乡西古城村）人，思想家和寓言文学家，史称列子。思想上崇尚虚无缥缈，生前被称作"有道之士"，是中国道家和哲学史上的著名人物。古书中有他御风而行的记载，风神飘逸。

故事欣赏

有一个在燕国出生，在楚国长大，直至花甲之年还不曾回过家乡的燕国人，因为思乡心切，不顾年事已高，气血衰退，居然独自一人不辞劳苦，千里迢迢去寻故里。

他在半路上遇到一个北上的人。两人自我介绍以后，很快结成了同伴。他们一路上谈天说地，起居时互相照应，因此赶起路来不觉得寂寞，时间仿佛过得很快。不知不觉，他们就到了晋国的地界。

可是这个燕国人没有想到与自己朝夕相处、一路风尘的同伴竟在这时使出了捉弄人的花招。他的那个同伴指着前面的晋国城郭说道："你马上就要到家了。前面就是燕国的城镇。"这燕人一听，一股浓厚的乡情骤然涌上心头。他一时激动得说不出话来。他的两眼被泪水模糊了，脸上怆然失色。过了一会儿，那同伴指着路边的土神庙说："这就是你家乡的土神庙。"燕人听了以后，马上叹息起来。家乡的土神庙可是保佑自己的先辈在这块燕国的土地上繁衍生息的圣地啊！他们再往前走，那同伴指着路边的一栋房屋说："那就是你的先辈住过的房屋。"燕人听了这话，顿时热泪盈眶。滚滚的泪水把他的衣衫也弄湿了。祖居不仅是父母、祖辈生活过的城堡，而且是自己初生的摇篮。祖居该有多少动人的往事和令人怀念的、神圣而珍贵的东西啊！那同伴看到自己的谎话已经在燕人身上起了作用，心里暗暗为这种骗人的诡计自鸣得意。他为了进一步推波助澜，拿燕人取乐，没有等燕人的心情平静下来，又指着附近的一座土堆说道："那就是你家的祖坟。”这燕人一听，更是悲从中来。自己的祖辈和生身的父母都安息在眼前的坟墓里。这座祖坟不就是自己的根吗？虽然说这个燕人已年至花甲，然而他站在阔别多年的先辈坟前，却感到自己像一个失去了爹娘的孤苦伶仃的孩子，再也禁不住强烈的心酸，一个劲地放声痛哭起来。到了这个地步，那同伴总算看够了笑话。他忍不住满腹的畅快，哈哈大笑起来。像个胜利者一样，那同伴对燕人解嘲地说：“算了，算了，别把身子哭坏了。我刚才是骗你的。这里只是晋国，离燕国还有几百里地哩。”听了同伴这么一说，燕人知道上了当。他怀乡念旧的虔诚心情顿时烟消云散。紧接着占据他心灵的情感是，他对因轻信别人而导致的过度冲动深感难堪。

当这个燕国人真正到了燕国的时候，燕国的城镇和祠庙，先辈的房屋和坟墓，已不像他在晋国见到的城市、祠庙、房屋和坟墓那样具有感召力。回到了自己的家乡，他触景生情的伤感反而减弱了。

在几十年里蓄积起来的一腔思乡激情提前在晋国爆发，随后又遭到了亵渎。因此，当他真的到了故乡，不仅再也无法重新积聚刚踏上归途时的那股强大的追求力量，而且神圣的信仰也被欺诈蒙上了一层暗淡的阴影。

寓言解读

这则寓言告诉我们，要用真诚的态度对待朋友和自己的事业。尔虞我诈到处泛滥的社会环境，很容易动摇人们高尚的信念。

男孩与蛇

寓言出处

选自《莱辛寓言》。莱辛，德国戏剧家、戏剧理论家。莱辛的寓言大多取材于古希腊的伊索、罗马和菲得路等人，但经过改写，赋予了新意，具有深刻的社会内容和政治意义，战斗气息和时代感十分强烈，同当时德国社会中的政治斗争、思想斗争以及文艺斗争息息相关，因而有着强烈的现实感。

故事欣赏

一个男孩在玩一条驯服的蛇。男孩说："我亲爱的小动物，如果你不是无毒的话，我是不会跟你打交道的。你们蛇是最恶毒阴险、最忘恩负义的生物！我读到过一个故事，说的是一位可怜的农夫的遭遇，他发现矮树篱下有一条冻得半僵的蛇，也许就是你的先祖，他满怀同情地把它捡起来，揣在自己温暖的胸前，可是这个恶毒的家伙刚一苏醒，就咬了它的恩人，而这位善良好心的人就死了。""这真让我惊奇，"蛇说，"那写故事的人是多么不公正啊！而在我们那里，这个故事完全不是这样讲的。你那个善良的人以为这条蛇真的冻死了，而它是一条五彩斑斓的蛇，因此他才把它揣起来，准备回家去把它美丽的皮剥下来。难道不是这样吗?""啊，闭嘴吧，"男孩说，"忘恩负义的家伙是不知道请求原谅的。"

"是的，我的儿子，"听着这段对话的父亲插进来对儿子说，"可是，如果你听到这样异乎寻常的忘恩负义的事，在你给一个人打上这样可憎的耻辱烙印之前，要把所有的事实调查清楚。真正的施恩者很少得到忘恩负义的报答。"

寓言解读

要想弄清楚事情的真假，不能只听一面之词，要经过多方调查取证再做判断。

曾子杀人

寓言出处

选自《战国策》。《战国策》是一部国别体史书。全书分国依次编写，分为12策，共33卷，共497篇。所记载的历史，上起前490年智伯灭范氏，下至前221年高渐离以筑击秦始皇，约12万字。是先秦历史散文成就最高，影响最大的著作之一。

故事欣赏

曾子是一个有名的孝子，他从来不惹母亲生气，对母亲知寒问暖，十分体贴。母亲也爱他，视若掌上明珠。

有一天，曾子要离开家乡到齐国去。他离别母亲说：

“我要到齐国去，望母亲在家里多保重身体，我一办完公事就回来。”

母亲对他说：

“我儿出去，各方面要多加小心，说话做事，千万注重，不要违犯人家齐国的一切规章制度。”

曾子说：

“母亲放心就是了，儿子一定遵命。”

曾子走后，母亲每日在窗前织布，经常抬头向窗外觑望，盼望儿子在齐国平安无事，早日回来。

曾子到齐国不久，齐国有个和他同名同姓的人，打架斗殴杀死了人，被官府抓了起来。

曾子的一个同乡，听到这个消息，也不问个清楚，就跑去告诉曾子的母亲说：

“了不得啦，曾子在齐国杀死人了。”

曾子的母亲听了这个消息，不慌不忙地回答说：

“不可能，我的儿子是干不出这等事来的。”

那位同乡，因为自己也是听来的消息，又没有把情况弄清楚，听曾子的母亲这么一说，也觉得拿不出什么根据，便半信半疑地走了。

他走后，曾子的母亲仍然安心织布，心里没有半点疑虑。

过了不大一会儿，又有一位邻居跑来，慌慌张张他说，

“曾子闯下大乱子了，他在齐国杀了人啦。”

曾子的母亲仍然没一点儿惊慌的样子，一面织布，一面说：

“不要听信谣言，曾子不会杀人的，你放心吧。”

那人很认真地说：

“哪里是谣言，他明明成了杀人犯，已被齐国官府给抓起来了！”

曾子的母亲还是照样织自己的布，头也不抬地说。

“我知道自己的孩子，他不可能闯这么大的乱子。”

这个报消息的人还没有走，门外又来了一个人，他还没进门，就大呼小叫地嚷道：

“曾子杀人了，你老人家快躲一躲吧！”

曾子的母亲见一连三个人来报告这可怕的消息，有些沉不住气了。她想道：“三个人都这么说，恐怕城里的人都嚷嚷开这件事啦，要是人家都嚷嚷，那么，曾子一定是真的杀人了。”

她越想越怕，耳朵里好似已听到街上哄哄吵吵，官府来抓杀人犯的母亲啦。

于是，她忙扔下手中的梭子，离开织布机。在那两位邻居帮助下，从后院逃跑了。

寓言解读

形容谣传的人一多，就能使人认假为真。凡事都要经过求证，不要轻易相信谣言。

对一个人来说，在任何情况下都不动摇自己正确的信念，不做无根据的怀疑，那是多么不轻易呀。

以羊替牛

寓言出处

选自《孟子》。孟子，名轲，字子舆。战国时期鲁国人，鲁国庆父后裔。中国古代著名思想家、教育家，战国时期儒家代表人物。著有《孟子》一书。孟子继承并发扬了孔子的思想，成为仅次于孔子的一代儒家宗师，有“亚圣”之称，与孔子合称为“孔孟”。

故事欣赏

古时候，人们每到一定的日子，都要在祠庙里举行一种祭祀仪式，以表示对神灵的虔诚、求得神灵的庇佑，这种祭祀仪式叫“祭钟”。每逢祭钟时，不是要杀一头牛，就是要杀一只羊，然后将牛的头或者羊的头用大木盘子盛放在祭神的供桌上，人们就站在供桌前祈祷。

有一天，齐国都城里来了一个人，他牵着一头牛从皇宫大殿前走过。这时，恰值齐宣王在大殿门口看见了，命人叫住那牵牛的人，便问道：“你打算把这头牛牵到那里去呢？”那人回答说：“我要牵去宰了用来祭钟。”

齐宣王听了后，看了看那头牛，然后说：“这头牛本来没有罪过呀，却要白白地去死，看着它那吓得颤颤抖抖、哆哆嗦嗦的样子，我真不忍心看了。把它放了吧！”

那个牵牛的人说：“大王您真慈悲，那就请您把祭钟这一仪式也废除了吧？”

“这怎么可以废除呢？”齐宣王严肃起来，接着说：“这样子吧，就用一只羊代替这头牛吧！”

寓言解读

杀牛和杀羊都是屠杀生命。对牛的怜悯与对羊的残忍在本质上是一样的，都不能算是仁慈。齐宣王的以羊替牛只不过是骗人的把戏，可见他的虚伪。

涸辙之鱼

寓言出处

选自《新唐书》。《新唐书》记载中国唐代历史的纪传体史书。225卷，包括本纪10卷，志50卷，表15卷，列传150卷。北宋宋祁、欧阳修等撰，1060年全书完成，由曾公亮进呈。《新唐书》所增列传多取材于本人的章奏或后人的追述，碑志石刻和各种杂史、笔记、小说都被采辑编入。

故事欣赏

庄子家已经贫穷到揭不开锅的地步了，无奈之下，只好硬着头皮到监理河道的官吏家去借粮。

监河侯见庄子登门求助，爽快地答应借粮。他说："可以，待我收到租税后，马上借你300两银子。"

庄子听罢转喜为怒，脸都气得变了色。他忿然地对监河侯说："我昨天赶路到府上来时，半路突听呼救声。环顾四周不见人影，再观察周围，原来是在干涸的车辙里躺着一条鲫鱼。"

庄子叹了口气接着说："它见到我，像遇见救星般向我求救。据称，这条鲫鱼原住东海，不幸沦落车辙里，无力自拔，眼看快要干死了。请求路人给点水，救救性命。"

监河侯听了庄周的话后，问他是否给了水救助鲫鱼。

庄子白了监河侯一眼，冷冷地说："我说可以，等我到南方，劝说吴王和越王，请他们把西江的水引到你这儿来，把你接回东海老家去罢！"

监河侯听傻了眼，对庄子的救助方法感到十分荒唐："那怎么行呢？"

"是哇，鲫鱼听了我的主意，当即气得睁大了眼，说眼下断了水，没有安身之处，只需几桶水就能解困，你说的所谓引水全是空话大话，不等把水引来，我早就成了鱼市上的干鱼啦！"

寓言解读

远水解不了近渴，这是人们的常识。这篇寓言揭露了监河侯假大方，真吝啬的伪善面目。讽刺了说大话，讲空话，不解决实际问题之人的惯用伎俩。老实人的态度是少说空话，多办实事。

滥竽充数

寓言出处

选自《韩非子》。韩非子结巴，不善言谈，而善于著述。韩非与李斯同是荀子的学生，他博学多能，才学超人，思维敏捷，李斯自以为不如。他写起文章来气势逼人，堪称当时的大手笔。凡是读过他的文章的人，几乎没有不佩服他的才学的。

故事欣赏

古时候，齐国的国君齐宣王爱好音乐，尤其喜欢听吹竽，手下有 300 个善于吹竽的乐师。齐宣王喜欢热闹，爱摆排场，总想在人前显示做国君的威严，所以每次听吹竽的时候，总是叫这 300 个人在一起合奏给他听。

有个南郭先生听说了齐宣王的这个癖好，觉得有机可乘，是个赚钱的好机会，就跑到齐宣王那里去，吹嘘自己说："大王啊，我是个有名的乐师，听过我吹竽的人没有不被感动的，就是鸟兽听了也会翩翩起舞，花草听了也会合着节拍颤动，我愿把我的绝技献给大王。"齐宣王听得高兴，不加考察，很痛快地收下了他，把他也编进那支 300 人的吹竽队中。

这以后，南郭先生就随那 300 人一块儿合奏给齐宣王听，和大家一样拿优厚的薪水和丰厚的赏赐，心里得意极了。

其实南郭先生撒了个弥天大谎，他压根儿就不会吹竽。每逢演奏的时候，南郭先生就捧着竽混在队伍中，人家摇晃身体他也摇晃身体，人家摆头他也摆头，脸上装出一副动情忘我的样子，看上去和别人一样吹奏得挺投入，还真瞧不出什么破绽来。南郭先生就这样靠着蒙骗混过了一天又一天，不劳而获地白拿薪水。

可是好景不长，过了几年，爱听竽合奏的齐宣王死了，他的儿子齐湣王继承了王位。齐湣王也爱听吹竽，可是他和齐宣王不一样，认为 300 人一块儿吹实在太吵，不如独奏来得悠扬逍遥。于是齐湣王发布了一道命令，要这 300 个人好好练习，做好准备，他将让它300人轮流来一个个地吹竽给他欣赏。乐师们知道命令后都积极练习，想一展身手，只有那个滥竽充数的南郭先生急得像热锅上的蚂蚁，惶惶不可终日。他想来想去，觉得这次再也混不过去了，只好连夜收拾行李逃走了。

寓言解读

像南郭先生这样不学无术靠蒙骗混饭吃的人，骗得了一时，骗不了一世。假的就是假的，最终逃不过实践的检验而被揭穿伪装。我们想要成功，唯一的办法就是勤奋学习，只有练就一身过硬的真本领，才能经受得住一切考验。

三人成虎

寓言出处

选自《战国策》。《战国策》是我国古代记载战国时期政治斗争的一部最完整的著作。该书文辞优美，语言生动，富于雄辩与运筹的机智，描写人物绘声绘色，在我国古典文学史上亦占有重要地位。

故事欣赏

魏国大夫庞恭和魏国太子一起作为赵国的人质，定于某日启程赴赵都邯郸。临行时，庞恭向魏王提出一个问题，他说："如果有一个人对您说，我看见闹市熙熙攘攘的人群中有一只老虎，君王相信吗？"魏王说："我当然不信。"庞恭又问："如果是两个人对您这样说呢？"魏王说："那我也不信。"庞恭紧接着追问了一句道："如果有三个人都说亲眼看见了闹市中的老虎，君王是否还不相信？"魏王说道："既然这么多人都说看见了老虎，肯定确有其事，所以我不能不信。"庞恭听了这话以后，深有感触地说："果然不出我的所料，问题就出在这里！事实上，人虎相怕，各占几分。具体地说，某一次究竟是人怕虎还是虎怕人，要根据力量对比来论。众所周知，一只老虎是决不敢闯入闹市之中的。如今君王不顾及情理、不深入调查，只凭三人说虎即肯定有虎，那么等我到了比闹市还远的邯郸，您要是听见三个或更多不喜欢我的人说我的坏话，岂不是要断言我是坏人吗？临别之前，我向您说出这点疑虑，希望君王一定不要轻信人言。"

庞恭走后，一些平时对他心怀不满的人开始在魏王面前说他的坏话。时间一长，魏王果然听信了这些谗言。当庞恭从邯郸回魏国时，魏王再也不愿意召见他了。

寓言解读

看起来，谣言惑众，流言蜚语多了，的确足以毁掉一个人。随声附和的人一多，白的也会被说成黑的，真是叫做"众口铄金，积毁销骨"。所以，我们对待任何事情都要有自己的分析，不要人云亦云，被假象所蒙蔽。

献鸠放生

寓言出处

选自《列子·说符》。列子终生致力于道德学问，曾师从关尹子、壶丘子、老商氏、支伯高子等。隐居郑国40年，不求名利，清静修道。主张循名责实，无为而治。后被道教尊奉为"冲虚真人"。

故事欣赏

古来有句俗话："行善积德"。这句话是劝人多做好事，多做善事。遇到灾荒年间，有些殷实人家为救那些饥寒交迫的灾民免于饿死，捐米赈灾，皆为积德之举。太平年间，将鱼、龟放游到江河水池，将鸟放飞到大自然，叫"放生"，皆为积善之行。后来，有人在大年初一这天，把捉来的鸟雀放生，名之曰"爱生灵"。

春秋时期，晋国建都邯郸。晋国有一个势焰熏天的大臣赵简子，他就喜欢在过年时让老百姓替他捉斑鸠鸟送到他府中，让他放生。

大年初一这天，邯郸地方的老百姓能够破例地纷纷拥进赵简子的府第，他们都是来向赵简子进献斑鸠，好让赵简子放生的。赵简子非常高兴，对他们一个个都发给很优厚的赏赐。初一这天，从早到晚进献斑鸠的人络绎不绝。

赵简子的门客在一旁站了很久，问他为什么要这样做，赵简子回答说："大年初一放生，表示我对生灵的爱护，有仁慈之心嘛!"门客接着说："您对生灵有如此的仁慈之心，这是难得的。不知大人您想到过没有：如果全国的老百姓知道大人您要拿斑鸠去放生，从而对斑鸠争先恐后地你追我捕，其结果被打死打伤的斑鸠一定是很多很多啊！您如果真的要放生，想救斑鸠一命，不如下道命令，禁止捕捉。像现在，您奖励老百姓捕捉这许多的斑鸠送给您，您再放生，那么大人您对斑鸠的仁慈确实还不能抵偿您对它们人为地造成的灾祸哩!"

赵简子听了门客的一席话，背着双手在府门里踱来踱去，仔细地思考了一阵子，默默地点了点头说："对的。"

寓言解读

这篇寓言揭露了某些人只讲形式，不讲效果，沽名钓誉，假仁假义的伪善行为。

这很明显地戳穿了人的虚伪性，放生建筑在杀生的基础上，而在逻辑上面又不得不低头承认。

雁 奴

寓言出处

选自《宋景文集》。宋祁，字子京，北宋安州安陆（今湖北安陆）人，后徙居开封雍丘（今河南杞县）。著作除《新唐书》列传部分外，有《宋景文公集》。

故事欣赏

雁奴是雁群中个头最小、性情最机敏的一种雁。每天晚上群雁夜宿的时候，总有一只雁奴彻夜不眠，在其周围执行警戒任务。它只要听到一点人声，便立刻号叫起来，紧接着群雁的惊叫声便会连成一片，互相催促着匆忙飞走。雁群因为有雁奴的及时报警，所以便夜间捕雁的人经常一无所获。

后来，乡间的人们经过仔细观察，逐渐掌握了群雁的夜间生活习性，并根据雁奴过于敏感的天性制订了一个搅乱群雁生活规律的巧妙捕雁圈套。他们首先摸清了雁群在湖泽边的栖息地，然后悄悄地在其周围布下大网，在网的旁边挖掘一些洞穴。等夜幕刚一降临，乡里的人们就带着捆雁用的绳子到洞穴中躲藏起来，不声不响地蜷缩在洞中过夜。在天亮之前，他们把洞穴外面的柴草点燃，雁奴一见到火光，立即飞过去把火扑灭。群雁被雁奴发出的响声惊醒了，但睁开眼一看，周围没有别的动静，于是又安心地去睡觉。乡里的人一连点了三次火，三次都被雁奴扑灭。然而群雁被雁奴惊醒了三次，过后都没有遇到危难，所以都抱怨雁奴大惊小怪，轮番用嘴去啄它、用翅膀去击打它。出完了气，群雁又放心大胆地睡起觉来。过了一会儿，捕雁的人又点燃了火光。雁奴害怕众雁再打它、啄它，不敢鸣叫。乡里的人们见雁群寂然无声，迅速张开大网向群雁栖息的地方猛然扑去。网到之处，没有一只雁能够幸免。整个雁群里的雁，十只大约有五只被乡里的人捉住了。

寓言解读

乡里人根据事不过三的经验，使群雁因怀疑同伴而遭到祸患。寓言讽喻了现实生活中那些只看表面现象而不辨真假、对同志对朋友缺乏理解缺乏信任的人。这一故事告诉人们，在一项关系大家共同利益的事业上，应该做到疑人不用、用人不疑；在对一个重要的问题决策时，只有经过认真细致的调查研究，才能做到万无一失。

争鸟王的寒鸦

寓言出处

选自《伊索寓言》。《伊索寓言》是大家耳熟能详的经典读物，原本不会说话的动物和没有生命的物体在寓言故事中呼之欲出、栩栩如生。

故事欣赏

宙斯想要为鸟类立一个王，于是指定一个日期，要求众鸟全都按时出席，以便选它们之中最美丽的为王。

众鸟都希望自己能够最美丽，纷纷跑到河边去梳洗打扮。寒鸦心里很焦急，它知道自己没一处漂亮，但是它也希望自己能被选上。它来到河边，发现众鸟脱落下很多羽毛，于是它灵机一动，捡起所有的羽毛，小心翼翼地全插在自己身上，再用胶粘住。

终于到了指定的日期了，所有的鸟都一齐来到宙斯面前。宙斯放眼望去，看见寒鸦的羽毛花花绿绿的，在众鸟之中显得格外漂亮，于是准备立它为王。

众鸟一看十分气愤，纷纷从寒鸦身上拔下本属于自己的羽毛。寒鸦身上美丽的羽毛一下全没了，又变成了一只丑陋的寒鸦。

寓言解读

借助别人的东西只会得到虚假的美，当原本不属于自己的东西被剥离时，就会原形毕露。

华歆与王朗

寓言出处

选自《世说新语·德行》。《世说新语》通行本为6卷36篇，是南北朝时期（公元420年~公元581年）有关东汉到南朝刘宋人物轶事的杂史。分德行、语言、政事、文学、方正、雅量、识鉴、赏誉、品藻、规箴等。内容主要是记载东汉后期到晋宋间一些名士的言行与轶事。书中所载均属历史上实有的人物，但他们的言论或故事则有一部分出于传闻，不尽符合史实。

《世说新语》中所记载的人物言行，往往是一些零星的片断，但言简意赅，颇能传达人物的个性特点。

《世说新语》的文字，一般都是很质朴的散文，有时几如口语，而意味隽永，在晋宋人文章中也颇具特色，因此历来为人们所喜读，其中有不少故事，成了诗词中常用的典故。

故事欣赏

华歆与王朗是一对好朋友，两个人都很有学识，德行也受到大家的称赞，分不出谁好一些，谁差一点。

有一年，洪水泛滥，淹没了许多村庄和大片的良田，百姓叫苦连天。华歆和王朗的家乡也遭了灾，房子都被大水冲走了，盗贼也趁火打劫，四下作案，很不太平。无奈，华歆和王朗只得和别的几个邻居一起坐了船去逃难。

船上的人都到齐了，物品也装妥了，马上就要解缆离岸出发。这时候，远处忽然奔过来一个人，他背着包袱跑得气喘吁吁，大汗淋漓。这个人也顾不得擦汗，一边朝这边挥手一边扯开嗓子大叫道："先别开船，等等我，等等我呀！"

这人好不容易跑到船跟前，上气不接下气地说："船都被人叫完了，没有人肯收留我，我远远看到这边还有一条……船，就跑过来……求求你们……带上我……一起走吧……"

华歆听了，皱起眉头想了想，对这个人说："对不起得很，我们的船也已经满了，你还是再去另想办法吧。"

王朗却很大方，责备华歆说："华歆兄，你怎么这样小气，船上还很宽裕嘛，见死不救可不是君子所为，带上人家吧。"

华歆见王朗这样说，就不再坚持自己的意见，略微沉思片刻，答应了那人的请求。

华歆、王朗他们的船平安地走了没几天，就碰上了盗贼。盗贼们划船追过来，眼看越追越近了，船上的人们都惊慌不已，不知该怎么办好，拼命地催促船家快些、再快些。

王朗也害怕得不行，他找华歆商量说："现在我们遇上盗贼，情况紧急，船上人多了没有办法跑得更快。不如我们叫后上船的那个人下去吧，也好减轻些船的重量。"

华歆听了，严肃地回答道："开始的时候，我考虑良久，犹豫再三，就是怕人多了行船不便，弄不好会误事，所以才拒绝人家。可是现在既然已经答应了人家，怎么能够又出尔反尔，因为情况紧急就把人家甩掉呢？"

王朗听了这番话，面红耳赤，羞愧得说不出话来。在华歆的坚持下，他们还是像当初一样，携带着那个后上船的人，始终没有抛弃他。而他们的船也终于在大家的共同努力下，摆脱了盗贼，安全地到达了目的地。

寓言解读

王朗表面上大方，实际上是在不涉及自己利益的情况下送人情。一旦与自己的利益发生矛盾，他就露出了极端自私、背信弃义的真面孔。而华歆则一诺千金，不轻易承诺，一旦承诺就一定要遵守。我们应该向华歆学习，守信用、讲道义，像王朗那样的德行，是应该被人们所鄙弃的。

钟馗捉鬼

寓言出处

选自《巧对续录》。梁恭辰，梁章钜，祖籍福建长乐县，乾隆五十九年中举人，嘉庆七年成进士，授庶吉士。曾任礼部主事，充军机章京，升用员外郎，授湖北荆州府知府。道光年间，历官按察使、布政使、巡抚、总督，后以疾病告归。梁章钜一生显要，著作等身，其中最为突出的成就当在楹联创作、研究方面。他的儿子梁恭辰曾随父游学二十年，官至温州知府，后继承父业，编撰了《楹联四话》和《巧对续录》。父子的《巧对录》、《巧对续录》、《巧对补录》，为我们保存了各时期丰富的资料。

故事欣赏

玉皇大帝命令捉鬼大神钟馗到人世间去捉些鬼来，钟馗领旨后带着几个帮手到了下界，执着剑准备捉鬼。谁知阳世的鬼比阴间的鬼多而且凶。众鬼见钟馗来捉，各显手段与他纠缠不休。只见那冒失鬼上前夺剑，伶俐鬼搬腿抽腰，讨厌鬼拉靴摘帽，下流鬼宽衣解带，无赖鬼掀须掠眉，亡命鬼执刀对仗，淘气鬼挖鼻剜眼，醉酒鬼胡言乱语，贪财鬼奉上钱币，好色鬼扑面狂吻。众鬼跌倒地上，撕扯不开，使钟馗几位身怀法术却无法施展，更使众恶鬼气焰嚣张，大喊大叫，就像是获胜有理似的。正在为难张惶之际，忽然见一个非常肥胖而高大的和尚，挺着大腹嘻哈而来，见此情景便将钟馗从地上扶将起来，问道："伏魔将军，为何这样狼狈?"钟馗说："相隔不过几十年，想不到现在的阳世之鬼居然如此难捉!"和尚说："不妨，让我替你捉来。"这和尚便对众鬼哈哈一笑，张开巨口咕噜一声，把众鬼全部吞到了大肚内。钟馗大惊道："师父，你实在是神通广大!"和尚笑道："亏你还是伏魔将军，不知道现在阳世的恶鬼，做鬼的花样和伎俩比以前更多，也更难缠，与他们论不得道理，讲不得人情，只管用大肚皮装了就是了!"

寓言解读

社会丑恶现象复杂多变，在社会转轨变型时期，各种“鬼”更是各显“鬼”通，不仅危害社会，而且与法纪巧妙周旋，败坏风气，气焰嚣张。为了社会的安宁和进步，对“鬼”绝不能容忍、姑息和宽恕，必须作针锋相对的斗争，才能制服恶鬼，为人民造福。

黠鼠夜扰

寓言出处

选自《黠鼠赋》。苏轼，字子瞻，又字和仲，号“东坡居士”，世人称其为“苏东坡”。汉族，眉州（今四川眉山，北宋时为眉山城）人。北宋著名文学家、书画家、词人、诗人，唐宋八大家之一，豪放派词人代表。其诗、词、赋、散文均成就极高，且善书法和绘画，是中国文学艺术史上罕见的全才，也是中国数千年历史上被公认文学艺术造诣最杰出的大家之一。其散文与欧阳修并称欧苏，诗与黄庭坚并称苏黄，词与辛弃疾并称苏辛，书法名列“苏、黄、米、蔡”北宋四大书法家之一，其画则开创了湖州画派。

故事欣赏

苏轼在一次夜读中忽然听到一阵老鼠啃东西的声音。他估计这声音是从床下传出来的，于是用手在床上使劲地拍打了几下，想借此把老鼠吓跑。然而这种办法收效并不大，仅仅安静了一会，老鼠又不停地啃起东西来了。

夜里老鼠啃东西的声音既令人心烦，又让人恼怒，因此，苏轼吩咐书童去捉老鼠。

书童端着烛台往床下一照，发现声音是从一个被绳子系住了口的严实袋子里发出的，于是高兴地说道："哈哈，老鼠被关在袋子里面了，它还能往哪儿跑呢？"书童小心翼翼地解开系紧袋口的绳子，只让袋口露出一条狭窄的缝隙，试图等老鼠刚一露头就捉住它。可是书童等呀等呀，不仅没有等到老鼠出来，而且连一点响声也听不到了。因此，他感到非常奇怪。为了弄个水落石出，书童打开袋口，端起蜡烛把袋子里面照了个通亮。他发现袋中一动不动地躺着一只死老鼠。书童惊讶地说道："这真是怪事！刚才这袋子里分明有一只啃东西的活老鼠，它怎么会突然间死去呢？如果这只老鼠刚才就是一只死老鼠，那么啃东西的声音难道是鬼发出来的吗？"

好奇心驱使书童进一步往下追究。他两手抓着袋底把袋子往上一提，然后用力抖了几下，想把袋子抖落一空，看个结果。可是袋子里面除了老鼠没有旁物。他只听见老鼠落地"嘭"地一响，还没来得及去捡那只死鼠，却看到死鼠突然复活，一溜烟就逃走了。

苏轼被老鼠的吵闹折腾了半天，结果老鼠把他的书童弄了一个措手不及就溜掉了，因此心里很不愉快。他恨恨地说道："想不到一只老鼠有这么狡猾！它无法咬破坚固的袋子逃跑，就用啃咬之声招人来解开袋口。当你守候在袋口伺机去捉它的时候，它却装死蒙骗你放松警惕。一个小动物要出的狡猾花招居然骗得过人，这实在是一件令人可恨的事情！"

一只老鼠，其体能和智能远不是人类的对手，但是这不等于说人类与一个弱小的对手相比，没有自己的短处。书童因为只看到了人类具有思维能力的长处，而忽视了老鼠求生的乖巧和逃生的敏捷，所以被弱小的对手所捉弄。

寓言解读

这一寓言告诉人们，谦虚谨慎、不骄不躁的作风，不仅是一个人取得节节长进的关键，而且是排除各种困难、克敌制胜的法宝。通过老鼠来说明人们面对问题不要被假象所迷惑。这是人性普遍的弱点，即人极易被各种各样的假象蒙蔽，极易因身外的动静和五光十色的诱惑而分心，故而人生的漏洞百出甚至一事无成者实在太多，所谓"不一于汝，而二于物"是也。

山鸡与凤凰

寓言出处

选自《笑林》。邯郸淳，一名竺，字子叔，魏时颍川（今河南省中南部）人。黄初初年，为魏博士给事中。《随书·经籍志》著录其《笑林》三卷，今已不传，遗文存二十余篇，见于唐宋人的类书上。书中记载了不少寓言式的滑稽故事，有一定的讽刺、批判意义。这里的八则是根据鲁迅《古小说钩沉》本选录的。

故事欣赏

一个楚国人外出时在路上碰到一个挑着山鸡的村夫。因为这人未见过山鸡，所以一见到长着漂亮羽毛和修长尾巴的山鸡就认定它不是一个俗物。他好奇地问村夫："你挑的是一只什么鸟?"那村夫见他不认识山鸡，便信口说道："是凤凰。"这楚人听了心中一喜，并感慨地说道："我以前只是听说有凤凰，今天终于见到了凤凰！你能不能把它卖给我?"村夫说："可以。"这楚人出价十金。那村夫想："既然这个傻子把它当成了凤凰，我岂能只卖十金?"当村夫把卖价提高一倍以后就把山鸡卖掉了。

这楚人高高兴兴地把山鸡带回家去，打算第二天启程去给楚王献"凤凰"。可是谁知过了一夜山鸡就死了。这楚人望着已经没有灵气的僵硬的山鸡，顿时感到眼前一片灰暗。此刻他脑海里没有一丝吝惜金钱的想法掠过，但对于不能将这种吉祥神物献给楚王却心痛不已。

这件事一传十、十传百，很快被楚王知道了。虽然楚王没有得到凤凰，但是被这个有心献凤凰给自己的人的忠心所感动。楚王派人把这个欲献凤凰的楚人召到宫中，赐给了他比买山鸡的钱多十倍的金子。

寓言解读

这个寓言用来比喻不辨真伪，或用作有所奉献的自谦、自嘲之词。虚伪的人竭尽欺诈之能事，而诚实善良的人在不明真相的时候，还是一味以自己的忠诚在对待别人。

朝三暮四

寓言出处

选自《庄子·齐物论》。庄子，名周，字子休（一说子沐），宋国人。今安徽亳州人。是我国先秦时期伟大的思想家、哲学家和文学家，是道家学说的主要创始人。他与道家始祖老子并称为“老庄”，他们的哲学思想体系，被思想学术界尊为“老庄哲学”。

故事欣赏

宋国有一个狙公，十分喜爱猕猴。为了观赏这种似人非人、富有灵性的动物，他专门喂养了一群猕猴。狙公与猕猴相处久了，人猴之间的信息沟通就成了一种心领神会的交流。不仅狙公可以从猕猴的一举一动和喜怒哀乐中看出这种动物的欲望，而且猕猴也能从狙公的表情、话音和行为举止中领会人的意图。

因为狙公养的猕猴太多，每天要消耗大量的瓜、菜和粮食，所以他必须节制家人的消费，把省下来的食物拿去给猕猴吃。然而一个普通的家庭哪有财力物力满足一群猕猴对食物的长期需要呢？有一天，狙公发觉家里的存粮难以维持到新粮入库的时候，因此意识到限制猕猴食量的必要性。

猕猴这种动物不像猪、羊、鸡、犬，吃不饱时仅仅只是哼哼叫叫，或者外出自由觅食。对于猕猴，如果不提供良好的待遇，想让它们安分守己是办不到的。它们会像一群顽皮的孩子，经常给人闹一些恶作剧。既然没有条件让猕猴吃饱，又不能让它们肆意捣乱，狙公只好想主意去安抚它们。狙公家所在的村子旁边，有一棵高大的栎树。每年夏天，栎树枝杈上长出的密密麻麻的长圆形树叶，早已把树冠装点得像一顶华盖。这棵树下成了人们休息、纳凉的好地方。一到秋天，栎树上结满了一种猕猴爱吃的球形坚果橡子。在口粮不足的情况下，用橡子去给猕猴解馋充饥是个好办法。于是狙公对猕猴说："今后你们每天饭后，另外再吃一些橡子。你们每天早上吃三粒，晚上吃四粒，这样够不够？"猕猴只弄懂了狙公前面说的一个"三"。一个个立起身子，对着狙公叫喊发怒。它们嫌狙公给的橡子太少。狙公见猕猴不肯驯服，就换了一种方式说道："既然你们嫌我给的橡子太少，那就改成每天早上给四粒，晚上给三粒，这样总够了吧？"猕猴把狙公前面说的一个"四"当成全天多得了橡子，所以马上安静下来，眨着眼睛，挠着腮帮，露出高兴的神态。

寓言解读

一群辨不清"朝三暮四"和"暮四朝三"孰多孰少的愚蠢的猕猴，恰似那些没有头脑、只会盲目计较的人的一面镜子。不过，在另一方面，告诫人们要注重实际，防止被花言巧语所蒙骗。人们应该认识到，在复杂的客观世界面前，看问题必须摒除实同形异的假象的诱惑。此外，在人际关系中，一定要讲原则、重信义，不做那种朝亲"三"，暮近"四"的见异思迁之人。

齐寇将至

寓言出处

选自《吕氏春秋·壅塞》。

故事欣赏

齐国军队进攻宋国，宋王派人前去侦察齐军入侵到了什么地方。

使者回报说："齐军已经迫近了，城里的百姓们都很恐慌。"使者的话刚说完，宋王左右的亲信们纷纷对宋王说："这真叫做肉里自己生出了虫子，纯粹是无中生有啊！我们宋国这样强大，齐国兵力又那样弱，哪会像他说的这样呢？"宋王听了这些，勃然大怒，屈斩了使者。

宋王又另派人前去侦探。不料回报和第一个一样，宋王又恼怒地把他屈杀了。这样，一连屈杀了三个使者。后来，又派了一个人前去侦察，果然齐军迫近，百姓们惶惶不可终日。就在这时，使者遇见了他的哥哥。哥哥问："国难当头，危在旦夕，你这是往哪儿去呢?"弟弟回答说："我奉大王之命，前去侦察敌情。想不到齐军离城这样近，百姓恐慌到如此地步！如今我很担心，前几个使者都因为回报齐军迫近而被处死。现在，我据情实报是死，不据情实报，恐怕也是死，你看怎么好呢?"他哥哥说："既然据情实报，会比别人先死；不如谎报，在齐军破城之前，先行逃走。"

于是，这个使者报告宋王说："连齐军影子也看不见，谁也不知道他们在什么地方，百姓人心十分安定。"宋王听了，非常高兴。他左右的亲信们都说："前几个使者真是该死!"宋王便赏赐了这个使者很多金子。

不久，齐军打来，宋王惊慌失措，只好跳上车去，赶快逃命。

那个使者，早已逃到其他国家，做了富翁。

寓言解读

不准讲真话，就会问题成堆，不可收拾。

狐假虎威

寓言出处

选自《战国策·楚策》。《战国策》主要记述了战国时的纵横家的政治主张和策略，展示了战国时代的历史特点和社会风貌，是研究战国历史的重要典籍。

故事欣赏

老虎称霸深山，捕获百兽为食。

一次，碰到一只狐狸。狐狸装出一副凛然不可侵犯的样子说："你怎敢吃我！天帝封我为兽王，统管百兽。你要是吃了我，就是忤逆了天命！如果不信，你跟在我后边到山林中走走看，百兽见我，那个敢不回避呢？"

老虎觉得狐狸说得有理，就跟它走了。林中群兽看见它们走来，纷纷逃窜，老虎不知野兽是畏惧自己而逃走，以为是真的害怕狐狸呢！

寓言解读

依仗恶势力作威作福，其本质是虚弱的。

真假《圣教序》

寓言出处

选自《玉照新志》。此书是南宋学者王明清撰写的一部笔记，成书时间为庆元四年。《玉照新志》的内容，以北宋后期的朝野旧闻为主，涉及政治、经济、文化等多个方面，反映了北宋朝廷腐败，权臣误国，百姓苦于战火，流离失所的情景。王明清在书中对北宋后期的政治、军事等方面记载颇为详实，一个具有特色的地方是，笔记中收入了一些前人逸作，如安尧臣《谏取燕云疏》、李长民《广汴都赋》、姚平仲《拟劫寨破敌露布》等诸篇，皆为首次见全文于此笔记中。因此，《玉照新志》对于研究北宋后期的政治、军事、社会情况来说，较之其他笔记史料，具有独特的史料价值。

王明清在书中还收集了文学史方面的一些资料，也不乏值得我们关注的地方。如笔记中记载曾布《水调歌头》排遍七章，为词谱之所未载，宋大曲之式，于此足以窥见。

故事欣赏

宋代有位学者名叫石才叔，写得一手好文章。他在平时博览群书，见多识广，且收藏着许多图书的古迹珍品。

其时，文彦博在长安做统兵官，他听说石才叔家收藏有唐代著名书法家褚遂良的亲笔字帖《圣教序》，于是亲自到石才叔家请求借回一阅。石才叔欣然允诺，将那份珍贵的字帖借给了文彦博。

文彦博将字帖拿回家中，反复欣赏揣摩，看了又看，爱不释手，便索性叫家里的弟子临摹了一本。

这一天，文彦博设宴招待幕僚、部下和几个朋友，大家饮酒聊天，高谈阔论，兴致颇浓。文彦博叫家里人拿出两本《圣教序》字帖，上面都有作者姓名，文彦博让客人们都来辨认这两本《圣教序》的真假。那些客人们个个伸出大拇指，极力吹捧文彦博的临摹本是真的，是如何如何的珍贵，反而指着石才叔的收藏本说是假的。

当时，石才叔也在座，见此情景，他不说一句争辩的话，只是笑着对文彦博说："今天，我才认识到自己地位的低下。"

文彦博哈哈大笑起来，席上的客人们个个满面通红，羞愧不已。

寓言解读

石才叔委婉地讽刺了那些势利的客人们，主人文彦博从心底与石才叔有同感，所以他也哈哈笑了起来，这也是对那些趋炎附势之人的一种嘲笑。

问人间何处 美丑当别论

爱美是人类的天性，所以爱美之心人皆有之。美是我们每个人发自内心的，潜意识里的一种渴望，和对自己的一种持续不断的关爱。人总希望展现自我最美好的一面。美丑并不能取决于外表，美丑应取决于那奉献给自然的一页。美代表不了什么自豪与荣耀，丑也代表不了什么自卑与厌恶。欣赏美丑，更在于那留给人们的深刻记忆。

荀子说：“形相虽恶，而心术善，无害为君子也。”国外有人言：我们应该注重内心，而不应该只看外貌。

美与丑不在外表，而在心灵。

海大鱼

寓言出处

选自《战国策·齐策》。

故事欣赏

靖郭君田婴要在他的封地薛筑城，门客纷纷劝阻，他拒不听从，并命令门吏："凡陈言阻挠筑城的，一律不予通报。"众人无可奈何。

一天，国中有个人求见，声明："我只说三个字，多说一字，甘愿自投油锅受烹。"靖郭君破例接见。这人进来只说了个"海大鱼"，转身就走。靖郭君莫名其妙，急忙高喊："客人留步。"那人回答："我不敢拿性命当儿戏。"靖郭君说："无妨，请说吧。"于是，来人振振有词谈论出一番道理："您没有听说过大鱼吗？茫茫大海，遨游其间，网不能捕，钩不能钓，可是一旦飘荡失水，滞留沙滩，任凭蝼蚁咬食，也无能为力了。现在，齐国好比您赖以生存的水，您永远有齐，何必再筑薛城？反过来说，如果丢掉了齐，即使把薛城筑得耸入云天，又有何益，和失水大鱼有什么两样？"一席话把靖郭君说得点头称是，放弃了修筑薛城的计划。

寓言解读

说话办事要讲究方法，否则好事会办成坏事。

嗟来之食

寓言出处

选自《礼记·檀弓下》。《礼记》，是中国古代一部重要的典章制度书籍，是战国至秦汉年间儒家学者解释说明经书《仪礼》的文章选集，也是一部儒家思想的资料汇编。戴德选编的85篇本叫《大戴礼记》，在后来的流传过程中若断若续，到唐代只剩下了39篇。戴圣选编的49篇本叫《小戴礼记》，即我们今天见到的《礼记》。这两种书各有侧重和取舍，各有特色。

故事欣赏

战国时期，各诸侯国互相征战，老百姓不得太平，如果再加上天灾，老百姓就没法活了。这一年，齐国大旱，一连3个月没下雨，田地干裂，庄稼全死了，穷人吃完了树叶吃树皮，吃完了草苗吃草根，眼看着一个个都要被饿死了。可是富人家里的粮仓堆得满满的，他们照旧吃香的喝辣的。

有一个富人名叫黔傲，看着穷人一个个饿得东倒西歪，他反而幸灾乐祸。他想拿出点粮食给灾民们吃，但又摆出一副救世主的架子，他把做好的窝窝头摆在路边，施舍给过往的饥民们。每当过来一个饥民，黔傲便丢过去一个窝窝头，并且傲慢地叫着："叫化子，给你吃吧！"有时候，过来一群人，黔傲便丢出去好几个窝头让饥民们互相争抢，黔傲在一旁嘲笑地看着他们，十分开心，觉得自己真是大恩大德的活菩萨。

这时，有一个瘦骨嶙峋的饥民走过来，只见他满头乱蓬蓬的头发，衣衫褴褛，将一双破烂不堪的鞋子用草绳绑在脚上，他一边用破旧的衣袖遮住面孔，一边摇摇晃晃地迈着步，由于几天没吃东西了，他已经支撑不住自己的身体，走起路来有些东倒西歪了。

黔傲看见这个饥民的模样，便特意拿了两个窝窝头，还盛了一碗汤，对着这个饥民大声吆喝着："喂，过来吃！"饥民像没听见似的，没有理他。黔傲又叫道："嗟（jie），听到没有？给你吃的！"只见那饥民突然精神振作起来，瞪大双眼看着黔傲说："收起你的东西吧，我宁愿饿死也不愿吃这样的嗟来之食！"

黔傲万万没料到，饿得这样摇摇晃晃的饥民竟还保持着自己的人格尊严，黔傲满面羞惭，一时说不出话来。

寓言解读

本来，救济、帮助别人就应该真心实意而不要以救世主自居。对于善意的帮助是可以接受的；但是，面对"嗟来之食"，倒是那位有骨气的饥民的精神，值得我们赞扬。

尹绰之爱

寓言出处

选自《说苑》卷二。《说苑》包括君道、臣术、建本、立节、贵德、复恩、政理、尊贤、正谏、敬慎、善说、奉使、权谋、至公、指武、谈丛、杂言、辨物、修文、反质共20篇。每篇都有一个中心议题，即作者所要表达的理念。

故事欣赏

尹绰和赦厥同在赵简子手下做官，赦厥为人圆滑，会见风使舵，看主人的脸色行事，从来不说让主子不高兴的话。尹绰就不是这样，他性格率直，对主子忠心耿耿尽职尽责。

一次赵简子带尹绰、赦厥及其他随从外出打猎，一只灰色的大野兔窜出来，赵简子命随从全部出动，策马追捕野兔子，谁抓到野兔谁受上奖。众随从奋力追捕野兔，结果踩坏了一大片庄稼。野兔子抓到了，赵简子十分高兴，对抓到野兔的随从大加奖励。尹绰表示反对，批评赵简子的做法不妥。赵简子不高兴地说："这个随从听从命令，动作敏捷，能按我的旨意办事，我为什么不能奖励他呢？"尹绰说："他只知道讨好您而不顾老百姓种的庄稼，这种人不值得奖励。当然，错误的根源应该是在您的身上，您不提出那样的要求，他也不会那样去做。"赵简子心里闷闷不乐。

又一次，赵简子因头天晚上饮酒过多，醉卧不起，直到第二天已近晌午，仍在醉梦中。这时，楚国一位贤人应赵简子3月前的邀请前来求见，赦厥接待了那位贤人。为了不打扰赵简子睡觉，赦厥婉言推辞了那位楚国人的求见，结果使那位贤人扫兴而去。赵简子直睡到黄昏才醒来，赦厥除了关心赵简子是否睡得香甜外，对来人求见的事只是轻描淡写地敷衍了几句。

赵简子常对手下人说："赦厥真是我的好助手，他真心爱护我，从不肯在别人面前批评我的过错，生怕伤害了我。可是尹绰就不是这样，他对我的一点缺点都毫不放过，哪怕是当着许多人的面也对我吹毛求疵，一点也不顾及我的面子。"

尹绰听到这些话后，依然不放过赵简子。他又跑去找赵简子，他对赵简子说："您的话错了！作为臣下，就应帮助完善您的谋略和您的为人。赦厥从不批评您，他从不留心您的过错，更不会教您改错。我呢，总是注意您的处世为人及一举一动，凡有不检点或不妥之处，我都要给您指出来，好让您及时纠正，这样我才算尽到了臣子的职责。如果我连您的丑恶的一面也加以爱护，那对您有什么益处呢？丑恶有什么可爱的呢？如果您的丑恶越来越多，那又如何能保持您美好的形象和尊严呢？"

赵简子听了，似有所悟。

寓言解读

可见，真正的爱护并不是一味讨好，而是在发现对方的缺点错误后，能真心指出并帮助其改正，使之不断完美起来。

田饶事鲁哀公

寓言出处

选自《新序》。刘向，字子政，初名更生，是高祖弟楚元王刘交的四世孙。刘向生于动荡的西汉后期，是继孔子、荀子之后对中国的文献整理和流传做出重大贡献的学者。由于他敢于直言进谏，议论批评时政得失，故屡遭谗谤，仕途非常坎坷。《新序》一书是刘向针砭时弊的力作。

故事欣赏

有个叫田饶的人，在鲁哀公身边做事已经好几年了，可是鲁哀公并不了解他的远大志向，总是对田饶平平相待。田饶的才智得不到施展，他决意离开鲁哀公到别国去。

田饶对鲁哀公说："我打算离开您，像鸿雁那样远走高飞。"

鲁哀公不明白田饶的意思，问道："你在这里不是很好吗？为什么要走呢？"

田饶说："大王您经常见到那雄鸡吧！你看它头上戴着大红的鸡冠，非常文雅；它双脚长有锋利的爪子，十分英武；它面对敌人时毫不畏惧敢斗敢拼，格外勇敢；它看见食物时总是'格格'叫着招呼同伴们一起来享用，特别仁义；它还忠于职守，早起报时从不误事，极其守信。尽管雄鸡有着这么多长处，可是大王还是漫不经心地吩咐把它煮了吃掉。这是什么原因呢？因为雄鸡经常在您身边，您每天见惯了它，习以为常，它的光彩在大王眼里便黯然失色，大王感觉不到它的那些杰出的优点与才能。而那鸿雁，从千里之外飞来，落在大王的水池边，它啄吃大王池中的鱼鳖；落在大王的田园里，毁坏大王的庄稼。鸿雁尽管没有雄鸡的那些长处，可是大王依然很器重鸿雁。这又是为什么呢？因为鸿雁是从遥远的地方来的，大王对它怀有一种神奇感，它的一切作为，大王都认为是非常伟大的。所以，请大王让我也像鸿雁一样远走高飞吧。"

鲁哀公说："请你别走，我愿意把你说的这些话都记下来。"

田饶说："您认为我平淡无奇，并不觉得留下我有什么大用，即使写下我的话，也不起什么作用。"于是田饶就离开鲁国前往燕国去了。

燕王让田饶做了相国，田饶从此有了机会施展自己治国安邦的本领。3 年以后，田饶把燕国治理得井井有条，国内富足安定，边境平安没有盗贼。田饶名声大振，燕王也十分得意。

鲁哀公知道了这些情况后，万分感叹，对当年没能留下田饶真是后悔莫及。为此，他一个人独居 3 个月，深刻反省；又降低自己的衣食标准，以示自责。鲁哀公发自内心地慨叹道："以前由于不能知人善任，才使得田饶离我而去，以至于造成了今天的悔恨。真希望田饶能再回到我身边，可是，我知道已经很难了。"

寓言解读

其实生活中也有很多这样的事情。人们往往对自己身边的优秀人才视而不见，只是一味好高骛远，崇拜引进的人才，认为他们才有真才实学。特别是做领导的人，应该善于发现身边的人才，知人善任，不要舍近求远，放跑了本来就在手边的人才。

次非斩蛟

寓言出处

选自《吕氏春秋·知分》。

故事欣赏

楚国有个名叫次非的人，在一次旅游时来到吴国干遂这个地方，得到了一柄非常锋利的宝剑，高高兴兴地回楚国去。

次非在返回楚国的途中要过一条大江，便乘船渡江。当渡江的小木船行到了江中心时，忽然从水底游来两条大蛟，异常凶猛地向这条小木船袭击过来，很快地从两边缠住渡船不放，情况非常危急，所有乘船过江的人都吓呆了。这时，次非向摆渡的船夫问道："您在江上摇橹摆渡多年了，您曾经见到或听到过有两条大蛟缠住船不放而船上的人还能够有活下去的可能吗？"船夫回答说："我驾船渡江几十年，也不知送过多少人过江，不说没见到，还从来没有听说过有这样的事情而船上的人是没有危险的。"次非想：如果不除掉这两条恶蛟的话，全船的人就会有生命危险。于是他立即脱去外衣，捋起衣袖，抽出从吴国干遂得到的宝剑，对船上的人说："这两条大蛟如此凶恶，也只不过是这江中一堆快要腐烂了的骨和肉，还怕它干什么？为了保全船上所有人的生命，我即使丢掉了这柄刚刚得到的上好宝剑，哪怕是我个人的生命，也没有什么可惜的。"说完，他就毫不犹豫地手持宝剑跳到江中向缠住渡船不放的大蛟砍去，经过一场紧张、激烈的人与恶蛟的争斗，次非挥剑斩了那两条大蛟，从容不迫地上到船上来。就这样，次非斩除了两条大蛟，保住了渡江的小木船，挽救了全船人的生命。

寓言解读

这个故事的寓意是：在危急存亡的关头，为着大众利益要挺身而出，迎难而上，不要畏首畏尾，苟且偷安。

许绾谏筑台

寓言出处

选自《列子》。现实中的列子一生安于贫寒，不求名利，隐居郑地40年，不为人知。《列子》又名《冲虚经》，是道家重要典籍。列御寇所著，所著年代不详，大体是春秋战国时代。《列子》是中国古代思想文化史上著名的典籍，属诸家学派著作，是一部智慧之书，它能开启人们心智，给人以启示，给人以智慧。

故事欣赏

魏王决定建造一座很高很高的台阁，它的高度恰好是天与地之间距离的一半，并将这座高台起名叫“中天台”。很多人知道魏王这个决定后，都觉得很荒唐，于是纷纷前来劝阻魏王。魏王感到非常生气，他传下命令说：“谁要再来反对我的决定，一律杀头！”这样，大家都不敢再说什么了，只是在心里着急。

一天，有个叫许绾的人背着筐，拿着铁锹到王宫来求见魏王。他对魏王说：“听说大王要建一座‘中天台’，我愿前来助大王一臂之力。”

见到这个前来帮助建造高台的第一人，魏王感到很高兴。魏王问他：“你有什么力量能够帮助我呢？”

许绾说：“我没什么了不起的力量，我只是能帮助大王您商量建台的计划。”

魏王连忙高兴地问他说：“你有什么高见？快讲来我听。”

许绾不慌不忙地说：“大王您在建造高台之前，先得发动大规模的战争。”

魏王很不理解地说：“你这是什么意思？”

许绾说：“请大王听我分析。我听说天地间相距15000里，中天台的高度是它的一半，那就是7500里，要建7500里高的台，那么台基就得方圆8000里。现在拿出大王的全部土地，也远远不够做台基的。古时尧、舜建立的诸侯国，土地一共才方圆5000里。大王要建中天台，首先就得出兵讨伐各诸侯国，将各诸侯国的土地全部占领。这还不够，还得再去攻打四面边远的国家，得到方圆8000里的土地之后，才算凑齐了做台基的土地。另外，造台所需的材料、人力，造台的人需要吃的粮食，这些都要以亿万为单位才能计算；同时，在方圆8000里以外的土地上，才能种庄稼，要供应数目庞大的建台人吃饭，不知道还得要多大的土地才够用呢。所有这些，都必须先准备好了，才能动工造高台。所以，您应该先去大规模地打仗。”

许绾说到这里，魏王目瞪口呆，一句话也说不出来。后来，魏王当然是放弃了造中天台的想法。

寓言解读

许绾劝说魏王，循循善诱，以理服人，使魏王明白自己所要建的“中天台”只不过是毫无客观基础的盲目蛮干，它当然不可能实现。

在劝说过程中同样要注意方式方法，就算你的建议是合理的，掌握沟通的技巧会事半功倍。

越人遇狗

寓言出处

选自《伯牙琴》。邓牧宋末元初著。

故事欣赏

越国有一个人出外经商，在返家途中遇见一条狗。这条狗跑到越人面前，摇首摆尾地对越人说着人话："我很擅长捕猎野物，只要你对我好，我愿意将猎获的东西与你平分。"

越人见有这等找上门来的好事，不要白不要，于是，很高兴地把狗带回了家中。

狗在越人家中受着很好的待遇。每天，狗吃着用精米做的饭和肥肉做的菜，越人用款待客人的礼节款待这条狗，指望狗将来会好好回报自己。

可是这狗是个忘恩负义的家伙，它受到越人这般优待不但不存感激回报之意，反而日益傲慢骄横起来，每次捕猎到野兽，都是全由自己独吞，把越人忘在一边。

于是有邻人讥笑越人说："你供给那狗好吃好喝，客气得不得了，可它眼里根本没有你，它猎获的野物，从没你的份，你还要这狗干吗？"

越人一听，醒悟过来，也很生狗的气。于是待狗捕猎到野兽，就跟狗平分兽肉，并且每次都给自己多留一些。

那狗终于翻了脸，它不愿越人分享它的猎物。一天，它突然扑到越人身上，咬住他的脑袋，撕断了他的脖子和双腿，然后便离开越人的家跑走了。

寓言解读

越人不能识破这条凶残贪婪的狗的真面目，开始还一味娇宠它，终至这条恶狗翻脸不认人。越人招进强盗，自食恶果的教训是深刻的。

楚王好细腰

寓言出处

选自《墨子·兼爱》。墨子是春秋末战国初时期的思想家、学者，墨家学派的创始人。本名翟，鲁国人（一说是宋国人）。他的“非命”、“兼爱”之论，和儒家“天命”、“爱有等差”相对立。为宣传自己的主张，墨子广收门徒，一般的亲信弟子达数百人之多，形成了声势浩大的墨家学派。墨子及墨家学派的著作汇编，在西汉时刘向整理成71篇，但六朝以后逐渐流失，现在所传的《道藏》本共53篇，原来都写墨翟著，但其中也有墨子弟子以及后期墨家的著述资料，这是现在研究墨家学派的主要史籍。

故事欣赏

这是春秋时期的一天。楚灵王正坐在宝座上上朝。楚灵王对大臣们说：“告诉你们，你们现在的体态太臃肿了！本王不喜欢这样！本王喜欢有纤细腰身的人！好了，退下吧！”

大臣们陆续走出宫殿。其中一位名叫吴信承的大臣在心中盘算：这是个得宠的好机会呀！只要我能使自己的腰比其他人细，皇上就一定会重用并赏赐我了！

想到这儿，他赶紧跑回家中，对家人兴奋地说：“大家听好了，今天皇上说，他喜欢有纤细腰身的人，从今天起，我要减肥了，每天就只吃一顿饭！”他的妻妾和仆人们也十分向往荣华富贵，知道这样能得宠，于是欣然答应。

从那天起，吴信承每天一有空闲就不停地在自己家的院子里跑步，直到出了一身汗，再也跑不动的时候才停，而且无论多么虚弱也坚持每天只吃一顿饭。此外，吴信承从早到晚都把腰带束得紧紧的。有时，他饿得体力不支，肚子“咕咕”直叫，十分难受，可他还是为了得到楚灵王宠信而继续强忍。

就在吴信承一天天瘦下去的同时，朝中的其他大臣也做着同样的努力。于是，每天上朝时，楚灵王都能看到越来越瘦的大臣们。灵王并不知道，大臣们成天减肥而无心朝政，反而还认为大臣忠于自己，是很好的现象。

过了几个月，吴信承已经细腰成功，拥有了纤细的腰肢。只不过，和其他官员一样，他每天上朝之前整装时，先要屏住呼吸，然后把腰带束紧，再扶着墙壁吃力地站起来。而且，到了这时，文臣已没有力气写奏章，武将也没有力气挥舞刀剑，指挥军事了。

转眼间，一年过去了。一直都在欣赏臣子们纤细腰身的楚灵王终于发现，满朝的文武官员都脸色黑黄，说话、走路都有气无力，政事也不如从前管理得井井有条了。

寓言解读

“楚王好细腰”的闹剧说明：上有所好，下必甚焉。楚灵王以个人的好恶去规范臣下的行为，并以此决定亲疏，这就必然会引起下属臣僚的刻意逢迎和拼命邀宠。如此上下互动，渐成风气，势必会酿出大祸，危害国家，毁掉个人。应该说，这个历史故事，对于今天的人们如何安身立命，也不失为一个深刻的教训。

领导者一定要注意自己的言行，用正确的方法来修身养性，同时讽刺了那些投其所好者的可悲的下场。

蔡邕救琴

寓言出处

选自《后汉书·蔡邕传》。《后汉书》由我国南朝刘宋时期的历史学家范晔编撰，是一部记载东汉历史的纪传体史书，“二十四史”之一。《后汉书》是继《史记》、《汉书》之后又一部私人撰写的重要史籍。与《史记》、《汉书》、《三国志》并称为“前四史”。

故事欣赏

东汉灵帝在位的时候，有个大臣名叫蔡邕。蔡邕为人正直，性格耿直诚实，眼里容不下沙子，对于一些不好的现象，他总是敢于对灵帝直言相谏。这样，他顶撞灵帝的次数多了，灵帝渐渐讨厌起他来。再加上灵帝身边的宦官也对他的正直又恨又怕，常常在灵帝面前进谗言说他目无皇上，骄傲自大，早晚会有谋反的可能，蔡邕的处境越来越危险。他自知已成了灵帝的眼中钉、肉中刺，随时有被加害的危险，于是就打点行李，从水路逃出了京城，远远来到吴地，隐居了起来。

蔡邕爱好音乐，他本人也通晓音律，精通古典，在弹奏中如有一点小小的差错，也逃不过他的耳朵。蔡邕尤擅弹琴，对琴很有研究，关于琴的选材、制作、调音，他都有一套精辟独到的见解。从京城逃出来的时候，他舍弃了很多财物，就是一直舍不得丢下家中那把心爱的琴，将它带在身边，时时细加呵护。

在隐居吴地的那些日子里，蔡邕常常抚琴，借用琴声来抒发自己壮志难酬反遭迫害的悲愤和感叹前途渺茫的怅惘。

有一天，蔡邕坐在房里抚琴长叹，女房东在隔壁的灶间烧火做饭，她将木柴塞进灶膛里，火星乱蹦，木柴被烧得“噼里啪啦”地响。

忽然，蔡邕听到隔壁传来一阵清脆的爆裂声，不由得心中一惊，抬头竖起耳朵细细听了几秒钟，大叫一声“不好”，跳起来就往灶间跑。来到炉火边，蔡邕也顾不得火势灼人，伸手就将那块刚塞进灶膛当柴烧的桐木拽了出来，大声喊道：“快别烧了，别烧了，这可是一块做琴的难得一见的好材料啊！”蔡邕的手被烧伤了，他也不觉得疼，惊喜地在桐木上又吹又摸。好在抢救及时，桐木还很完整，蔡邕就将它买了下来。然后精雕细刻，一丝不苟，费尽心血，终于将这块桐木做成了一张琴。这张琴弹奏起来，音色美妙绝伦，盖世无双。

这把琴流传下来，成了世间罕有的珍宝，因为它的琴尾被烧焦了，人们叫它“焦尾琴”。

寓言解读

灵帝不识人才，使蔡邕落魄他乡；而焦尾琴又何其有幸，遇到了蔡邕这样慧眼识良材的音乐专家，终于使一身英华得以展现。这两件事情形成了鲜明对比，告诉我们的道理却是一样的：要爱惜人才、尊重人才，要善于发现别人的才能并合理地使用，做到人尽其才。

不识自己的字

寓言出处

选自《冷斋夜话》。惠洪，一名德洪，字觉范，宋代筠州人。《冷斋夜话》所论内容较杂，介于笔记、诗话之间，但以论诗为主。

故事欣赏

宋朝有个丞相叫张商英，他有个爱好就是书法，他特别喜欢写草书，闲来无事，他便提笔龙飞凤舞一阵，甚是得意。其实，这张丞相的书法很不到家，字写得不合体统，他还孤芳自赏。当时，很多人都讥笑他，而他却不以为然，依然是我行我素，按他的老习惯写字。

一天饭后，张丞相小憩片刻，突然来了诗兴，偶得佳句，便当即叫小童磨墨铺纸，张丞相提起笔来，一阵疾书，满纸是一片龙飞蛇走，让人还着实难以辨认。张丞相写完后，摇头晃脑得意了好一阵，似乎还意犹未尽。于是叫来他的侄子，让侄子把这些诗句抄录下来。

丞相的侄子拿过纸笔，准备用小楷将诗句录下，可是他好半天才能辨认出一个字，时时碰到那些笔画曲折怪异之处，侄子只好连猜带蒙。可是有些地方，他实在是怎么也看不懂，不知从哪里断开才对。他没办法，只好停下笔来，捧着草稿去问张丞相。

张丞相拿着自己的大作，仔细看了很久，也辨认不清，自己写的字自己都不认识了。他心里颇有些下不了台，便责骂侄子说："你为什么不早些来问呢？我也忘记是写的什么了！"

寓言解读

有些人总爱自以为是，既不虚心，又爱坚持自己的错误，还强词夺理为自己辩护，结果是越显出自己的愚蠢可笑。

山芋害人

寓言出处

选自《辨茯神文并序》。柳宗元一生留诗文作品达 600 余篇，其文的成就大于诗。骈文有近百篇，散文论说性强，笔锋犀利，讽刺辛辣。游记写景状物，多所寄托。

故事欣赏

有一天，柳宗元得了重病，脾脏肿得很大，而且时常心脏悸闷。他急忙请一医生治病。医生察看病情后说："依你现在的病情来诊断，服食茯苓应当最见疗效。"

第二天，柳宗元就叫人到集市上去买了一些茯苓来，自己煎着吃了。结果服药之后，病不仅不见好转，相反的更加重了。柳宗元非常生气，派人把医生找来，责怪他医术不精，开错了药方。

医生听了柳宗元的话十分奇怪，自己行医多年，这种病也见过一些，的确是对症下药的。他便提出看看药渣子，是不是药买错了。医生一看药渣，一阵惊呼："唉呀，这全都是老山芋呀！是那个卖药的骗了你，你不辨真伪买下来。你自己糊里糊涂不识货，现在却又来责怪我，你也太过分了。"

柳宗元吃惊地望着药渣十分惭愧，慢慢又愤恨起来。

寓言解读

从这故事推广开想，有不少事是与之类似的。人世间，拿着老山芋去冒充茯苓出售，使得人家病情加重的事，其实多得很！又有多少人能够辨别其中的真伪呢？

甘茂渡河

寓言出处

选自《说苑》。本书是刘向根据皇家藏书和民间图籍，按类编辑的先秦至西汉的一些历史故事和传说，并夹有作者的议论，借题发挥儒家的政治思想和道德观念，带有一定的哲理性。

故事欣赏

战国时期，楚国下蔡地方有个人叫甘茂。他在还很年轻的时候就出任了秦国的将领，后来由于战功卓著，多次对国家立下汗马功劳，所以在秦武王时升任左丞相，任职期间又领兵攻下韩国的宜阳。后来在秦昭王时，因为昭王身边的近臣不止一次地在昭王跟前说他的坏话，他怕有一天昭王会听信这些谗言处死他，于是他就逃往齐国。

甘茂文武全才，既善于指挥军队打仗，又善于治国安民，尤其是能言善辩，有杰出的外交才能。

有一年，甘茂出使齐国，途中必须渡过黄河。他在黄河岸边等了半天的时间，也没等来渡船。快到中午的时候，才过来一只渡船。甘茂上了渡船，渡船破浪前进。

船夫问甘茂说："先生，渡过黄河要干什么去？"

甘茂回答说："我去游说齐王。"

船夫一听就笑了。他想，黄河水深浪急，自己摆船渡来渡去，如履平地，本领够大的了，还不敢去游说齐王呢！你还没有我的本领大呢，也竟敢去游说齐王？

甘茂问道：“你笑什么？”

船夫说：“我笑你不自量力。”

甘茂说：“你为什么会这么说呢？”

船夫说：“黄河的水面只不过是一条缝隙那么窄，你都不能把自己摆渡过来，还能替国王游说齐王吗？”

甘茂说：“这活不对。你不了解啊！世界上的万物，各有所长，各有所短。办事谨慎而又忠厚老实的人，可以辅佐国王，却不能带兵打仗；骐骥和騄駬这样的骏马，一天能跑上千里远。如果把它放在房屋里，让它去捕捉老鼠，它连一只小猫还不如；干将、莫邪炼的宝剑，锋利无比，削铁如泥，天下闻名，如果木匠拿它去砍木头，还不如一把斧头呢。”

船夫觉得甘茂讲得有道理。

甘茂接着说：“接下来，再谈谈你和我吧，现在操起船桨划船，随着波涛上下行驶，我不如你；但是，游说拥有万辆兵车和拥有千辆兵车的大小国家的国王，你也比不上我啊！”

寓言解读

人各有长短优缺，用人之道首重取其长、补其短，使人能够适才适用、尽其所能。人在选择职业时，不应只考虑时下热门的职业，而应依循自己的兴趣与特质，才能行行都出状元。如果不明此理，猫看门，狗抓鼠都是放错位置，终究不能发挥各自的才能。

林回弃璧

寓言出处

选自《庄子·山林》。庄子的代表作为寓言《庄子》，被唐明皇封为《南华经》，他本人也被封为“南华真人”，并被尊崇者演绎出多种版本，名篇有《逍遥游》、《齐物论》等，庄子主张“天人合一”和“清静无为”。

故事欣赏

周朝有一个诸侯国灭亡了，亡国的难民中有个叫林回的人，他舍弃了价值千金的玉璧，却背负着婴儿逃难。

难民中有人不理解林回的选择："你是为了金钱吗？如果是为了金钱，一个婴孩能值几个钱？"又有人问："你不害怕受牵累吗？一个吃奶的婴儿在战难时，给人添的麻烦简直说不完。国难当头，真不明白你抛弃宝玉，背上婴儿这个包袱是为什么？"

林回背着孩子说："那块宝玉是因为值钱才和我在一起。这孩子因为是我的亲生骨肉，和我的感情连在一起。"

和金钱利欲结合在一起，遇到天灾人祸，患难之时便会互相抛弃；和骨肉情义友谊结合在一起，遇到患难便会相依为命。互相抛弃与互相依存，实在是相去十万八千里啊！

寓言解读

用金钱利欲结成的关系是暂时的，不能经受患难的考验；人与人之间的亲情友谊，患难与共才是长久和永恒的。

为争权夺利而泯灭亲情，反目成仇的故事从古至今屡见不鲜。可见世人的劣根是亘古不变，长存于文明社会之中的。

君子的友谊淡得像清水一样，小人的交情甜得像甜酒一样；君子淡泊却心地亲近，小人甘甜却利断义绝。大凡无缘无故而接近相合的，那么也会无缘无故地离散。

外藏不成

寓言出处

选自《吕氏春秋·遇合》。

故事欣赏

一位姑娘出嫁做了别人的妻子。

这时，有人来告诉她的父母说："您家姑娘这门婚事不一定能白头到老。不如让她早做准备，把贵重衣料器物，藏在外面，以防万一。"她的父母觉得有理，于是就让女儿经常悄悄地把东西藏在娘家。

后来，她的公婆知道了，生气地说："身为我家媳妇，却有二心，这样的人不能要。"便把她休了。

姑娘的父母更以为那个出主意的人有远见，肯忠心为自己着想，很是感激，一辈子都友好相待，而不知道为什么姑娘会有那样的下场。

寓言解读

应分清忠言和谗言，忠言可听，切勿轻信谗言，以免上当。

自知之明

寓言出处

选自《战国策·齐策》。

故事欣赏

邹忌身高八尺有余，体格魁伟，相貌堂堂。

一天早晨，他穿上衣服，戴上帽子，对着镜子端详，问妻子："你看我与城北的徐公，谁长得漂亮？"妻子说："夫君漂亮多了，徐公那能比得上你呢！"

城北的徐公，是齐国有名的美男子。邹忌不相信自己真的比徐公长得漂亮，于是又问妾，妾也毫不犹豫地回答说："徐公怎能比得上您漂亮呢！"第二天，有个客人来找他，跟他商谈一件事情，邹忌又问客人："我与徐公谁长得美呢？"客人十分肯定地说："徐公不如你美。"

又过了一天，徐公来访，邹忌仔细看了半天，自愧不如；暗中照照镜子，相形之下，更觉得比徐公逊色多了。邹忌心里很不平静，晚上，他躺在床上，反复思考，自己本来不及徐公，为什么这三人都说自己美呢？最后，他终于悟出了其中的奥妙："妻子说我漂亮，是因为偏爱我，侍妾说我漂亮，是因为畏惧我；客人说我漂亮，是因为他有求于我呀！"

寓言解读

在赞扬声中要头脑清楚，分析原因，切勿忘乎所以。

神偷妙手退敌

寓言出处

选自《淮南子·道应训》。

故事欣赏

子发是楚国的一位将领，他很注意有一技之长的人，善于利用这些人的长处为自己服务。楚国有一位擅偷窃的人听说了这件事，便去投靠子发，小偷对子发说："听说您愿起用有技艺的人，我是个小偷，以前不务正业，如果您能收留我，我愿为您当差，以我的技艺为您服务。"

子发听小偷这么说，又见他满脸诚意，很是高兴，连忙从座位上起身，对小偷以礼相待，竟连腰带也顾不上系紧、帽子也来不及戴端正。小偷见子发果然是真心，简直是受宠若惊了。

子发手下的官员、侍从们都劝谏说："小偷是天下的盗贼，为人们所不齿，您怎么对他如此尊重？"

子发摆摆手说："你们一时难以理解，以后就会明白的，我自有道理。"

适逢齐国兴兵攻打楚国，楚王派子发率军队前去迎战齐兵。结果，连续交锋三次，楚军都败下阵来。

军帐内，子发召集大小将领商议退齐兵的策略，将领们想了好多计策，个个忠诚无比，可是对击退齐兵却一筹莫展，而齐兵反而愈战愈强。

面对紧张的形势，那个小偷来到帐前求见，主动请缨。小偷说："我有个办法，请让我去试试吧。"子发同意了。

夜间，小偷溜进齐军营内，神不知鬼不觉地将齐将首领的帷帐偷了出来，回到楚营交给子发。子发便派了一个使者将帷帐送还齐营并对齐军说："我们有一个士兵出去砍柴，得到了将军的帷帐，现特前来送还。"齐兵面面相觑，目瞪口呆。

第二天，小偷又潜进齐营，取回齐军首领的枕头。子发又派人送还。

第三天，小偷第三次进了齐营，取回来齐军首领的头发簪子。子发第三次派人将簪子送还，这一回，齐军首领惊恐万分不知所措。齐军营中议论纷纷，各级将领大为惊骇。于是，齐军首领召集军中将士们商议对策。首领对大家说："今天再不退兵，楚军只怕要取我的头了！"将士们无言以对，首领立即下令撤军。

齐军终于退兵而走。楚营内大大嘉奖那个立功的小偷，众将士无不佩服子发的用人之道。

寓言解读

小偷，如果损害社会人民，的确该绳之以法；如果改邪归正，把技艺特长用到有益的地方，有时也能干出大事来。没有地位低微而且能力微薄的人，关键在于贤能的人如何利用他们。

可及若不及
智愚皆境界

常言道，难得糊涂，糊涂难得；深藏不露，大智若愚。历史智慧点点滴滴地告诉我们，聪明与糊涂是相对的。很多人才智很高而不露锋芒，表面上看好像愚笨；也有很多人自以为才华横溢而张扬跋扈、盲目自傲、耍小聪明、固执己见、自以为是，结果会聪明反被聪明误。

有人大智若愚，大智若愚是在平凡中表现不凡，在消极中表现不凡，在消极中表现积极；同样也有人大愚若智，不自我表现反而显得与众不同，不自以为是反而会超出众人，不自夸成功反而会成就大事。

厚积薄发宁静致远，注重自身修为的提高，对事大度开放，有海纳百川的境界和强者求己的心态，这才是正确的做人原则。

侏儒梦灶

寓言出处

选自《韩非子》。韩非子的文章说理精密，文锋犀利，议论透辟，推证事理，切中要害。韩非子善于用大量浅显的寓言故事和丰富的历史知识作为论证资料，说明抽象的道理，形象化地体现他的法家思想和他对社会人生的深刻认识。在他文章中出现的很多寓言故事，因其丰富的内涵，生动的故事，成为脍炙人口的成语典故，至今为人们广泛运用。

故事欣赏

卫灵公在位时，不大亲理朝政。这给一些有政治野心的人提供了可乘之机。他们用腐蚀、献媚的手段取悦于灵公，从而换取灵公的宠信。在封建官场的争权夺利中，弥子瑕是一个获胜者。他不仅使卫灵公对他言听计从，而且即使他用自己所把持的朝廷大权为非作歹，灵公也不去过问。对此，很多人深感痛恨。

有一次，一个侏儒求见灵公。进殿后，他兴冲冲朝灵公走去。到了灵公面前，他神秘地说了一句："我昨天做的一个梦已经应验了！"灵公好奇地问："是怎样的一个梦？"侏儒说："我梦见了一口灶。它预示我能见君王。现在我不是见到君王您了吗？这说明我的梦已经应验。"灵公一听很生气。他忿忿地说："人们都把国君比做太阳，你却把梦见灶与求见我联系在一起，真是岂有此理！"侏儒说道："请君王息怒。我这样讲是有道理的。大家都知道太阳的光芒普照天下，地上没有哪一件东西能遮挡其光辉；君王的功德荫庇全国，没有哪一个人能够取而代之。然而灶却不一样。如果有一个人坐在灶前烧火，就能把灶口完全遮住，他身后的人哪里还能看到灶膛里的光亮呢？现在君王身边不是经常只有一个人在那里'烧火'吗？既然如此，我见您之前没有梦见太阳而是梦见了灶，难道有什么不对吗？"

寓言解读

这篇故事，抓住了封建君王好大喜功、梦想与日同辉的自私心理，把一个不理朝政的昏君比做灶，其寓意是以此来藐视、刺激他，促使其摆脱个别坏人的控制，振兴朝纲。同时，寓言还告诫人们，我们对于弥子瑕那种通过给君王歌功颂德来博取名利的野心家，决不能掉以轻心。

生木造屋

寓言出处

选自《吕氏春秋·别类》。

故事欣赏

宋国大夫高阳应为了兴建一幢房屋，派人在自己的封邑内砍伐了一批木材。这批木材刚一运到宅基地，他就找来工匠，催促其即日动工建房。

工匠一看，地上横七竖八堆放的木料还是些连枝杈也没有收拾干净的、带皮的树干。树皮脱落的地方，露出光泽、湿润的白皙木芯。树干的断口处，还散发着一阵阵树脂的清香。用这种木料怎么能马上盖房呢？所以工匠对高阳应说：“我们目前还不能开工。这些刚砍下来的木料含水太多、质地柔韧、抹泥承重以后容易变弯。初看起来，用这种木料盖的房子与用干木料盖的房子相比，差别不大，但是时间一长，这种用湿木料盖的房子容易倒塌。”

高阳应听了工匠说的话以后，冷冷一笑。他自作聪明地说：“依你所见，不就是存在一个湿木料承重以后容易弯曲的问题吗？然而你并没有想到湿木料干了会变硬，稀泥巴干了会变轻的道理。等房屋盖好以后，过不了多久，木料和泥土都会变干。那时的房屋是用变硬的木料支撑着变轻的泥土，怎么会倒塌呢？”工匠们只是在实践中懂得用湿木料盖的房屋寿命不长，可是真要说出个详细的道理，他们也感到为难。因此，工匠只好遵照高阳应的吩咐去办。虽然在湿木料上拉锯用斧、下凿推刨很不方便，工匠还是克服种种困难，按尺寸、规格搭好了房屋的骨架。抹上泥以后，一幢新屋就落成了。

开始那段日子，高阳应对于很快就住上了新房颇感骄傲。他认为这是自己用心智折服工匠的结果。可是时间一长，高阳应的这幢新屋越来越往一边倾斜。他的乐观情绪也随之被忧心忡忡取而代之。高阳应一家怕出事故，从这幢房屋搬了出去。没过多久，这幢房子终于倒塌了。

寓言解读

尽管高阳应善于诡辩，能把别人噎得无话可说，但是，新屋还是按照事物发展的客观规律倒塌了。高阳应的房子没住多久就倒塌的事实说明，我们做任何事情，都必须尊重实践经验和客观规律，而不能主观蛮干。否则，不顾客观规律，光凭主观意志去做事情，没有不受惩罚的。

牛缺遇盗

寓言出处

选自《吕氏春秋》。

故事欣赏

牛缺，在地方上是位声望很高的饱学之士。有一次，他要去邯郸拜见赵国国君，途经耦沙时，遇上了一伙强盗。强盗抢走了他的牛车及随身衣物，他只好步行。强盗在一旁看到这人对被劫之事并不在意，脸上连半点忧愁和吝啬的表情都没有，心中不免生疑，于是便追上去问个究竟。

牛缺坦然地回答说："一个有德行的人，不应当因丢失一点供养自己的财物而去与人争斗，这样会危害它所供养的自身的安全啊。"

强盗们听后，同声称赞道："这真是一个贤德之人啊！"他们望着牛缺渐走远的背景，忍不住又商议："如此贤德之人去拜见赵国的国君，必会受到信用，他如果在国君面前告发了我们的强盗行径，我们一定会大难临头。因此，还不如先下手为强。"于是，这伙强盗再一次追上牛缺，并把他杀掉了。

有个燕国人听说了这件事后，就将全家族的人集合起来，告诫他们："今后谁遇上了强盗，可千万别学牛缺那样以贤德求忍让呀！"大家都牢牢记住了这个教训。

不久，这个燕国人的弟弟要到秦国去，一行人来到函谷关下，又遇上了强盗。他想起了哥哥临别时的告诫，始终不肯轻易舍弃财物，在实在斗不过这伙强人时，他又跪在地上，低三下四地哀求强盗以慈善为本，发还抢走的财物。

强盗们被纠缠得大怒了，忍不住厉声喝道："我们没有要你的性命，就已经够宽宏大量了。你现在还要死死地缠住我们，索要财物，这不就把我们的行迹暴露了吗？我们既然已经作了强盗，哪里还有什么慈悲仁义可言？"只见这伙人手起刀落，将那个燕国人的弟弟杀了，同时还杀害了与之同行的四五个伙伴。

寓言解读

牛缺与燕人被害的悲剧警醒后人：对于杀人不眨眼的强盗，既不能讲"贤德"，也不能苦苦哀求。只有丢掉幻想，团结斗争，战而胜之，才是唯一正确的选择。

田夫献曝

寓言出处

选自《列子·杨朱》。《列子》全书 8 篇，140 章，由哲理散文、寓言故事、神话故事、历史故事组成。而基本上则以寓言形式来表达精微的哲理。共有神话、寓言故事 102 个。这些神话、寓言故事和哲理散文，篇篇闪烁着智慧的光芒。

故事欣赏

从前，宋国有个农夫，家里很穷，一年到头、从早到晚在田地里忙忙碌碌地劳动，从来不曾出过远门。他既不知道世上的富人过的是怎样的生活，也从未见过本乡以外的世界是个什么样子。

因为家里十分贫穷，这个农夫经常穿着乱麻编织的衣服，艰难地熬过严寒的冬天。好不容易春天来了。冰雪融化了，太阳温暖地照着大地，农夫也因此而像田地里的禾苗一样焕发了生机。

有一天，天气格外晴朗，没有一丝风。农夫在田地里干了半晌，觉得有些劳累，便坐在田埂上休息晒太阳。暖融融的阳光照在农夫身上，他感到一种说不出的温暖和舒服，简直像到了云里雾里一样，他觉得晒太阳取暖简直是世间独一无二的享受。他全然不知道世界上还有暖和的高楼大厦、华宅深院，也不知道有温软的丝棉袍子和贵重的狐皮大衣。

可怜的农夫回过头对妻子说："晒太阳的暖和，真是舒服极了，世上只怕还没有什么人知道这种好处。我们如果把晒太阳取暖的舒服享受献给国君，一定会得到一笔重赏。你看怎么样?"

农夫的妻子觉得丈夫说的有道理，也同意去向国君敬献晒太阳的办法。于是夫妻俩抛下田间的农活回家，打算去献计领赏。可惜的是，这夫妻二人不但没有一件像样的衣服，甚至连出门进城的路怎么走都不知道。

寓言解读

有些人被见识所局限，常常以为自己觉得了不起的事情，别人也都会认为了不起，其实他们自以为了不起的事，可能往往都是尽人皆知的微不足道的小事。

愚公谷

寓言出处

选自《说苑·政理篇》。刘向在《说苑序奏》中明确交代《说苑》是由"除去与《新序》复重者"，把"浅薄不中义理，别集以为百家"而外的材料编撰而成。这说明，《说苑》取材的首要标准是要求有义理可观。《说苑》即是以义理为统辖，搜集那些可以作为依据的传说和故事编撰而成。

故事欣赏

有一次，齐桓公在外出打猎时忽然看到一只鹿从前面飞快地跑过，于是他策马紧追不舍，一直追进了一个山谷里。齐桓公正不知此山谷为何处，恰好遇一老者齐桓公就问老者：

“这里叫什么谷?”

老者回答说：“这里叫愚公谷。”

齐桓公又问：“为什么叫这个名字?”

老者说：“这是用我的名字来命名的。”

齐桓公朝老者仔细看了看，疑惑不解地问：

“我看你的相貌，毫无愚蠢之状，为什么说是用你的名字来命名的呢?”

老者回答说：“让我把事情的原委告诉您吧。我曾经喂养了一头母牛，母牛下了一头小牛。后来小牛慢慢长大了，我便卖了牛买了一匹小马。一个年轻后生看到我牵着一匹小马，上前便呵斥道：‘你养的是一头牛，牛是不能生马的，你这马是哪来的？莫不是偷来的！’于是强行把我的马牵走了。后来乡邻们知道了这件事，都说我真愚蠢。他们把我叫做愚公，而把我住的这个山谷就叫做愚公谷。”

桓公听后也说：“依我看，你也的确愚蠢。既然那小马是你用辛勤喂养的牛换来的，你为什么要让那个年轻人把它牵走呢?”说完，齐桓公不去继续追赶鹿，调转马头回宫去了。

第二天上朝时，齐桓公把这件事讲给他的相国管仲听了。管仲一听，脸色变得严肃起来。他郑重地整了整自己的衣襟，向齐桓公两次下拜请罪说：

“在君王的属土之内竟然出现这样的事情，应该算做我的过错啊！假如是尧帝时候，皋陶为掌管刑狱的官员，哪里还会有人胆敢强抢人家的马驹子呢？即使有这样的情况，那被欺凌的老者也决不会轻易撒手，而是要找地方跟抢马的人评理的。如今那老者知道处理诉讼案件不公正，遇到巧取豪夺的人，惹不起、躲得起，只好把小马给他算了。看来，这不是一个老头愚蠢的问题，而是社会治理不力的问题。回头让我好好整顿一番吧。”

齐桓公十分赞成管仲的意见，支持他放手整顿法治，惩治邪恶，伸张正义。

寓言解读

愚公在年轻人以强凌弱的情况下舍弃利益求得平安的做法是不值得提倡的；要想根本改变社会的治安状况和树立良好的道德风尚，关键还在于领导的严于律己、认真治理和万众一心的积极参与。

齐王斗鸡

寓言出处

选自《庄子·达生》。对于庄子在我国文学史和思想史上的重要贡献，封建帝王尤为重视，在唐开元二十五年庄子被诏号为“南华真人”，后人即称之为“南华真人”，《庄子》一书也被称为《南华真经》。其文章具有浓厚的浪漫色彩，对后世文学有很大影响。

故事欣赏

春秋战国时代，齐国盛行斗鸡。举国上下不乏斗鸡爱好者。其中最酷爱此项活动的莫过于齐王。王宫内养了不少斗鸡，他为了取得胜利，专门派人到纪国雇请出生于驯养斗鸡世家的纪渻子。

纪渻子是驯养斗鸡的高手，有一套祖传的方法，齐王是斗鸡迷，把纪渻子雇来10天后便召见他，询问斗鸡的搏斗功夫驯出来没有。

纪渻子禀告齐王说：“还没有。它近期表现为内心空虚而神态高傲，模样盛气凌人。”齐王知道这种精神状态是浮躁的表现。还没到火候。

又过了10天，齐王心里憋得不耐烦了，传旨纪渻子汇报驯养情况。谁知纪渻子说仍没驯成熟。眼下斗鸡听到其他鸡的啼声，看到鸡的影子仅只有反应。他劝齐王再等段时间，如果急于求成，会前功尽弃。

齐王听了他的劝，又熬过了10天，不见驯鸡的消息，心中十分窝火，派人把纪渻子抓进宫殿。不等齐王发问，纪渻子说：“差不多了，驯养已到关键阶段，斗鸡目前的目光过于敏锐，虽有斗志，但心中充满着傲气和怒气……”齐王打断他的汇报，问他现在能不能参战。

纪渻子果断地否定说：“不行！”

齐王发怒地喝道：“我宰了你，我不能再等待了！”

“大王就是杀了我，我也不会同意去参战，斗鸡此时参斗，难操胜券。”

听纪渻子如此回答，齐王认为驯养师是个诚实而又勇敢的人，遂收回成令，让他继续驯养。

纪渻子走后，齐王在期盼中又苦苦的熬了10天。齐王不等纪渻子进宫，带领一班随从径直到驯养场。此次齐王做好了要么交斗鸡，要么交人头的决定。

在鸡场，纪渻子迎见齐王：“差不多了！”

皇上听毕问他：“可以参斗？”

“完全可以。”纪渻子肯定地回答，“现今斗鸡虽遇挑战者向它鸣叫，仍神色自若，视而不见，毫无反应。看上去像一只木鸡。”

齐王转怒为喜，亲自看见斗鸡，只见它昂首挺胸，精神安定专一，不惊不动。连连叫绝：“好鸡，好鸡！”喜不自胜。他令人把挑战鸡引到斗鸡面前，这些鸡一看见纪渻子驯养的斗鸡望而却步，腿都吓软了，转身便逃。胆大的与它斗不了几个回合，纷纷狼狈逃窜。

真正有本领和才能者，都能达到更高的精神境界。驯养斗鸡的大师重视精神品质的修炼，反映出他的德才观。这个寓言启示人们只有德才兼备，才能成大器。

寓言解读

真正有大智慧的人表现出来的也许是愚钝，真正有高超技巧的人看起来却有些笨拙，真正勇敢的人往往被别人误解为胆怯。但是，如果真正处于非常境况时，这些人往往能够表现出非同寻常的能力。庄子通过这则寓言，也许是在阐明“相反的两极在某种高度便相互接近转化”的道理，这正是道家思想所特有的辩证思维。

神龟的智慧

寓言出处

选自《庄子》。

故事欣赏

有一只神龟被一个打鱼人捉住了，于是神龟托梦给宋国国王宋元君。

这天夜间，宋元君睡梦中只见一个人披头散发、探头探脑地在侧门窥视，并对宋元君说："我住在一个名叫宰路的深潭里。我替清江水神出使到河伯那里去，路上，被一名叫余且的渔人捉住了。"

宋元君早上醒来，想起夜间的梦，觉得奇怪，于是叫人占卜这个梦。占卜的人说："这是一只神龟给大王托的梦。"宋元君问左右的人说："有没有一个叫余且的渔人?"左右回答说："有一个渔人就叫余且。"于是，宋元君命令手下人传余且来朝见。

第二天，余且来见宋元君。元君问他说："你打鱼捉到了什么东西?"余且回答说："我用鱼网捕到了一只大白龟，龟的背围足有五尺长哩。"宋元君命令余且将白龟献上。余且赶忙回家将捉到的白龟献给了宋元君。

宋元君得到这只神龟后，几次想杀掉它，又几次想把它养起来，心中总是犹豫不决，最后只好请占卜的人来做决断。占卜的结果是："杀掉这只龟，拿它做占卜用，这是吉利的。"于是，宋元君命人将白龟杀死，剖空它的肠肚，用龟壳进行占卜，总共卜了72次，竟然次次都灵验。

后来，孔子对这件事深有感慨地说："这只神龟有本事托梦给宋元君，却没有本事逃脱余且的网；它的智慧能达到72次占卜没有一次不灵验的境地，却不能避免自己被开肠剖肚的灾祸。这样看来，聪明也有受局限的地方，智慧也有照应不到的事情。"

寓言解读

一个人的聪明才智哪怕再高，也比不上大家的智慧。因此，只有万众一心，群策群力，才能把事情做得比较周全。

庄子认为，要小聪明和为善之心都要不得，只有保持天性，顺应自然，才能自然地表现出大智与真善。

神龟想免去杀身之祸，托梦给宋元君，没想到仍不免被剖杀，还被宋元君用其龟甲占卜，神龟若不托梦，下场也许还不至于这么惨，这说明个人的智慧是有限的，即使神灵也有失算的时候，而众人的谋虑是最高的智慧。

兰子献技

寓言出处

选自《列子》。《列子》的每篇文字，不论长短，都自成系统，各有主题，反映睿智和哲理，浅显易懂，饶有趣味。

故事欣赏

古代，人们将那些身怀绝技云游四方的人叫“兰子”。宋国有一个走江湖卖艺的兰子，凭着他所怀有的绝技求见宋王宋元君，以期得到宋元君的重用。宋元君接见了他，并让他当众表演技艺。

只见这个兰子用两根比身体长一倍的木棍绑在小腿上，边走边跑，同时手里还要弄着7把宝剑。他一边用右手接连地向空中抛出宝剑，一边用左手准确无误地去接不断下落的剑。7把明晃晃的宝剑在他手上从左到右有条不紊地轮番而过，而空中则总有五把宝剑像一个轮回的光圈那样飘然飞舞。宋元君看了这令人眼花缭乱的绝技，非常吃惊，他连声喝彩道：“妙！妙！”旁边围观的人也无不拍手叫绝。宋元君十分开心，马上叫人赏赐给这个卖艺人金银玉帛。

不久，又有一个会要“燕戏”的兰子，听说了宋元君赏赐耍剑艺人金银的事，便前去求见宋元君。这一回，宋元君却不但毫无兴趣，而且大怒说：“先前那个有绝技的人来求见我，正好碰上我心情好，虽然他的技艺毫无用处，但是我仍然赏了他金银玉帛。今天这个兰子一定是听说了那件事才来求我看他表演的。这不明明是为贪财而献技、希望向我讨赏的吗？这种人实在可气！”

于是宋元君命人把那个会“燕戏”的兰子抓了起来。宋元君本来打算杀了那个人，后来又觉得他并无什么大的罪过，只把他关了一个月就放了。

寓言解读

一个只凭自己的喜怒来决定人的价值的昏君，在处理国家大事上必定是没有原则的。如果凭一件偶然的事情，就以为他“识才”，那也是愚蠢的。

每个人的环境和机遇是不同的，或许你能做到他所做到的一切，但是，他成功的路不一定适合你走，当各种条件和因素变化的时候，结果也许正好相反。

晏婴使楚

寓言出处

选自《晏子春秋·内篇杂下》。晏子，字仲，谥平，习惯上多称平仲，夷维人（今山东高密），春秋时代一位重要的政治家、思想家、外交家。晏婴聪明，机智，能言善辩，善于辞令，头脑机敏。内辅国政，屡谏齐王。对外他既富有灵活性，又坚持原则性，出使不受辱，捍卫了齐国的国格和国威。

故事欣赏

春秋时代，齐国的晏婴是一位很有才干的国相。他第一次出使楚国的消息传出后，楚王对身旁的谋士们说：“晏婴在齐国是有名的能言善辩之人。现在要来楚国，我想当众羞辱他一番，你们看有什么好办法呢？“于是他们商议出了一个坏主意。

这天，晏子如期而至，楚王设宴款待。当酒兴正浓时，忽见两个差役押着一个被缚之人来见楚王，楚王假装不知地问道：“这人犯了什么罪?”差役赶紧回答：“他是齐国人，到我们楚国来偷东西。”楚王于是回过头去看着晏婴，故作惊讶地说：“你们齐国人都喜欢偷东西吗?”

晏婴早已看出了楚王是在演戏，这时便站了起来，极其郑重而严肃地对楚王说：“我听说橘树生长在淮河以南时就结橘，如果将其移栽到淮河以北，结的果实就变成又酸又苦的枳（zhi）了。它们只是叶子长得十分相似而已，所结果实的味道却大不相同。这是什么原因呢？原来是水土不同的缘故啊！眼下这个人在齐国时不偷盗，到了楚国后却学会了偷盗，莫非是楚国的水土会使人变成盗贼么?”一席话噎得楚王尴尬极了，只好赔笑收场。

时隔不久，晏婴又被派往楚国公干。楚王没有忘记上次宴会上的难堪，总想伺机报复。他知道晏婴的身材十分矮小，于是就吩咐在城门旁边另外凿开一扇小门。当晏婴到来之后，侍卫便让他从小门进去，晏婴见状，立刻正色道：“只有出使狗国的人，才会从狗洞中爬进爬去。我今天是奉命出使楚国，难道也要从这狗洞中进去吗?”侍卫们理屈词穷，只好眼睁睁看着晏婴从大门正中昂首阔步地进了城。

接着，晏婴在拜见楚王时，楚王又用嘲讽的语调说：“齐国大概没有多少人吧?”

晏婴闻言，迅速予以纠正：“我们齐国仅都城临淄就有居民七八千户，街上行人摩肩接踵，人人挥袖就可遮住太阳，个个洒汗即如空中落物，您怎么能说齐国无人呢?”

楚王听罢，进一步用挑衅的口吻发问：“既然齐国人多，为什么总是派遣你这般矮小的角色作使臣呢?”

晏婴对楚王的无礼早有思想准备，他冷笑了一下应道：“我们齐国派遣使臣的原则是视出使国的情况而定，对友好的国家就派好人去，如果出使国的国王粗野无礼，就派丑陋无才的人去。我在齐国是最丑陋无才的人，所以总是被派作出使楚国的使臣。”

一席话再次使楚王无言以对，从此他再也不敢小看晏婴和齐国了。

寓言解读

许多自以为聪明的人，其实是愚蠢透顶；一心想侮慢他人的人，到头来必然会使自己的尊严扫地。

画鬼最易

寓言出处

选自《百喻经》。《百喻经》全称《百句譬喻经》，是古天竺高僧伽斯那撰，南朝萧齐天空三藏法师求那毗地译。《百喻经》称“百喻”，就是指有一百篇譬喻故事，但原经真正的譬喻故事只有98篇；之所以称之为“百”，有两种说法，一就整数而言，二是加上卷首引言和卷尾偈颂共为百则。《百喻经》全文2万余字，结构形式单一，每篇都采用两步式，第一步是讲故事，是引子，第二步是比喻，阐述一个佛学义理。它从梵文译成汉文，距今已经有1500多年的历史。

本书为第五世纪印度僧伽斯那所集。本书于12部经中，属于譬喻一类，每篇都有喻和法两部分合成。喻是一篇简短的寓言，法是本篇寓言所显示的教诫。这些寓言主要描写幽默可笑的事情，有很犀利的讽刺性，也可以作笑话看。

故事欣赏

春秋时期有一个很高明的画家，这天被请来为齐王画像。画像过程中，齐王问画家：“比较起来，什么东西最难画呢？”

画家回答说：“活动的狗与马，都是最难画的，我也画得不怎么好。”

齐王又问道：“那什么东西最容易画呢？”

画家说："画鬼最容易。"

"为什么呢？"

"因为狗与马这些东西人们都熟悉，经常出现在人们的眼前，只要画错那怕一点点，都会被人发现而指出毛病，所以难画，特别是动态中的狗与马难画，因为既有形又不定形。至于鬼呢，谁也没见过，没有确定的形体，也没有明确的相貌，那就可以由我随便画，想怎样画就怎样画，画出来后，谁也不能证明它不像鬼，所以画鬼是很容易的，不费什么神。"

寓言解读

如果没有具体的客观标准，就会容易使人"弄虚作假"和"投机取巧"。唯心论最省力，因为它不受客观实际检验，可以瞎说一气，而唯物论则要接受客观实际的检验，所以很费工夫。

管庄子杀虎

寓言出处

选自《战国策·秦策二》。《战国策》初有《国策》、《国事》、《事语》、《短长》、《长书》、《修书》等名称和本子，西汉末刘向编定为33篇。

故事欣赏

管庄子是远近闻名的勇敢的猎手，他常常一个人猎杀虎豹豺狼，无所畏惧。

一次，管庄子来到一座山前，见有两只老虎在那里争吃人肉，正在拼命厮打着。它们时而举起前腿互相猛扑，时而互相咬住脖颈不放，两虎的咆哮声震撼着山林。

管庄子举起锋利的猎叉，正要上前刺杀这两只老虎，与他同行的管与连忙拉住他，说：

"老兄且慢!"

管庄子说:"还等什么?现在两只老虎正在厮打,我得乘它们不备刺杀它们。不然的话,这两只老虎一会儿平静下来,重新和好,我还对付得了吗?"

管与说:"最好的时机还没到。你想,老虎是凶猛的野兽;人肉,是老虎最美的食物,它们为争夺这块食物正疯狂搏斗,不最后见一个高低,它们不会罢休。两虎真的动怒拼打,弱些的肯定会被咬死,而强些的那只虎也会被咬伤。等到它们死的死了,伤的伤了,你再行动,只需要轻而易举地将受伤的老虎刺死,这两只老虎就都属于你了。"

管庄子恍然大悟。原来管与给管庄子出的是一个只需付出刺杀一只伤残老虎的代价,却能收到杀死两只老虎的主意。这真是一个好主意!

寓言解读

做事情要善于分析矛盾,把握时机,以逸待劳,收到事半功倍的效果。

要取得胜利,不能光凭勇敢,而要运用智慧。善于运用智慧的人,可以用较小的代价,取得较大的收获。

割肉相啖

寓言出处

选自《吕氏春秋》。

故事欣赏

战国时代,在齐国有一个无名小镇,镇上住着两个自命不凡、爱说大话、喜欢自夸为全世界最勇敢、最顽强、最不怕死的人。他们一个住在城东,一个住在城西。

有一天,这两个自诩为最勇敢的人碰巧同时来到一家酒楼喝酒。他们一先一后进了酒楼后才互相看见对方。两人相互寒暄了一番后,便选中靠窗的一张又干净、又明亮的餐桌相对而坐。不一会儿，酒保送上来了一坛陈年老酒。店小二又替他们剥去坛口上的封口泥，打开了酒坛盖子，一股香气扑鼻而来。店小二替他们各自斟满了一碗酒后，把酒坛子放到桌子上，很客气地退了下去。

这两个“最勇敢”的人喝了一会酒，聊了一会天，边喝边谈，渐渐觉得有酒无肉实在是有点乏味。其中一个“最勇敢”者提议说：“老兄，稍等一会再喝。这样光喝酒不吃肉也不是味，我到菜市场去买几斤肉来，叫这酒店厨师加工后端上桌子供我们下酒。咱俩难得在一起，今天喝个痛快。”另一个“最勇敢”者答道：“老兄，不必到菜市场去买肉了。你我身上不都长着有肉吗？听人说腿肚子上的肉是精肉，我们将自己随身带的刀在自己身上割下肉来下酒，又新鲜、又干净，不是更好吗？只叫店小二端盆酱来蘸着吃就行了”。第一个“最勇敢”者为了表现自己的“勇敢”，只好同意了对方的提议。不一会儿，店小二将一盆酱端来了，放在桌子上面。他们每人喝了一碗酒后，各自抽出自己的腰刀，在自己的大腿上割下一大块肉来，血淋淋的放在酱盆里蘸了一下，然后送到自己嘴里咽了下去。就这样，他们每喝一大碗酒，就在各自大腿上割下一大块肉来吃。当时在场的人看到后又惊讶，又害怕，但谁也不敢上前干预。这两个“最勇敢”者在酒楼里一边喝酒，一边吃着从自己身上割下的肉。他们两个人都自称是世界上最勇敢的人，谁也不肯在对方面前认输。就这样，酒一大碗一大碗地喝下去，他们身上的肉也一大块一大块地被割下来；鲜血不断地从他们身上流出，流到地上，流了一大片……不多久，这两个自诩为最勇敢的人都由于失血过多而死去。

寓言解读

勇敢本来是很好的品质，它能帮助我们战胜前进道路上的危险和困难。但盲目的逞勇斗狠却是无聊的行为，是愚蠢而可悲的。

可以说在日常生活中，一切逆中华民族美好传统而动、违背社会伦理、违反规章、触犯法律的行为都是自啖其身。如果说齐人自啖对社会尚无大碍的话，今人自啖却是在贻害社会的过程中自食了身家性命，其危害不啻于烈性炸药。

禁绝自啖行为必须从强化个人修养入手，看重他人、集体和国家的利益，遵纪守法，不为金钱遮望眼，不被私利撬动心，凡事不看对己是否有利，先看对人是否有害。“己所不欲，勿施于人”，以害人始者，无不以害己告终，千年古训，我们务必谨记，以求人生的顺遂与圆满。

秦士好古

寓言出处

谢肇淛，字在杭，号武林、小草斋主人，晚号山水劳人。明万历二十年（1592）进士，历任湖州、东昌推官，南京刑部主事、兵部郎中、工部屯田司员外郎，曾上疏指责宦官遇旱仍大肆搜刮民财，受到神宗嘉奖。入仕后，历游川、陕、两湖、两广、江、浙各地所有名山大川，所至皆有吟咏，雄迈苍凉，写实抒情，为当时闽派诗人的代表。曾与徐火勃重刻淳熙《三山志》，所著《五杂组》为明代一部有影响的博物学著作，《太姥山志》亦为其所撰。一生勤于著述，写作大量笔记小品，是明末著名学者。所著《五杂组》16卷，多记掌故风物，为明代一部有影响的博物学著作。

《五杂组》在清乾隆年间、文字狱最盛之时被列为禁书，全国收缴并“全毁”，其主要原因是言辞大胆触到了清统治者的痛处：其一，关于“夷夏”的议论。谢肇淛学贯古今，有着很清醒的头脑，对历史和时局有着独到的见解。他在明朝尚且强盛的时候，就看到了边界最大的隐患——正悄然发展起来的“蛮夷之族”女真。不但如此，谢肇淛早在万历年间就已提出了制服夷狄的策略，就是“以夷攻夷”离间他们，防止他们联合。

故事欣赏

秦朝有个读书人非常喜欢古物，即使价值十分昂贵也一定要求购。

有一天，有人带来了一张破席子。亲自上门对他说：“过去鲁哀公向孔子询问国事，就让孔子坐在这张席子上。”他心里非常高兴，认为这席子很古，就用近郊的田地换了它。过了不久，又有一个人拿了一根旧拐杖来卖，对他说：“这是周太王逃难时所用过的拐杖，它比孔子坐过的那席子要早几百年，您用什么来报偿我呢？”他就把家里所有的资金给了那人。又过了一阵，又有人拿来了一只快腐烂的木碗对这好古的读书人说：“那席子和拐杖还不算很古，我这只碗是夏朝时造的，比孔子和周太王时要古得多。”读书人也深信不疑，就把家中所有的东西都给了这人。

三件古物都得到了，可是田地、资金和家产都已失去，无法解决衣食问题。于是，他披上哀公时的破席子，拄着周太王的拐杖，拿着夏朝时造的碗，到街上去乞讨，说：“哪位做好事的施主啊，如果有姜子牙铸造的钱币的话，请赐一文给我吧！”

寓言解读

盲目好古或者崇洋都是不可取的。如果仅仅为好古而好古，为崇洋而崇洋，不考虑自身的实际需要，就会产生拿着宝物讨饭吃的悲剧。

焚鼠毁庐

寓言出处

选自宋濂《龙门子凝道记·尉迟枢》，《龙门子》又名《诸子辩》。宋濂（1310—1381）字景濂，号潜溪，别号玄真子、玄真道士、玄真遁叟。汉族，浦江（今浙江义乌）人，元末明初文学家，曾被明太祖朱元璋誉为“开国文臣之首”。

他自少至老，未尝一日去书卷，于学无所不通。元朝末年，元顺帝曾召他为翰林院编修，他以奉养父母为由，辞不应召，修道著书。

明初朱元璋称帝，宋濂就任江南儒学提举，与刘基、章溢、叶琛同受朱元璋礼聘，尊为“五经”师，为太子（朱标）讲经。1369年奉命主修《元史》，累官至翰林院学士承旨、知制诰。1377年以年老辞官还乡。后因其长孙宋慎牵连胡惟庸党案，朱元璋本欲杀戮，经皇后、太子力劝，改为全家流放，途中病死，后谥文宪。

故事欣赏

越西地方有个男子，独自一个人过活。他用芦苇和茅草盖起了小屋住在里面，又开垦了一小块荒地，用自己的双手种了些庄稼，打下粮食来养活自己。时间久了以后，豆子、稻谷、盐和奶酪等东西都可以自给自足了，不用依赖任何人。他每天下地耕作，闲的时候就出去走走，过得倒也逍遥自在。

可是有一件事却让他发愁，那就是老鼠成灾。也不知道是从哪里来的一帮老鼠，日子不长便成倍成倍地增长。白天，它们成群结队地在屋里跑来跑去，在房梁间上蹿下跳地吱吱乱叫，打坏了不少东西。到了夜里，老鼠闹腾得更欢了，它们钻进食橱、跳上桌子、跑进箱子里，见东西就咬，咬破了好些衣服和器具，偷吃了东西不算，还把吃不完的拖回洞里去慢慢享用。这“咔嚓咔嚓”地一闹常常就是一整夜，吵得这个男子觉也睡不好，白天下地都没有精神。他想了好多办法来治鼠，用药啦，下夹子啦，都试遍了，可就是没有一个特别有效的法子。这位男子对老鼠越来越烦，火气越来越大，苦恼极了。

有一天，这个男子喝醉了酒，困得要命。他踉踉跄跄地回家来，打算好好睡上一觉。可是他的头刚刚挨上枕头，就听见老鼠“吱吱”的叫声。他实在困了，不想和老鼠计较，就用被子包上头，翻个身继续睡。可老鼠却不肯轻易罢休，竟钻进被子里张嘴啃起来。这男子用力拍了几下被子，指望把老鼠赶跑再睡。果然安静了一会儿，可他忽然闻到一股叫人恶心的腥臊味，一摸枕边，竟然是一堆鼠尿！被老鼠这么变着法子一折腾，他再也忍受不下去了，一股怒气直冲头顶。借着酒劲，他翻身下床，取了火把四处烧老鼠，房子原本是茅草盖的，一点就着，火势迅速蔓延开来。老鼠被烧得四处奔跑。火越烧越大，老鼠终于全给烧死了，可屋子也同时被烧毁了。

第二天，这男子酒醒后，才发现什么都没有了。他茫茫然无家可归，后悔也来不及了。

寓言解读

遇事一定要冷静分析，想个周全的法子去解决。若凭一时的冲动蛮干，只会得不偿失。提醒人们在处理问题的时候，往往会受到外界因素的影响而丧失理智，这样一来，很多可以圆满解决的问题就会出现不堪设想的后果，令人十分惋惜。

上行下效

寓言出处

选自东汉·班固《白虎通·三教》。东汉史学家班彪之子，字孟坚，汉族，扶风安陵人（今陕西咸阳）。

建初四年，章帝效法西汉宣帝石渠阁故事，在白虎观召集当代名儒讨论五经同异，并亲自裁决。其目的是广泛动员经今古文学派的力量，促进儒家思想与谶纬神学紧密结合，加强儒家思想在思想领域的统治地位。在这次会议上，班固以史官兼任记录，奉命把讨论结果整理成《白虎通德论》，又称《白虎通义》。

明帝阅后，很赏识班固的才学，召为兰台令史。后又迁为郎，典校秘书。至汉章帝建初七年（82 年）成《汉书》。继司马迁之后，整齐了纪传体史书的形式，并开创了“包举一代”的断代史体例，为后世“正史”之楷模。后从大将军窦宪攻匈奴，为中护军，窦宪因擅权被杀，班固因此受到牵连，被人陷害入狱，死于狱中。

班固还擅长作赋，撰有《两都赋》《汉书·苏武传》、《幽通赋》等。

故事欣赏

晏子辞世已经 17 年了。

有一天，齐景公宴请各位大臣。酒席上，君臣举杯助兴，高谈阔论，直到下午才散。酒后，君臣余兴未尽，大家提出一起射箭比武。轮到齐景公，他举起弓箭，可是一支箭也没射中靶子，然而大臣们却在那里大声喝彩道：“好箭！好箭！”

景公听了，很不高兴，他沉下脸来，把手中的弓箭重重摔在地上，深深地叹了一口气。

正巧，弦章从外面回来，见此情景，连忙走到景公身旁。景公伤感地对弦章说："弦章啊，我真是想念晏子啊。晏子死了已经17年了，从那以后，就再也没有人愿意当面指出我的过失。刚才我射箭，明明没有射中，可他们却异口同声一个劲地喝彩，真让我难过呀！"

弦章听了，深有感触。他回答景公说："这就是大臣们的不贤啊。论智慧，他们不能发现您的过失；谈勇气，他们不敢向您提意见，唯恐冒犯了您。不过呢，话又说回来了，我听说过这么一句话，就是'上行下效'。不是吗？国君喜欢穿什么衣服，臣子就学着穿什么衣服；国君喜欢吃什么东西，臣子也学着吃什么东西。有一种叫尺蠖的小虫子，吃了黄色的东西，它的身体就变成黄色；吃了蓝色的东西，它的身体就又变成蓝色。刚才您说，十七年来没有人再指出过您的过失，这是否是因为晏子去世后，您就不再喜欢听人家批评您，而只喜欢听奉承话所造成的呢？"

一席话说得齐景公心里亮堂了，他不好意思地点点头说："太好了，今天这一番话，教我豁然开朗。这是你做了先生，我做了学生了。"

寓言解读

看来只有真心愿意接受批评，才会经常听到别人对你的批评、建议。如果总是听到别人恭维自己，那恐怕原因就在自己身上。弦章的话是有道理的。

形容上面的人喜欢怎么做，下面的人便也跟着怎么做。在我们的现实社会里不是有很多这样的人和这样的事吗？领导经常在外吃喝玩乐，不理业务，他的下属也会跟着不务正事，这便是"上行下效"。

"跟风"、"作秀"、"做给上级看"，"从我做起"。

抱瓮老人

寓言出处

选自《庄子·天地篇》。

故事欣赏

孔子的学生子贡到南边的楚国旅游。他在返回晋国经过汉水南边时，看到一位老人正在给菜园里的蔬菜浇水。那位老人挖了一条渠道，一直通到井边。老人抱着一个大水罐，从井里汲水。水沿着渠道一直流到菜园子里。他不停地用水罐汲水，累得上气不接下气。虽然他费了很大的力气，但是工效却很低。

于是，子贡走过去对老人说："老人家，现在有一种机械，用它来浇地，一天可以浇一百畦呢，用不着费很大的力气但工效却很高，您不想使用它吗?"

浇水的老人抬起头，看了看子贡说："你说的是什么东西?"

子贡十分认真地对老人说："将木头砍凿加工，做成一种机械，让它的后面重，前面轻，用它来提水，就像把水从井里连续不断地抽吸出来一样，水流得很快，哗哗地卷起的浪花简直像开水翻滚一样。这种机械名字叫做槔。"

浇水的老人听了子贡的话却愤愤然变了脸色。他不以为然地讥笑说："我听师傅说过，世上如果有取巧的机械，就一定会有投机取巧的事情；有投机取巧的事情，就一定会有投机取巧的思想。一个人一旦有了投机取巧的思想，就会丧失纯洁的做人的美德；丧失了纯洁的美德，人就会性情反常；而一个人要是性情反常的话，他就会和社会、自然不合拍，成为一个与天地、自然、社会不相容的人。你所说的那一种机械我并不是不知道，只是因为我觉得使用它，就是在于投机取巧的事，而做投机取巧的事是很可耻的。"

子贡听了这个老人的一番话，像自己做了什么错事一样，难为情地一时说不出话来。

这个抱瓮老人所说的一番道理，看起来有一些逻辑推理的正确性，然而他在机械效用上借题发挥，把刁钻、险恶与机敏、智慧混为一谈的做法则是错误的。

寓言解读

这则寓言告诉我们，在新事物面前抱残守缺的人，做起事来不但吃力不讨好，而且还会被后人笑话。

"抱瓮老人"的眼光，可谓固执短浅。难怪孔老夫子说他"知其一，不知其二；治其内，不治其外"。今天，像"抱瓮老人"那样，置便捷省力的现代化机械而不用的已不多见，然而，对于事关党的理论、路线、纲领、方针、政策的大事，确有人思想落后，心存疑虑，持“抱瓮老人”那般“知其一、不知其二”的眼光。有的人脑袋里装满了旧套套、旧框框，不注意学习党的新理论新政策却又到处发表议论，不深入实际调查研究而仅凭道听途说妄加评议，结果造成了不良影响。

“抱瓮老人”最突出的毛病是思想僵化，不能与时俱进。而思想僵化，眼光放不开，必然顾虑多，怕这怕那，一投足，一开口，难免老一套。客观世界永远处于发展变化中，不会止于哪一天。

飞蛾投火

寓言出处

选自《梁书·到溉传》。

故事欣赏

一天夜里，林子和客人一起坐在院子里乘凉，天很黑，四周十分安静，只有一支蜡烛在闪着亮，林子同客人一起谈古论今，大家都对人生感叹不已。

这时，一只蛾虫扑打着粉红的翅膀，绕着烛光飞来飞去，还发出细小的嘶嘶声，林子用扇子驱赶飞蛾，它便飞走了。可是刚过一会儿，它又飞过来了，林子又用扇子赶走蛾虫，它飞走不一会又飞回来，而且一个劲地朝蜡烛火不顾一切地扑过去，这样赶走又飞来，赶走又飞来，反复七八次了。终于，蛾虫的翅膀被烛火燎焦了，它再也飞不动了，落在地上，焦头烂额，还在不甘心地挣扎着那已经烤得残破的翅膀，直到没有了一丝气息为止。

看了飞蛾的这般情景，林子感慨地对客人说：“你看这飞蛾扑火该多愚蠢啊！火本来是烧身的，可是它偏偏要不顾死活地去扑火，落得这般下场！”

客人也有同感地叹道：“谁说不是呢？可是，人比飞蛾更甚啊！”

林子说：“是的，世上的声色利欲，引得人们拼命去争夺追逐，何止像这飞蛾扑火？那些循此道路而不怀疑、毁灭了身躯而不后悔的人，岂不是也像这蛾虫一样可悲可怜又落人讥笑吗？”

寓言解读

人们追名逐利，正如飞蛾扑火一般。飞蛾扑火被人们笑其愚蠢；而那些追名逐利以至于身败名裂的人，不是更加可笑吗？

讽刺人们追求目的时的盲目性，在追求一个不甚明确的，不切实际甚至是不可理喻的目标时迷失了自我，付出惨重代价，最后只是获得了引火烧身，自取灭亡。

这个自古以来就让人感到神奇的现象在今天仍然是个未能完全破解的谜。不管你是嘲笑飞蛾自取灭亡的愚蠢，还是赞美飞蛾追求光明的勇气，有一点是肯定的，飞蛾并非是在寻死，而是误把灯火当成了某种对它的生存或繁衍至关重要的东西，是我们人类的发明操纵了飞蛾早已进化而来的某种本能。

可悉陵降虎

寓言出处

选自《北史》。

故事欣赏

北魏的皇族中，有个名叫可悉陵的人，生得身材高大、魁梧强壮，性格勇敢坚毅，又练得一身好武艺，实在是一个难得的人才，因而很受皇室器重。

在可悉陵十七岁的那一年，北魏皇帝拓跋焘带着他一块儿到山林里去打猎。

他们一行人个个都本领高强，善使弓箭，勇猛无比，打起猎来更是不在话下。没过多半天，他们便捕获了许多野兔、鹿、山鸡之类的野味。大家带着猎物一边大声谈笑，夸耀自己打猎的成果，一边准备踏上返回的路。

人们一路走一路说，正在兴头上，忽然有人察觉旁边的树在微微颤抖，传出一阵草叶的“沙沙”声，好像有什么动物在快速行走。就在犹疑间，说时迟，那时快，丛林中突然蹿出一只吊睛白额猛虎。它大吼了一声，直吼得地动山摇。

人们惊出了一身冷汗，惊慌失措，不知如何是好。只听得一个人大喊道："保护皇上，看我的！"说话间，人已到了老虎跟前。大家定睛一看，原来说话的是可悉陵。

可悉陵什么武器也没拿，赤手空拳地和老虎搏斗起来。老虎的尾巴用力一掀，眼看要扫到可悉陵身上，可悉陵灵巧地一闪躲开了。大家回过神来，弯弓搭箭想要帮可悉陵的忙，可悉陵却喊道："请大家别插手，我一个人就可以了！"大伙只好眼睁睁地看着可悉陵和老虎周旋，心里暗暗为他捏一把汗。

可悉陵躲过了老虎凶猛的一扑一掀一剪，瞅准机会跳到老虎背上，揪着虎皮死死按住虎头，抬起铁拳拼命朝老虎的天灵盖砸下去。也不知打了多少拳，可悉陵累得不行了，才发现老虎已经七窍流血，死了。于是可悉陵把这头老虎献给了拓跋焘。

拓跋焘没有过分称赞他，说道："我们本来很有机会逃走，不跟老虎纠缠，实在走不了，大家一起上，也可以轻而易举地置老虎于死地，你偏要徒手和老虎单打独斗，你的勇敢和谋略确实超人一等，但应该用来造福国家，而不要再浪费在这种不必要的搏斗上。要是万一出了点事，不是太可惜了吗？"

寓言解读

拓跋焘的话很有道理，可悉陵的行为表面上看勇猛无比，其实不过是逞匹夫之勇。我们的才能，不应该徒费在不值得的事上。

蒙人叱虎

寓言出处

选自《寓林折枝》。刘基，字伯温，汉族，温州文成县南田人（旧属青田县）。故时人称他刘青田，明洪武三年封诚意伯，人们又称他刘诚意。武宗正德九年被追赠太师，谥文成，后人又称他刘文成、文成公。元末明初军事家、政治家及诗人，通经史、晓天文、精兵法。他以辅佐朱元璋成帝业、开创明朝并尽力保持国家的安定而驰名天下，被后人比作为诸葛武侯。在文学史上，刘基与宋濂、高启并称"明初诗文三大家"。

故事欣赏

蒙地有个猎人，大大小小的动物打了不少，家里有各种各样的兽皮。有一次，他要去野外办些事情，刚一出门，让风一吹，颇有些寒意。于是他又返身进门，想找件兽皮挡挡寒，顺手抓了一张狮子皮，披在身上就上路了。

到了野外，蒙人越走越觉得不对劲。一阵风吹草动，他预感到有事要发生。果然只听得一声长啸，一只吊睛白额大虎跳了出来。蒙人手边没带什么厉害的武器，心里暗想：糟糕，要躲也来不及，这下可完了。于是他干脆不逃了，只是闭着眼睛站在原地等死。

再说那只老虎，早已饿了多时，一见有东西过来，就要往上扑。可那东西不但没逃，还站住了，在那边远远看着自己。

老虎一阵奇怪，仔细看了看，乖乖，原来是只大狮子！要是打不过可惨了，好汉不吃眼前亏，还是快溜吧！

蒙人站了半天，还不见老虎来吃他，大着胆子睁开眼一看，老虎夹着尾巴在往回跑，一闪就不见了，蒙人给弄糊涂了。但又一想，对了，老虎肯定知道自己是个好猎手，因害怕自己而跑掉的。

蒙人非常得意，丝毫也没往自己披的狮子皮上去想。他趾高气扬地回到家，逢人就夸耀说："连老虎都知道我是打猎的好手，一见了我就马上逃走了！"

又过了几天，蒙人又要去野外了。这一回，他随便拿了一张狐皮挡风，像上次一样，走了没多远就又碰上了老虎。蒙人一点不怕，大摇大摆地走了过去。老虎定睛一看：哼，我当是什么呢，原来是只狐狸，居然也敢在我面前要威风，一定要给它点颜色瞧瞧。老虎见是狐狸，连扑都懒得扑，就站在原地斜着眼睛瞧着他走过来。蒙人走到老虎跟前，见老虎还不让路，不由大怒，高声威胁说："畜牲，见了我还不滚开，当心我扒了你的皮！"老虎看他骂了一会儿，不耐烦了，猛地跳将过去，可怜的蒙人，就这样成了老虎的一顿美餐。

寓言解读

蒙人错在盲目地自以为是，不考虑客观因素，最终才落得个葬身虎腹的下场。告诉我们不要被表象所蒙蔽而变的过于自负。

梦中受辱

寓言出处

选自《吕氏春秋·离俗》。

故事欣赏

齐庄公的时候，有个勇士名叫宾卑聚。一天夜里，他梦见一个壮士，身材魁梧，头戴白色绢帽，外穿耀眼的红色麻布盛装，内穿棉布做的衣服，帽上坠着红色的丝穗，脚穿一双崭新的白色缎鞋，身上挂着一个黑色的剑囊。这个威武的大汉走到宾卑聚面前，大声地呵斥他，还朝他脸上吐唾沫。

宾卑聚被这个突如其来的凶狠汉子惊醒了，他发现原来是个梦。尽管这样，他依然因此而一夜没睡，心中非常气愤。

第二天大一亮，宾卑聚就把他的朋友们都请来，向他们讲述了前一天晚上做的梦。然后他对朋友们说："我自幼崇尚勇敢，六十年来从没受过任何欺凌侮辱。可是昨天夜里，我在梦中受到如此的侮辱，心里实在咽不下这口气。我一定要找到那个敢于在梦中骂我，并向我吐唾沫的人。假若在三天之内找到他，我就要报这个仇；如果三天之内找不到他，我就没脸面活在世上了。"

于是，每天一早，宾卑聚就带着他的朋友们一起站在行人过往频繁的交通要道上，寻找着跟梦中打扮、长像一样的人。可是，三天过去了，他们始终没有看到一个如梦中一般打扮的壮士。宾卑聚气馁地回到家中，长长地叹了一口气，然后拔出剑自刎了。

寓言解读

仅凭梦中的一点不快便耿耿于怀，甚至含恨自尽、自暴自弃的做法是十分愚昧的。为寻找虚幻的敌人不成而死，毫无价值。

孟贲言勇

寓言出处

冯梦龙，明代文学家、戏曲家。字犹龙，又字子犹，号龙子犹、墨憨斋主人、顾曲散人，吴下词奴等。汉族，南直隶苏州府长洲县（今江苏省苏州市）人。他的作品比较强调感情和行为，最有名的作品为《喻世明言》、《警世通言》、《醒世恒言》，合称“三言”。三言与凌濛初的《初刻拍案惊奇》、《二刻拍案惊奇》合称“三言两拍”，是中国白话短篇小说的经典代表。《东周列国志》是中国古代的一部历史演义小说，主要描写了从西周宣王时期直到秦始皇统一六国500多年的历史。

故事欣赏

孟贲是战国时代著名的勇士，他在战场上出生入死，从无畏惧，总是勇往直前，所向披靡，因而常常使敌人闻风丧胆，望风而逃。

于是，有人问孟贲：“生命与勇敢相比，您认为哪一个更重要呢？”

孟贲不假思索地回答：“勇敢！”

“那么，拿显赫的官位与勇敢作比较呢？”

“还是勇敢！”孟贲的回答斩钉截铁。

“若用万贯家财与勇敢相比，您认为什么更重要呢？”

孟贲的回答仍是毋庸置疑：“勇敢！”

寓言解读

要知道，对于每一个人来说，生命、升官、发财，这三者都是极其宝贵而且难以得到的东西呀！可是，在孟贲看来，它们都不可能取代人的勇敢的品质。在那个诸侯纷争的年代里，孟贲之所以能威镇三军，降伏猛兽，英名远播，这实在是与他在任何情况下都能勇敢面对各色各样的挑战与诱惑所分不开的啊！

凡是想有所作为的人，都要能不受虚名浮利的干扰，执着地追求自己所迷恋的事业，并做到勇敢地为之献身，这才是获取成功的一个最重要的前提。

螳螂之勇

寓言出处

选自《韩诗外传》。韩婴，涿郡鄚人（今任丘市人），西汉文、景、武三帝时为官，文帝时任博士，景帝时官至常山太傅，后人又称他韩太傅。

他讲学授徒写成很多著作，其中有《韩故》、《韩诗内传》、《韩诗外传》、《韩说》等。韩婴讲授、注释《内经》有许多独到之处，世称“韩诗”，与辕固生的“齐诗”、申培的“鲁诗”并称“三家诗”。

故事欣赏

有一次，齐庄公带着几十名随从进山打猎。一路上，齐庄公兴致勃勃，与随从们谈笑风生，驾车驭马，好不轻松愉快。忽然，前面不远的车道上，有一个绿色的小东西，近前一看，原来是一只绿色的小昆虫。那小昆虫正奋力高举起它的两只前臂，怒气冲冲地挺直了身子直逼马车轮子，一副要与车轮搏斗的架势。

小小一只虫子，竟然敢与庞大的车轮较量，那情景十分感人。这有趣的场面引起了齐庄公的注意，他问左右：“这是什么虫子？”

左右回答说：“大王，这是一只螳螂。”

庄公又问：“这小虫子为何这般模样？”

左右回答说：“大王，它要和我们的车子搏斗，它不想让我们过去呢。”

“噫！真有趣。为什么会这样呢？”庄公饶有兴趣地问左右。

左右回答说："大王，螳螂这小虫子，只知前进，不知后退，体小心大，自不量力，又轻敌。"

听了左右这番话，庄公反而被这小小螳螂打动，他感慨地说道："小小虫儿，志气不小，它要是人的话，一定会成为最受天下尊敬的勇士啊！"说完，他吩咐车夫勒马回车，绕道而行，不要伤害螳螂。

后来，齐国的将士们听说了这件事，都非常感动。从此，他们打起仗来更加奋不顾身，都愿以死来效忠齐庄公。

寓言解读

人们常说螳螂挡车，不自量力。然而我们从另一面来看，螳螂挡车之勇，也实在可赞可叹，这种置生死于不顾、敢于抗争的勇气，不是应该对我们有所启发吗？庄公能做到天下"勇士归之"，与他识勇重勇的明君风范是分不开的；庄公不笑螳螂之愚，反敬螳螂之勇，可谓慧眼独具——这种战略眼光可不是平庸领导人能有的。齐庄公的做法和越王勾践拜怒蛙如出一辙，目的是想要招揽人才，号召人们尚武尚勇，而为己所用。

宋大贤斗鬼

寓言出处

选自《搜神记》。《搜神记》是一部记录古代民间传说中神奇怪异故事的小说集，作者是东晋的史学家干宝。其中的大部分故事带有迷信成分，但在一定程度上反映了古代人民的思想感情。它是集我国古代神话传说之大成的著作，搜集了古代的神异故事共410多篇，开创了我国古代神话小说的先河。故事大多篇幅短小，情节简单，设想奇幻，极富于浪漫主义色彩。《搜神记》内容十分丰富，有神仙术士的变幻，有精灵物怪的神异，有妖祥卜梦的感应，有佛道信仰的因果报应，还有人神、人鬼的交通恋爱，等等。

故事欣赏

南阳的西郊有一座亭子，本来修建它是为了让过路的人能有个歇脚的地方。可是这一带常常有恶鬼出没，搞得人心惶惶，再没有人敢到那里去过夜。不然的话，就会遭到灾祸。

南阳地方有个叫宋大贤的人，他身材魁梧，血气方刚，为人正直勇敢，天不怕地不怕，从来就不信邪，还学了一身好武艺。宋大贤听说西郊的亭子闹鬼，嫉恶如仇的他决心去看个究竟，也许还能为民除害。这么想着，他也不带任何兵刃利器，仅仅只是背上自己心爱的古琴就出发了。

夜幕降临了，亭子四周的树林影影绰绰，显得神秘恐怖，偶尔传来一两声猫头鹰凄厉的叫声更是给夜色增添了几分诡异的气氛。宋大贤一点儿都不害怕，一个人坐在亭楼里，悠然自得地弹着琴。

忽然，楼梯上传来一阵“吱吱嘎嘎”的响声，不一会儿，一个恶鬼就来到了宋大贤面前。这个恶鬼一头火红的乱发披肩，眼睛闪着荧荧绿光，长长的獠牙露在外面，拖着一条血红的舌头，指甲又尖又长，样子可怕极了。它呲牙瞪眼地对宋大贤说：“你是何方狂徒，竟然有胆子到这里来，想尝尝我的厉害吗?”宋大贤正眼都懒得瞧它，仍然自顾自地弹他的琴。

恶鬼见宋大贤无动于衷，就转身离去。过了一小会儿，恶鬼又从街市上回来，拎了一颗血淋淋的人头，问宋大贤：“你愿不愿意睡一会儿呢?”说着就将那颗人头扔在宋大贤面前。宋大贤还是没有被吓住，反而哈哈大笑着说：“太好了，我睡觉正缺个枕头，你为我想得太周到了!”恶鬼见这个办法还是不起作用，又转身走了。

过了很长时间，恶鬼再次回到楼上，恶狠狠地对宋大贤说：“喂，你敢不敢和我比试一下搏斗的本领?”话音未落，就向宋大贤扑过去。宋大贤眼疾手快，猛地一闪，抓住鬼的腰，把它倒提起来，用力抡转。恶鬼受不了了，凄厉地号哭着求饶，见宋大贤不为所动，又求宋大贤快点把它弄死，免得再受痛苦。宋大贤将恶鬼打死后，定睛一看，原来是一只老狐狸。

从这以后，亭子清静了，再也没有野鬼来骚扰人了。

寓言解读

宋大贤斗鬼的经历告诉我们，邪恶势力的本质是虚弱的，我们不应被其强大的外表所吓倒，而要坚决与之作斗争，绝不手软，因为邪终不能胜正。

狐狸和公山羊

寓言出处

选自《伊索寓言》。《伊索寓言》不仅是世界上最早的寓言童话集之一，也是世界上流传最广的经典作品之一。它已成为西方寓言文学的范本，阅读量仅次于《圣经》。

故事欣赏

一只狐狸失足掉到了井里，那口井很深，不论它如何努力、如何挣扎，仍没法爬上去，只好待在那里。碰巧一只公山羊口渴极了，来到井边，看见狐狸在井下，便问它井水好不好喝。

狐狸心中暗喜，觉得机会来了，马上镇静下来，向公山羊极力赞美井水好喝，说这水是天下第一泉，清甜爽口，并劝山羊赶快下来，与它一起痛饮。

公山羊一心只想喝水，便对狐狸的话信以为真，于是不假思索地跳了下去。

公山羊咕咚咕咚痛饮之后，才发现自己已经上不去了，就不得不与狐狸一起商量上去的办法。狐狸心里早已打好了如意算盘，它狡猾地说："我倒有一个方法。你用前脚扒在井墙上，再把角竖直了，我从你后背跳上井去，再拉你上去，我们就都得救了。"

公山羊非常信任狐狸，便同意了它的提议。公山羊按照狐狸说的办法把狐狸送出了井。狐狸上去以后却准备独自逃离。公山羊十分生气，指责狐狸不信守诺言。

狐狸却回过头对公山羊说："喂，朋友，你的头脑如果像你的胡须那样完美，你就不至于在没想到出去的办法之前就盲目地跳下去了。"

寓言解读

聪明的人应当事先考虑清楚事情的结果，然后再去做。

巨人的阴影

寓言出处

选自《克雷洛夫寓言集》。克雷洛夫的寓言都以诗体写成，语言优美、寓意深刻，常借动物和植物的形象，反映广泛的社会生活，刻画社会上各种人物的复杂性格，抒发自己的民主思想，具有一种特殊的感染力。

故事欣赏

很久以前，在一个地方有一个巨人，他的身体非常强壮，但患有夜盲症，在光线不充足或有阴影的地方看不到东西。可是他自己并不知道自己视力不好，还认为别人也是这样的。

巨人非常善良，但也比较固执，爱面子，不愿意听人批评自己，更不愿意承认自己的缺点。

他依靠自己的努力，带领着一些人开垦了很多荒地，建起了一个村庄，让很多人在他的村庄里过上了幸福的生活。后来，巨人年纪大了，不耕种了，改为白天守护村庄。

有一个好吃懒做的侏儒，依靠盗窃为生，在很多村庄他都能够得手，但是在巨人的村庄中却非常难以得手，因为有巨人的守护。但是他不死心，在几天细致的观察过程中，他发现：当巨人背对着阳光走路时，由于巨人的阴影落在了身体的前方，巨人经常会摔倒。由此他知道了巨人眼睛不好的秘密。于是，在阳光明媚的一天上午，村民们都下地干活去了。当巨人经过他的身边时，他便迅速地跳到了巨人的阴影里，藏在阴影下随着巨人一起走进村庄。巨人毫无察觉，因为他看不到自己阴影里的东西。偷了东西后，侏儒又藏在巨人的阴影里随着巨人一起走出了村庄。不久以后，大家发现村庄里面经常丢失东西，于是纷纷找原因，巨人也想了很多办法，修起了围墙，增加了巡逻的次数。但是还是经常丢东西。终于有一天，一个村民在远处看见了巨人阴影里面的侏儒，急忙大声提醒巨人。巨人听到后，环顾四周，没有发现任何人，于是就恼火地对那个村民训道："你乱喊叫什么!"在这样的事情又发生了好多次后，村民们都不敢和巨人再说这样的事情了，因为他是他们的领袖。

后来，越来越多的好吃懒做的家伙发现了这个秘密，于是巨人阴影里的侏儒就越来越多，有些以前勤劳的人见状也加入了这个行列。其他勤劳的村民开始陆续离开了村庄。

最后，只剩下巨人一个人在这里生活了，村庄里所有的财物也都被偷走了。巨人最后在孤独与痛苦中慢慢死去。但他至死也想不明白：为什么村民总说他旁边有很多侏儒，而他自己却什么也看不到，为什么勤劳的村民要离开他。

寓言解读

巨人的阴影不是他的影子，而是他对影子的有意忽略，从而也忽略了影子里藏有的"侏儒"。我们在日常生活中不也常常犯这种错吗？有时候我们并不是没有意识到自己的不足，只是为了维护那可笑的尊严，刻意对自己缺点视而不见，从而忘记了这往往是一种自欺欺人的表现。没有"侏儒"能欺骗巨人，是巨人自己欺骗了自己！

蜘蛛和蜜蜂

寓言出处

选自《克雷洛夫寓言集》。克雷洛夫出身贫苦，没有正式上过学，能够取得这样的成就除了自幼便已显露的语言艺术的天赋外，完全是靠惊人的勤奋和锲而不舍的执著追求。

故事欣赏

商人给集市运来一些布匹，布匹这种商品人人都需要。商人的买卖好极了，顾客应接不暇，店铺里水泄不通。

一只好妒忌的蜘蛛看见这种商品如此畅销，十分艳羡商人的盈利。它考虑了一阵，决定自己也织一些布来卖，在小窗口开个店，抢走商人的生意。于是它准备就绪后便织了一个通宵，并把自己的产品打扮得极为艳丽，然后得意扬扬地往那儿一坐，守着柜台寸步不离。它满心欢喜，一心想着只等天一亮，定会把所有的顾客都吸引到它的店里。

白天终于到来了，可是怎么样呢？来了一个捣蛋鬼，扫帚一挥便把它的全部产品挥得无踪无迹。

蜘蛛懊恼得发了狂，愤愤不平地说道："等着吧，总有一天会有公正的评判！我要让全世界作证：我和商人的产品谁的更精细！"

旁边的一只蜜蜂嗡嗡地回答："当然是你的，这大家早就知道，无可争议！可问题是你织的网既不能穿，又不能御寒，有什么用途呢？"蜘蛛一听，哑口无言，再也不抱怨了。

寓言解读

有些东西尽管能令人惊叹，但如果没有实际用途，也一样毫无价值。

雄鹰和蜘蛛

寓言出处

选自《克雷洛夫寓言集》。克雷洛夫一生共写出了200多篇寓言，他用大胆的手笔描绘了18世纪末和19世纪初俄国日常生活的现实主义图画。

故事欣赏

一只雄鹰展翅高飞，直上高加索山的峰顶，停在一棵百年古松上休息。雄鹰放眼望去，风光尽在眼前，从这里仿佛能看到大地的尽头，草原上河水弯弯曲曲，林木与草地欣欣向荣，那边是怒涛滚滚的里海，远看就像乌鸦翅膀一般黑油油的。雄鹰激情跌宕，高声呼唤：“赞美你，伟大的宙斯，你主宰万物，赐给我如此出色的飞翔本领。世上所有的高度我都无所畏惧，谁还能做到像我这样，从这样的高处俯视人寰。”

突然一只蜘蛛在树枝上开口了：“我看你真是一个吹牛家！你瞧瞧，我不是比你站得更高吗？”

雄鹰抬眼一望，果然有一只蜘蛛恰好在它的上方结网，爬来爬去忙个不停，似乎要遮住雄鹰头顶的阳光。

雄鹰感到非常惊奇：“你是怎么上来的？许多飞行高手都不敢来到这里，而你既无翅膀，又很弱小，难道你真的能爬到这里？”

蜘蛛得意地回答：“我来这里是靠我的聪明机智，我伏在你的尾巴上，跟着你从地面飞到了这里。现在我不靠你山可以站稳脚跟，所以请不要在我面前骄傲逞强……”

哪知蜘蛛话音还没落，突然刮起一阵旋风，蜘蛛又被吹到了山脚下。

寓言解读

许多人常常同这个蜘蛛一样，既无本事又不努力，不过是抓着权贵的尾巴而青云直上，却还挺胸凸肚，仿佛上帝给了他们雄鹰的力量，尽管一阵旋风就能把他们刮下来，连同他们的蛛网。

有些人依附权贵，尽管智能低下，不事劳作，但仍然趾高气扬，其实根本就是纸老虎。

没有底的玉杯

寓言出处

选自《韩非子》。

故事欣赏

韩昭侯平时说话不大注意，往往在无意间将一些重大的机密事情泄露了出去，使得大臣们周密的计划不能实施。大家对此很伤脑筋，却又不好直言告诉韩昭侯。

有一位叫堂豁（xi）公的聪明人，自告奋勇到韩昭候那里去，对韩昭侯说："假如这里有一只玉做的酒器，价值千金，它的中间是空的，没有底，它能盛水吗？"韩昭侯说："不能盛水。"堂豁公又说："有一只瓦罐子，很不值钱，但它不漏，你看，它能盛酒吗？"韩昭侯说："可以。"

于是，堂豁公因势利导，接着说："这就是了。一个瓦罐子，虽然值不了几文钱，非常卑贱，但因为它不漏，却可以用来装酒；而一个玉做的酒器，尽管它十分贵重，但由于它空而无底，因此连水都不能装，更不用说人们会将可口的饮料倒进里面去了。人也是一样，作为一个地位至尊、举止至重的国君，如果经常泄露臣下商讨有关国家的机密的话，那么他就好像一件没有底的玉器。即使是再有才干的人，如果他的机密总是被泄露出去了，那他的计划就无法实施，因此就不能施展他的才干和谋略了。"

一番话说得韩昭侯恍然大悟，他连连点头说道："你的话真对，你的话真对。"

从此以后，凡是要采取重要措施，大臣们在一起密谋策划的计划、方案，韩昭侯都小心对待，慎之又慎，连晚上睡觉都是独自一人，因为他担心自已在熟睡中说梦话时把计划和策略泄露给别人听见，以至于误了国家大事。

寓言解读

有智慧的人很善于说话，能从日常生活中的小事引出治国安邦的大道理；能够虚心接受意见、不唯我独尊的人，才是明智的领导者。

越人造车

寓言出处

选自《逊志斋集》。方孝孺，浙江宁海人，明代大臣、著名学者、文学家、散文家、思想家，字希直，一字希古，号逊志，世称“正学先生”。福王时追谥文正。在“靖难之役”期间，拒绝为篡位的燕王朱棣草拟即位诏书，刚直不屈，孤忠赴难，被诛十族。

故事欣赏

越国是没有车的，越国的人也一直都不懂得该如何造车。因此，越人很希望学会造车的技术，好将车用在战场上，增强本国的军事力量。

有一次，一个越人到晋国去游玩。野外空气新鲜、风景美丽，他一路走一路看，不知不觉到了晋国和楚国交界的郊野。忽然，不远处的一件东西将他的视线吸引过去。“咦，这不是一辆车吗？”这个越人马上联想起在晋国见到过的车。这东西确实是辆车，不过毁坏得很厉害，所以才被人弃置在这里，这车的辐条已经腐朽，轮子毁坏，輗（ni）也折断了，车辕也毁了，上上下下没有一处完好的地方。但这个越人对车本来看得不真切，又一心想为没有车的家乡立一大功，就想办法把破车运了回去。

回到越国，这个越人便到处夸耀：“去我家看车吧，我弄到一辆车，是一辆真正的车呢，可棒了，我好不容易才搞到的呢！”于是，到他家去看车的人络绎不绝，大家都想一睹为快。几乎每一个人都听信了这个越人的炫耀之词，纷纷议论着说：“原来车就是这个样子的啊！”“看上去怕不能用吧，是不是损坏过呢？”“你不信先生的话吗？车一定本来就是这个样子的。”“对，我看也是。”这样，越人造起车来都模仿这个车的形状。

后来，晋国和楚国的人见到越人造的车，都笑得直不起腰来，讥讽说：“越人实在太笨拙了，竟然将车都造成破车，哪里能用呢？”可是越人根本不理会晋人和楚人的讥讽，还是我行我素，造出了一辆辆的破车。

终于有一天，战争爆发了，敌人大兵压境，就要侵入越国领土了。越人一点也不惊慌，从容应战，他们都觉得现在有车了，再没什么可怕的，越人驾着破车向敌军冲过去，才冲了没多远，破车就散了架，在地上滚得七零八落，越国士兵也纷纷从车上跌落下来。敌军趁乱杀将过来，把越人的阵形冲得乱七八糟，越人抵挡不住，死的死，逃的逃，投降的投降，兵败如山倒。可是直到最后，他们也不知道自己是败在了车上。

寓言解读

向别人学习当然是对的，但是应该有所选择，去其糟粕，取其精华。假如把那些糟粕不去除的话，当然自己会遭受损失。

惊弓之鸟

寓言出处

选自《战国策·楚策》。

故事欣赏

有一回，更羸随魏王站在高台下，抬头望见一只鸟翩翩飞来。

更羸对魏王说："我可以虚拉弓弦，替大王把这只鸟射下来。"魏王疑惑地问："射术竟能达到这样神奇的地步吗？"更羸自信地说："能！"

过了一会儿，大雁从东方飞临高台上空。更羸张弓拨弦，大雁应声落地。魏王简直难以置信，惊讶地说："射术怎么能够达到这样神奇的地步呢？"

更羸胸有成竹地回答："这是一只受伤未愈的失群孤雁。"魏王愈加困惑不解，问："先生怎么知道？"更羸从容解释说："臣观此雁，飞翔缓慢而鸣声悲切。飞得慢，是创伤痛楚所致；叫声悲，是失群已久之故。创伤未平，惊心未定，听见弓弦的响声，一定要拼命鼓翼高飞，结果，旧疮迸裂，跌落下来！"

寓言解读

经验可以预测人事的结果。

魏人钻火

寓言出处

选自《太平广记》。《太平广记》是宋代人编的一部大书。全书500卷，目录10卷，取材于汉代至宋初的野史小说及释藏、道经等和以小说为主的杂著，属于类书。《太平广记》对后来的文学艺术的影响十分深远。宋代以后，话本、曲艺、戏剧的编者，都从此书里选取素材，把许多著名故事加以改编。

故事欣赏

很久很久以前，人们还没有发明火柴、火石之类的东西，取火非常麻烦，要用特制的工具在选好的木头上钻出火星来。

有一天夜里，有个魏国人，睡觉睡到一半，肚子疼得醒了。他感到肚子里面好像有千万条小虫钻来钻去，奇痛无比。豆大的汗珠从他的额头上滚下来，他捂着肚子在床榻上打滚，大声叫看门人说："阿四，我得了急病了，肚子疼得不行，你快去钻木取火，好赶紧把灯给我点上！"

那天夜里没有月亮，天色特别暗，屋里更是黑得伸手不见五指。看门人什么也看不清，只得四下里胡乱摸索。他一下踢飞一个凳子，一下又差点在门槛上绊一跤。一时半会儿还真难找到钻木取火用的工具。

魏国人越等越不耐烦，不停地大声催促："你快点呀，怎么连这点小事也办不好呢！"又过了一小会儿，他干脆破口大骂起来："你这个蠢东西，我平时供你吃供你穿，到了关键时候，你倒什么都不好好做，还不如那条看门狗！"

看门人听到主人的声声催促，心里十分着急，越着急就越手忙脚乱，后来见主人竟这样不体谅人，说出这么多不堪入耳的难听话，非常生气，就愤愤不平地说："您责怪人也太不讲道理了！现在四周都是黑糊糊的，什么也看不见，您为什么不拿个灯来替我照个亮，好让我找到钻木取火的工具呀！"

寓言解读

看门人对主人的回答看似没有道理：让主人用灯照着他找工具点灯。要是灯能亮，那还要他找取火工具干吗？同样道理，明明漆黑一片，你怎么还责怪人家没有很快找到工具呢？所以，看门人正是利用这样的回答，巧妙地指出了主人不讲道理的错误。

我们在生活中也要注意不要犯同样的错误，凡事要调查清楚再说，不要不分青红皂白就随便责怪别人。

孙子的恶作剧

寓言出处

选自《太平预览》。

故事欣赏

从前，有个叫赵伯公的人，长得特别肥胖，肚子圆得裤带都几乎兜不住了，肚脐眼又大又深。

夏天一个闷热的中午，赵伯公坐在树阴下，一边乘凉一边喝酒，还吃了好多西瓜和李子当下酒菜，十分潇洒惬意。不知不觉地，赵伯公多喝了几杯，头昏昏沉沉的，就一头躺在床上睡起觉来。

赵伯公有个顽皮的小孙子，爬到爷爷身上，骑在他的肚皮上玩。赵伯公睡得正香，鼾声如雷，一点也不知道。小孙子把爷爷当了一会儿马骑，觉得没意思了。再玩点什么好呢？他一眼瞧见赵伯公的肚脐眼，眼珠一转，有了主意。调皮的小孙子抓起桌上的李子，一个一个往赵伯公的肚脐眼里塞。赵伯公的肚脐眼也真够大的，竟然装下了七八个李子，可他自己还是睡得死死的，丝毫没有觉察到小孙子的恶作剧。

过了几天，肚脐里的李子全都腐烂了，流出汁来。赵伯公这才觉得肚脐有点疼，他低头一看，呀，不得了，只见红红的李子汁流得满肚子都是。赵伯公大惊失色，以为是肚子那儿烂了一个大窟窿，自言自语地说道："完了，肠子烂了，这回是非死不可了！"他把妻子和家人都叫到一起，痛哭流涕地说："我的肠子烂了，把肚子都烂穿了一个洞，看来我是活不了了，我实在舍不得你们和人间的生活，但是没有办法，我自己福薄命短，不得不先去了。我死后你们要好自为之，相亲相爱，不要吵闹斗气。"赵伯公说完了遗言，又亲自向妻子安排怎样操办葬礼的事，把他认为该办的事全都办好了以后，就开始一心一意地等待死神降临了。

一天过去了，什么事也没发生；两天过去了，赵伯公还好好地活着；三天以后，李子完全烂光了，李子核从赵伯公的肚脐里滚了出来。赵伯公奇怪极了，碰到家人就说："也不知是怎么了，从我的肚脐里滚出来好多李子核。"小孙子在一边听到了，拍手笑着说："爷爷，那是你睡着的时候，我塞进去的李子呀！"赵伯公听了恍然大悟：原来前几天流的是李子汁呀！这下，赵伯公转悲为喜了。

寓言解读

赵伯公遇事不作调查，随便凭主观臆断，结果酿成了一场虚惊。可见我们平时碰到事情，应该仔细分析，才能得出正确的结论。

画蛇添足

寓言出处

选自《战国策》。《战国策》长于议论和叙事，善于描写人物，文笔流畅，生动活泼，在我国散文诗上具有重要的地位。常用寓言阐述道理，著名的寓言就有"画蛇添足"、"亡羊补牢"、"狡兔三窟"、"狐假虎威"等。

故事欣赏

有个楚国贵族，在祭祀过祖宗后，把一壶祭酒赏给门客们喝。门客们拿着这壶酒，不知如何处理。他们觉得，这么多人喝一壶酒，肯定不够，还不如干脆给一个人喝，喝得痛痛快快还好些。可是到底给谁好呢？于是，门客们商量了一个好主意，就是每个人各自在地上画一条蛇，谁先画好了这壶酒就归谁喝。大家都同意这个办法。

门客们一人拿一根小棍，开始在地上画蛇。有一个人画得很快，不一会儿，他就把蛇画好了，于是他把酒壶拿了过来。正待他要喝酒时，他一眼瞅见其他人还没把蛇画完，他便十分得意地又拿起小棍，边自言自语地说："看我再来给蛇添上几只脚，他们也未必画完。"边说边给画好的蛇画脚。

不料，这个人给蛇画脚还没完，手上的酒壶便被旁边一个人一把抢了过去，原来，那个人的蛇画完了。这个给蛇画脚的人不依，说："我最先画完蛇，酒应归我喝！"那个人笑着说："你到现在还在画，而我已完工，酒当然是我的！"画蛇脚的人争辩说："我早就画完了，现在是趁时间还早，不过是给蛇添几只脚而已。"那人说："蛇本来就没有脚，你要给它添几只脚那你就添吧，酒反正你是喝不成了！"

那人毫不客气地喝起酒来，那个给蛇画脚的人却眼巴巴看着本属自己而现在已被别人拿走的酒，后悔不已。

有些人自以为是，喜欢节外生枝，卖弄自己，结果往往弄巧成拙，不正像这个画蛇添足的人吗？

寓言解读

比喻节外生枝，多此一举，反而坏事；也比喻虚构事实，无中生有。告诉人们做任何事都要实事求是，不卖弄聪明，否则非但不能把事情做好，反而会把事情办砸。

猫和谨慎的老鼠

寓言出处

选自《拉封丹寓言》。拉封丹，是法国古典文学的代表作家之一，著名的寓言诗人。

故事欣赏

有个寓言家叙述过这样一个故事，讲的是一只十分厉害的猫，它英勇善战，是老鼠的克星。老鼠见了这只猫，就像看到了地狱里的勾魂鬼，猫所到之处老鼠闻之色变。这只猫发誓要消灭世界上所有的老鼠。与它相比，捕鼠器、灭鼠药等都不值一谈。当它看到老鼠吓得躲在洞里不敢出来觅食时，它就把自己倒吊在房梁上装死，这狡猾的家伙还抓着根绳索。看着这可怜相，老鼠还以为它是偷吃了主人的烤肉或奶酪，再不就是抓伤了人或闯了祸，遭到吊起来的惩罚。于是，所有的老鼠都从洞里出来，准备为它的死亡而庆贺。开始老鼠还只是试探性地伸出鼻子，露出小脑袋，再缩回窝去，渐渐地它们试探着走出来几步，然后伸伸懒腰四处找东西吃开了。就在这时，装死的猫复活了，它脚一落地便按住了几只动作迟缓的老鼠。

“我的计谋可多了，”它嘴里塞得满满的还在说，“这是个传家宝，你们藏得再深也无济于事，到头来都只能成为我的腹中之物。”

果然应验了预言，看似温文的猫老兄又一次让老鼠上了当。这一次它把全身涂上白粉，连脸上也不例外，打扮收拾停当，它缩成一团藏在一个打开了盖的面包箱内。由于伪装得巧妙，小心翼翼的老鼠又撞到门前来送死了。只有一只曾因从猫口逃生而丢掉了尾巴的老鼠，见多识广，足智多谋。“这团面粉再好我也不能要，”它自言自语地远远打量化了妆的猫，“我怀疑这里面一定有什么名堂，不要说你装成面粉，你就是装成奶酪，我也不会中你的圈套，你休想。”

寓言解读

这只老鼠讲得真是太好了，它的确成熟。办事要谨慎，凡事问个为什么，否则将会大意失荆州。

磨坊主、儿子和驴

寓言出处

选自《伊索寓言》。

故事欣赏

有个磨坊主和他15岁的儿子，想在赶集的这段时间将驴子卖掉。为了使驴子积蓄精神，卖个好价钱，父子俩把驴腿扎起抬了起来，就像抬吊灯一样。两人抬着驴子在路上走，一个路人看见后笑出声来。

“真是一对白痴，比那驴子还要愚蠢！”磨坊主听到过路人的嘲讽后，也觉得自己的举动有些滑稽，于是就将牲口放了下来。驴子刚尝到被抬着走的甜头，还没过足瘾又被放了下来，边走边打着响鼻抱怨着。磨坊主让儿子骑上驴，自己紧随其后。

这时刚好有三个商人遇到他俩，看此情景，年岁大的商人朝着孩子嚷道：“年轻人，你真好意思，你以为你是走不动路的老人吗？你应该下来，赶紧让老人骑上去！”

磨坊主忙陪着不是说：“好好，好的，先生们，我就坐上去。”说着让孩子下来，老人自己骑了上去。

又走了一段路，他们遇见了三个姑娘，其中一个指着老人数落开了：“真是没有人性啊！眼睁睁地看着自己的孩子瘸着腿走路，而这家伙竟然稳稳地坐在驴背上，没有丝毫的羞耻感。”

“我绝不能让人指着我的脊梁骨骂，我要保全我的名声。”想到这，他马上从驴背上跳了下来。

他们的做法一次次地受到别人的指责与嘲弄，这使他们感到很迷茫，真不知该怎么办才好。这一次他干脆和儿子一起骑到驴背上，心想这样大家再也不会不满意了吧。

没想到，刚走出十几米，却又遇见了另外一批人。一个说：“这两人准是疯了，竟如此残忍地对待这头可怜的母驴。不用说，等走到市场恐怕就只剩下一张驴皮了。”

磨坊主抱着头喊道：“上帝啊！为什么我的每一种做法都不能令人满意呢？我试着用一下其他的方式，看能不能行得通。”于是两人又下了驴，驴子很神气地走在了他们前面。

在路上，他们又碰到了一个人。这人对他们说：“难道这要形成一种风气吗？驴子逍遥自在地走在前面，主人还要耐着性子在后面跟着，遭罪的不知是驴子还是主人，我劝你们把驴子给供起来，你们保护了驴蹄，却把鞋底磨破。你们的做法真可笑！”

磨坊主马上接过话茬说道：“你认为我们的做法很可笑吗？就算是吧，那又怎样？今后无论做什么事情，我都要自己拿主意。不会在意别人如何评价我。”此后，磨坊主是这样说也是这样做的，事实证明他做得还挺不错。

寓言解读

在做一件事的时候，不要在乎别人的议论，努力地将它做好，这样，你会获得更大的收获。

猫和厨子

寓言出处

选自《克雷洛夫寓言集》。在克雷洛夫的笔下，飞禽走兽不是披上禽兽外衣的、抽象的人类，却都是栩栩如生的人物，典型的俄罗斯人的生动性格。熊是俄罗斯的熊，狐狸是俄罗斯的狐狸，乌鸦也是俄罗斯的乌鸦。正如别林斯基所指出的："克雷洛夫的完美的寓言里面既没有熊也没有狐狸，虽然这些动物也参加了其中的行动，但是，他们是人，而且是俄罗斯人。"曾经有人问克雷洛夫为什么选择野兽来写，他说："要知道，我的野兽能代表我说话。"

故事欣赏

一天晚上，有一个读书识字的厨子，从厨房来到一家酒馆。他是个热心肠的好人，准备在那儿追悼亡友。他留下自己的猫儿来看守大批食物，防备猖獗的老鼠偷东摸西。

可是他一回到家里，却被眼前的情景惊呆了：地板上四处狼藉，散落着吃剩的糕饼，猫儿蹲在醋坛子附近，正在津津有味地撕扯一只小鸡呢。

厨子怒喝道："好啊，你这个馋嘴的东西！亏我还信任你，让你看着食物呢！你可好，就在这个屋子里，在我这样诚实的人面前，竟吃起来了！你良心上过得去吗？"

猫儿始终忙着吃它的鸡。

厨子还在喋喋不休："你这只坏猫，过去还因你的良好行为把你当做全街的模范呢！可你呢，竟堕落到这样叫人痛心的地步！现在每家每户都会说：'这只猫是个骗子，是个贼！以后不光不让它进厨房，而且一定不让它进院子，就像不让贪得无厌的狼闯进羊群一样！它真该死，它是败类，它比瘟疫还要糟糕！'"

猫儿一边听，一边还在若无其事地吃着鸡。

厨子仍旧滔滔不绝地说着，仿佛他的责备永远没个完似的。可是他的道理还没有讲完，猫儿已经把鸡吃完了。

寓言解读

这个故事告诉我们：在需要采取行动的地方，讲空话没有一点用。也说明：被眼前的利益所迷惑，就会忘记自己神圣的职责。猫的职责是捉老鼠。老鼠之所以被抓，就在于它们偷吃东西。如果猫忘记了自己的职责，也偷吃起主人的食物来，那么，这种猫的罪过可以说远远超过了老鼠。

揠苗助长

寓言出处

选自《孟子·公孙丑上》。孟子本为“鲁国三桓”之后，远祖是鲁国贵族孟孙氏，后家道衰微，从鲁国迁居邹国。孟子三岁丧父，孟母艰辛地将他抚养成人，孟母管束甚严，其“孟母三迁”“孟母断织”等故事，成为千古美谈，是后世母教之典范。

故事欣赏

田野里，大片大片的庄稼沐浴着阳光雨露，茁壮成长，一派勃勃生机。也许你看不出庄稼每天都在长，但它却是实实在在地长高了起来。

有一个宋国人靠种庄稼为生，天天都必须到地里去劳动。太阳当空的时候，没个遮拦，宋国人头上豆大的汗珠直往下掉，浑身的衣衫被汗浸得透湿，但他却不得不顶着烈日躬着身子插秧。下大雨的时候，也没有地方可躲避，宋国人只好冒着雨在田间犁地，雨打得他抬不起头来，和着汗一起往下淌。

就这样日复一日，每当劳动了一天，宋国人回到家以后，便累得一动也不想动，连话也懒得说一句。宋国人觉得真是辛苦极了。更令他心烦的是，他天天扛着锄头去田里累死累活，但是不解人意的庄稼，似乎一点也没有长高，真让人着急。

这一天，宋国人耕了很久的地，坐在田埂上休息。他望着大得好像没有边的庄稼地，不禁一阵焦急又涌上心头。他自言自语地说："庄稼呀，你们知道我每天种地有多辛苦吗？为什么你们一点都不体谅我，快快长高呢？快长高、快长高……"他一边念叨，一边顺手去拔身上衣服的一根线头，线头没拔断，却出来了一大截。宋国人望着线头出神，突然，他的脑子里蹦出一个主意："对呀，我原来怎么没想到，就这么办！"宋国人顿时来劲了，一跃而起开始忙碌……

太阳落山了，宋国人的妻子早已做好了饭菜，坐在桌边等他回来。"以往这时候早该回来了，会不会出了什么事？"她担心地想。忽然门"吱呀"一声开了，宋国人满头大汗地回来了。他一进门就兴奋地说："今天可把我累坏了！我把每一根庄稼都拔出来了一些，它们一下子就长高了这么多……"他边说边比划着。"什么？你……"宋国人的妻子大吃一惊，她连话也顾不上说完，就赶紧提了盏灯笼深一脚浅一脚地跑到田里去。可是已经晚了，庄稼已经全都枯死了。

寓言解读

自然界万物的生长，都是有自己的客观规律的，人无力强行改变这些规律，只有遵循规律去办事才能取得成功。愚蠢的宋国人不懂得这个道理，急功近利，急于求成，一心只想让庄稼按自己的意愿快长高，结果落得一个相反的下场。

一叶障目

寓言出处

选自《笑林》。

故事欣赏

从前，楚地有个人，财迷心窍，非常贪心，却又不愿意好好做事，自己养活自己，总想很容易地发大财。于是他找了一大堆讲歪门邪道的书回来研究，还成天念叨："怎么才能轻而易举弄到一大笔钱呢?"他指望能从这些书中找到不劳而获的窍门。

一天，他正在看一本叫《淮南子》的书，已经看了很久了，还是一无所获，不禁失望得很，准备干脆睡觉去算了。忽然，他的眼睛落在随便翻到的一页上，定住了。只见书上有这么一句话："人如果能得到螳螂捕蝉时用来隐蔽自己的那片树叶，就可以隐形。"

这个人信以为真，大喜过望，扔下书就急急忙忙地跑到山上树林里去找隐身叶。他仰着脖子到处仔细地看啊、找啊，几个时辰下来，脖子酸痛酸痛的，难受极了。

功夫不负有心人，他终于找到了。在一片树叶后面，一只螳螂潜伏着，伺机扑向身前即将到口的蝉儿。这个人忙爬到树上，把这片叶子摘下来，如获至宝般地捧在手里。忽然一阵风吹过来，叶子飘走了，落到地上，和早已落了厚厚一层的落叶混在了一起。这人跑过去，瞪大眼睛看了又看，怎么也分辨不出究竟哪一片才是他刚才摘到的树叶。无奈，他只得把这一大堆树叶全都扫到背篓里带回去。

回到家里，他把带回来的树叶全都倒在地上，顺手拿了一片挡在脸前问妻子："喂，你看得见我吗?"妻子正忙着做家务，随便瞟了他一眼，漫不经意地回答："看得见!"这人就又拿了一片叶子遮住脸问："你看得见我吗?"妻子还是回答说："看得见!"

这样反反复复问了几百遍，妻子每次都回答"看得见"。到最后，妻子实在是不耐烦了，就随口敷衍地说："看不见了，看不见了!"这人听了，以为终于找到隐身叶子了，欣喜若狂。他将叶子小心地藏在身上，手舞足蹈地对妻子说："你在家里等着吧，我们马上就要发大财，过好日子了!"说完，也不顾妻子一脸的惊诧，就自个儿跑到集市上去了。

集市上做生意、买东西的人熙熙攘攘，热闹非凡。大大小小的铺子里各色货物应有尽有：衣服、鞋子、首饰……真是琳琅满目，这个人眼都看花了。终于，他选中了一件贵重的头饰，取出叶子遮住脸，伸手就往柜台里去拿。店里的伙计先是吃惊地看着他，不明白他为什么这么猖狂，一会儿终于回过神来，一把抓住他的手大叫道："来人哪，快来抓强盗啊！"附近的人们闻声赶来，把这个人扭送到了县衙门。

寓言解读

这个贪财的人利欲熏心，直至丧失了理智，可见贪心有多么可怕。像他这样被物质利益迷住了心窍，不惜去做损害别人的事，必然会得到一个被绳之以法的下场。

骥伏盐车

寓言出处

选自《战国策·楚策》。

故事欣赏

有一匹刚刚满口的千里马，拉着盐车在山路上艰难地爬坡。只见它伸着蹄子，弯曲着膝盖，尾巴和皮肤久经盐水浸渍，已经溃烂，渗出的脓水，洒在地上，湿淋淋的汗水，遍体交流。拉到半坡，它实在精疲力尽，拖延很久，怎么也拉不上去。

这时，恰巧伯乐从此路过。他看到这种情景，见一匹千里马竟然沦落到这种地步，急忙跳下车来，上前抚摸着骏马，失声痛哭。他脱下自己的粗布衣裳，轻轻披在马的身上。这时，千里马被感动得俯首喷嚏，抬头嘶鸣，宏亮的声音，响彻天空，好像金石之声，动人心弦。这是为什么呢？因为遇到知己的伯乐了。

寓言解读

要合理选拔和使用人才，不能埋没甚至折磨人才。

骄傲的蚂蚁

寓言出处

选自《克雷洛夫寓言集》。

故事欣赏

从前有只蚂蚁力大无比，自古以来从来没有过这样的先例。

据蚂蚁历史学家提供的可靠记载说，它甚至能举起两颗硕大的麦粒！而且公认这只蚂蚁极其英勇：不论在哪里只要一看见蠕虫便发起进攻，甚至敢于单独去向蜘蛛进攻。因此它在蚂蚁王国享有很大的名声，那里对它真是有口皆碑，人人赞颂。

可是过分赞扬有害无益，这只蚂蚁并不谦虚，它专喜欢听别人赞颂它的话，而且用自己的傲慢心理来衡量这些赞扬，相信它们全都合乎实际。终于，它被这些赞扬冲昏头脑，竟想到城里去炫耀，想在那里显示一番自己的力量。

它得意扬扬地爬上农夫的一辆最大的干草车，风风光光地来到城里。可是它的傲气却在城里遭到莫大的打击！它原本以为赶集的人会争先恐后地朝它围过来，哪知大家却各干各的事，根本不知道它的存在。

于是蚂蚁忽而拖走一片树叶，忽而趴下，忽而立起，努力表演着，试图引起人们的注意，却仍然无人理睬。最后，蚂蚁精疲力竭，把腿一伸躺了下来。它懊丧地对趴在主人大车旁的一条狗发牢骚："难道真的应当承认你们城里人全都不明事理，没长眼睛？我忙活了整整一个钟头谁也没看见，这怎么可能？须知在我们蚂蚁王国里，我可是大名鼎鼎的。"

于是这只蚂蚁羞惭地回到了家中。

寓言解读

有些自作聪明的人自以为名扬天下，殊不知，他只是在自己的小圈子里逞强。

本质非现象 表里需如一

明显的事情、表象的东西最容易被人们注意，然而，表象和本质却经常大相径庭。

现象外露于事物的表面，人们的感官可以直接感知；而本质则深藏于事物的内部，人们的感官不能直接感知，只能通过抽象思维才能把握。

现象多变易逝，本质则相对平静、相对稳定，在客观事物的发展过程中，本质具有相对稳定性，但它表现出来的现象则是经常变化的，不断改变着自己的具体形态。

现象是个别的、片面的和表面的东西，形之于外，千差万别且多变易逝；而本质则是同类现象的共性，深藏事物内部且相对稳定，所以它比现象单纯、深刻。

狗猛酒酸

寓言出处

选自《韩非子·外储说右上》。

故事欣赏

宋国有个卖酒的人，为了招徕生意，他总是将店堂打扫得干干净净，将酒壶、酒坛、酒杯之类的盛酒器皿收拾得清清爽爽，而且在门外还要高高挂起一面长长的酒幌子，上书“天下第一酒”几个大字。远远看去，这里的确像个会做生意的酒家。然而奇怪的是，他家的酒却很少有人问津，常常因卖不出去而使整坛整坛的酒搁酸了，变质了，十分可惜。

这个卖酒的宋国人百思不得其解，他于是向左邻右舍请教这好的酒竟然卖不出去的原因。邻居们告诉他：“这是因为你家养的狗太凶猛了的缘故。我们都亲眼看到过，有的人高高兴兴地提着酒壶准备到你家去买酒，可是还没等走到店门口，你家的狗就跳将出来狂吠不止，甚至还要扑上去撕咬人家。这样一来，又有谁还敢到你家去买酒呢？因此，你家的酒就只好放在家里等着发酸变质啊。”

寓言解读

一条恶狗看门，就能把一个好端端的酒店弄得门庭冷落，客不敢入；如果一个国家让坏人控制了某些要害部门，其后果必然是忠奸颠倒，社会腐败，百姓遭殃。

虎死撤备

寓言出处

选自《郁离子》。刘基，字伯温，封诚意伯。《郁离子》与其他笔记杂录不同，多论说与譬喻。

故事欣赏

一个名叫若石的人在冥山北面建造了一幢房屋。这幢房屋四周山林茂密，没有别的人家，所以若石一家住在那里，生活过得安逸清静。

然而没过多久，他发现一只老虎总是蹲在不远的山崖上朝他的住所张望，因此他的生活像平静的湖面落下了一块大石头那样，顿时起了波澜。若石全家因为老虎的出现而人心惶惶、坐立不安。作为应急的措施，他一面带领全家老小日夜监视老虎的动向；一面用日出鸣锣、日落燃火和夜间摇铃的方法驱赶老虎。为了增强防范能力，减少精力消耗，若石一家把篱笆改成高高的土墙；在墙的四周树起一道用荆棘筑成的屏障；在山谷里挖掘了可供防守用的洞穴。这些周全的举措、巩固的设施使老虎望而却步。整整一年过去了，老虎没有从若石家里得到任何好处。

一天，若石听山里人说发现了一只死老虎。他跑去一看，认出它就是经常出没在自己住宅周围的那只虎，所以非常高兴。若石以为威胁自己的那只虎死了，等于根除了心腹大患。于是，他放松了对野兽的监视；撤除了打虎的装备。家里的院墙损坏了也不去修复；荆棘围成的篱笆破烂了也不去整补。他每天过着高枕无忧的生活。

没过多久，一只貙在追逐麋鹿的时候从若石的屋后经过。它听见若石家里有牛、羊、猪的叫声就止了步。这只貙闯进院子，躲在若石的屋角边窥视了一会儿，见四周没有人，于是跑进牲畜棚里乱咬乱抓起来。若石闻讯后赶去观察，发现一个像山猫的家伙正在咬吃一只山羊。他不知道那就是性情凶猛的貙，所以用大声的呵斥去赶它。可是貙并不害怕，它仍然咬着羊不放。若石见这个家伙不肯走，拾起一块石头向它砸去。谁知那只貙突然丢开了羊，转过身先举起两只前腿像人一样直立起来，接着猛然扑向若石，用利爪把他抓死了。

一些有学问的君子议论说：“若石只知其一而不知其二，自然会落到这种下场。”

寓言解读

人们要掌握看问题的正确方法，善于透过现象总结具有普遍性的规律。一只虎想吃人，饥饿的虎都吃人；一种凶猛的野兽会害人，所有凶猛的野兽都害人。

坐井观天

寓言出处

选自《庄子·外篇·秋水》。庄子曾作过漆园吏。生活贫穷困顿，却鄙弃荣华富贵、权势名利，力图在乱世保持独立的人格，追求逍遥无恃的精神自由。他的学说涵盖着当时社会生活的方方面面，但根本精神还是皈依于老子的哲学。

故事欣赏

有一只青蛙长年住在一口枯井里。它对自己生活的小天地满意极了，一有机会就要当众吹嘘一番。有一天，它吃饱了饭，蹲在井栏上正闲得无聊，忽然看见不远处有一只大海鳖在散步。青蛙赶紧扯开嗓门喊了起来：“喂，海鳖兄，请过来，快请过来！”海鳖爬到枯井旁边。青蛙立刻打开了话匣子：“今天算你运气了，我让你开开眼界，参观一下我的居室。那简直是一座天堂。你大概从来也没有见过这样宽敞的住所吧？”海鳖探头往井里瞅瞅，只见浅浅的井底积了一汪长满绿苔的泥水，还闻到一股扑鼻的臭味。海鳖皱了皱眉头，赶紧缩回了脑袋。青蛙根本没有注意海鳖的表情，挺着大肚子继续吹嘘：“住在这儿，我舒服极了！傍晚可以跳到井栏上乘凉；深夜可以钻到井壁的窟窿里睡觉；泡在水里，让水浸着两腋，托住面颊，可以游泳；跳到泥里，让泥盖没脚背，埋住四足，可以打滚。那些跟头虫、螃蟹、蝌蚪什么的，哪一个能比得上我呢！”青蛙唾沫星儿四溅，越说越得意：“瞧，这一坑水，这一口井，都属我一个人所有，我爱怎么样就怎么样。这样的乐趣可以算到顶了吧。海鳖兄，你不想进去观光观光吗？”海鳖感到盛情难却，便爬向井口，可是左腿还没能全部伸进去，右腿的膝盖就被井栏卡住了。海鳖慢慢地退了回来，问青蛙：“你听说过大海没有？”青蛙摇摆头。海鳖说：“大海水天茫茫，无边无际。用千里不能形容它的辽阔，用万丈不能表明它的深度。传说四千多年以前，大禹做国君的时候，十年九涝，海水没有加深；三千多年以前，商汤统治的年代，八年七旱，海水也不见减少。海是这样大，以至时间的长短、旱涝的变化都不能使它的水量发生明显的变化。青蛙弟，我就生活在大海中。你看，比起你这一眼枯井、一坑浅水来，哪个天地更开阔，哪个乐趣更大呢？”青蛙听傻了，鼓着眼睛，半天合不拢嘴。

寓言解读

这则寓言告诫人们，宇宙无终极，学识无穷尽。千万不要因一孔之见，便洋洋自得，不要因一得之功，便沾沾自喜。

割席断交

寓言出处

选自《世说新语》。从《世说新语》的某些分篇中，可以看出刘义庆编著此书时的倾向性。大体来说，刘义庆对汉末一些名士，都是歌颂或赞赏的；对魏晋的清谈家则有所肯定，也有所否定。总的来说，他还是依据世族士大夫的道德标准来评价人物的。

故事欣赏

管宁和华歆（xin）在年轻的时候，是一对非常要好的朋友。他俩成天形影不离，同桌吃饭、同榻读书、同床睡觉，相处得很和谐。

有一次，他俩一块儿去劳动，在菜地里锄草。两个人努力干着活，顾不得停下来休息，一会儿就锄好了一大片。

只见管宁抬起锄头，一锄下去，“嚓”一下，碰到了一个硬东西。管宁好生奇怪，将锄到的一大片泥土翻了过来。黑黝黝的泥土中，有一个黄澄澄的东西闪闪发光。管宁定睛一看，是块黄金，他就自言自语地说了句：“我当是什么硬东西呢，原来是锭金子。”接着，他不再理会了，继续锄他的草。

“什么？金子！”不远处的华歆听到这话，不由得心里一动，赶紧丢下锄头奔了过来，拾起金块捧在手里仔细端详。

管宁见状，一边挥舞着手里的锄头干活，一边责备华歆说：“钱财应该是靠自己的辛勤劳动去获得，一个有道德的人是不可以贪图不劳而获的财物的。”

华歆听了，口里说：“这个道理我也懂。”手里却还捧着金子左看看、右看看，怎么也舍不得放下。后来，他实在被管宁的目光盯得受不了了，才不情愿地丢下金子回去干活。可是他心里还在惦记金子，干活也没有先前努力，还不住地唉声叹气。管宁见他这个样子，不再说什么，只是暗暗地摇头。

又有一次，他们两人坐在一张席子上读书。正看得入神，忽然外面沸腾起来，一片鼓乐之声，中间夹杂着鸣锣开道的吆喝声和人们看热闹吵吵嚷嚷的声音。于是管宁和华歆就起身走到窗前去看究竟发生了什么事。

原来是一位达官显贵乘车从这里经过。一大队随从佩带着武器、穿着统一的服装前呼后拥地保卫着车子，威风凛凛。再看那车饰更是豪华：车身雕刻着精巧美丽的图案，车上蒙着的车帘是用五彩绸缎制成，四周装饰着金线，车顶还镶了一大块翡翠，显得富贵逼人。

管宁对于这些很不以为然，又回到原处捧起书专心致志地读起来，对外面的喧闹完全充耳不闻，就好像什么都没有发生一样。

华歆却不是这样，他完全被这种张扬的声势和豪华的排场吸引住了。他嫌在屋里看不清楚，干脆连书也不读了，急急忙忙地跑到街上去跟着人群尾随车队细看。

管宁目睹了华歆的所作所为，再也抑制不住心中的叹惋和失望。等到华歆回来以后，管宁就拿出刀子当着华歆的面把席子从中间割成两半，痛心而决绝地宣布："我们两人的志向和情趣太不一样了。从今以后，我们就像这被割开的草席一样，再也不是朋友了。"

寓言解读

真正的朋友，应该建立在共同的思想基础和奋斗目标上，一起追求、一起进步。如果没有内在精神的默契，只有表面上的亲热，这样的朋友是无法真正沟通和理解的，也就失去了做朋友的意义了。

管宁之所以要"割席分坐"是因为他从华歆的举动中看出了华歆热衷权势和钱财的内心活动，"割席"以示决裂。"割席"或"割席分坐"这个典故被后人经常引用，表示朋友之间因志趣和人格的高下而决裂。

华歆读书不专是他的缺点，可是作为朋友的管宁没有帮助华歆改正，只是弃而远之。谁的朋友没有缺点？谁只能跟没有缺点的人交朋友？我个人极不欣赏管宁这种做法。至于志向不同——人各有志，如果你的朋友跟你只能"求同"，不能"存异"，那只能说明你没有宽大的心胸去容纳别人。

杯弓蛇影

寓言出处

选自《晋书·乐广传》。《晋书》，唐代房玄龄等著，纪传体晋代史，共一百三十卷。《风俗通》一书也记有类似故事。

故事欣赏

有一个叫应彬的人在汲县作县令。夏至这一天，他的一位老朋友来访，应彬设宴款待。朋友座位背后的墙上悬挂着一张红色弩弓，映在酒杯中，形状就像一条小蛇。朋友端起酒杯，正欲饮酒的那一瞬间，他瞥见了酒杯中的“蛇”，可他已经将那杯酒喝进肚里去了。朋友当时就觉得又惊又怕，十分恶心。回到家里，只觉得胸腹疼痛难忍，以至于饮食不进，身体渐渐消瘦下去。家里人为他请了好多医生，用了好多办法，也不见治好。

自从老朋友那次来访后，已好长时间不见面了，应彬觉得奇怪，于是决定到朋友家去回访。只见朋友形容憔悴，病得不轻。应彬便问是什么原因。朋友如实相告：“自那次在你家喝酒，因酒杯里有一条小蛇被我吞进肚里，使我十分害怕，回家后就一病不起。”

应彬觉得这事有些蹊跷，酒杯中哪来的蛇呢？他回到县衙后，还在琢磨这件事。猛一回头，看见挂在墙上的弩弓，心里一下子明白了。他于是专门备了车马，把老朋友再次请到家中，重摆宴席，仍让朋友坐在原来的位置上。当朋友拿起酒杯一看，忽然惊叫起来，原来杯中又出现了蛇影。这时，应彬也端着酒杯走到朋友的座位旁，将自己的酒杯端给朋友看，里面同样有一条蛇影；后来，他请朋友端着原来那杯酒离开那个位置，再看杯中，那蛇影就分明没有了。朋友心中甚是不解，应彬叫朋友回头看墙上挂着的那把弩弓，对朋友说：“墙上的弩弓映在酒杯中，这就是你看到的杯中的蛇，其实那只是弩弓的影子，杯中什么也没有。”

朋友半信半疑，又和应彬重新演示了几遍，这才哈哈大笑起来，心中的疑团顿时消失，精神一下子清爽了许多。回去以后，病也很快地好了。

寓言解读

害疑心病的人，往往陷入庸人自扰的泥淖而难以自拔；有智慧的人则善于抓住问题的症结，对症下药，“心病还须心药医”，从根本上解决问题。

心病还须心药来医．乐广明白客人得的是心理疾病，所以用心理暗示的方法引导客人，对症状下药，使得病人马上明白了，长久的心病也痊愈了。

在生活中无论遇到什么问题，都要问一个为什么，都要通过调查研究去努力弄清事实的真相，求得正确解决的方法。

不拾遗金

寓言出处

选自《左传·襄公二十九年》。左丘明，姓左丘，名明（一说姓丘，名明，左乃尊称），春秋末期鲁国人。左丘明知识渊博，品德高尚。

故事欣赏

春秋时期，吴国公子季札，是吴王寿梦的小儿子，受封于延陵，又称延陵季子。

吴王寿梦传位给吴王诸樊，吴王诸樊又传位给吴王余祭、吴王夷末。

这几个人都是公子季札的兄长。吴王夷末死后，传位给公子季札。但公子季札推位让国，坚决不接受王位，大臣们都纷纷劝说公子季札，让他登上王位，但他说什么也不肯做国王，他决定将国王的位子让给有贤德的人，可是大臣们不允许，都说："公子仁德宽厚、体恤百姓，如果当了国君以后一定会成为一个有作为的好国王，请公子三思。"而公子呢？死活不肯，老说自己没有什么能耐，还是让给有才能的人。

就这样，公子和大臣们争执了三天，一直没有结果，但是国不可一日无君，后来群臣只好拥护他的侄儿吴王姬僚即位。因为公子季札品德高尚，被各国称为贤德公子。

公子季札到各国游历。他来到齐国，有一天，走在大路上，前面有一处闪闪放光。他走到跟前一看，原来是一块黄金在日光照耀下反射出的光。

他知道这一定是行路人丢失在道路上的。他把君位王权都不放在眼里，对这块黄金更不放在心上。路边有个牧人在放牧。公子季札想，这块黄金也够牧人花半辈子了，可以不为一家人的吃穿犯愁了，也不用冒着寒暑放牧了。他就高声喊："喂！放牧的老兄，这里有一块别人失落的黄金，你快来捡吧！"

牧人看到公子季札居高临下的傲气，听到毫无礼貌的呼喊，心中特别反感，就说："你为什么身居高位，却这么小看人呢？看你的相貌像个有德的君子，可是说话为什么如此粗野庸俗呢？"

公子季札解释说："我可是一片好心，为解除你的生活困境着想啊！"

牧人说："我虽然上面有君王，却不屑去做人臣；虽然有朋友，却不肯前去巴结；在大热天还披着皮袄放牧，是习惯了这种自食其力的生活。我难道是贪财图利，捡拾黄金的人吗？"公子季札知道他是位道德高尚的隐士，想和他交个朋友，就说："请问老兄高姓大名？"

牧人对公子季札不感兴趣，就说："你也是一个以貌取人的庸俗之辈，不值得把我的姓氏名字告诉你！"于是，牧人驱赶着牲畜走了。

公子季札呆呆地站在那里，望着牧人远去，直到看不见牧人为止。他不由得暗自惊叹世界上真有安于贫贱，视金钱如粪土的高尚人士，今后可不能以貌取人啊！

寓言解读

以貌取人是无知又错误的，而应该做不贪钱财的廉洁人士。

纸上谈兵

寓言出处

选自《史记·廉颇蔺相如列传》。

故事欣赏

赵奢是赵国名将，为赵国屡建战功。可是赵奢的儿子赵括却不像父亲。赵括从小的确读了不少兵书，谈起用兵之道那简直是滔滔不绝，连他父亲都不如他。于是，赵括自以为是，觉得自己是了不起的军事家，他狂妄地认为自己在军事上已经是天下无敌了。然而赵奢却不这么认为，他不但从未赞扬过儿子的夸夸其谈，反而却常常担忧地说：“日后赵国不让赵括带兵便罢，如果让他带兵打仗，那么断送赵国前程的将必是赵括无疑。”

过了几年，赵奢死去了。

这一年，秦国对赵国大举进攻，赵国派了年龄很大的将军廉颇率军迎敌。开始，赵军连连失利。在这样的情况下，廉颇改变战略方针，他下令让军队坚守城池，以逸待劳，不要主动出击，保存实力把住阵地从而拖垮秦军。结果真的，秦军由于远道而来，经不住廉颇的拖延，粮草渐渐接不上，快要支撑不下去了，秦军十分恐慌。于是秦军也施展计谋，派人悄悄潜入赵国散布流言说：“秦军谁都不怕，就怕赵括担任大将。”

赵王正在为廉颇在军事上毫无进展而闷闷不乐，听到外面流传的那些说法，便撤掉廉颇，要派赵括为大将来统帅军队。赵括的母亲记住丈夫生前的嘱咐，再三向赵王说明情况，极力劝告赵王收回决定，可是赵王哪里听得进去，他真的任命了赵括担任大将来取代廉颇。

赵括一到前线，便开始胡乱指挥起来。他完全改变了廉颇的策略，大量撤换将官，一时间弄得人心惶惶军心涣散。

秦军得知赵军这些情况，自然正中下怀。一天深夜，秦军派一支队伍偷袭赵营，刚一交战，便佯装败走。同时，秦军又派兵乘机切断了赵军的粮道。

赵括不知实情，还以为秦军真的是败逃。他得意地想，取胜即在眼前，这正是表现自己的时候。于是他命令部队紧紧追击。结果，赵军追了一段后即被秦军伏兵将追兵拦腰截断，使赵军首尾不能相顾。然后，秦军一齐杀出，将赵军各个击破，团团围住。

赵军被秦军围困40多天，粮食早已吃光又没有接应，一时间军心大乱。赵括一筹莫展，满肚子的兵法也不知如何施展。眼看守下去也是活活饿死，便率军仓皇突围。可是怎敌秦军四面掩杀，哪里突得出去。结果赵括被乱箭射死，40万赵军也全军覆没。从此以后赵国就一蹶不振。

寓言解读

赵括纸上谈兵并无真才实学，而赵王还对他委以重任，结果招致惨痛失败。看来，教条主义的危害是不可轻视的。

叶公好龙

寓言出处

选自汉刘向《新序·杂事第一》。刘向，字子政，初名更生，汉高祖同父少弟楚元王交的玄孙，是西汉后期著名的学者，初为谏议大夫，元帝时为中垒校尉，成帝时为光禄大夫，校书于光禄阁。刘向一生数次上书皇帝弹劾外戚宦官，曾两次入狱，被废多年。他编著的《新序》、《说苑》，引用了大量的历史故事、民间故事、传说和寓言，使其文章平易近人，意味深长，表现了对时弊流俗的批判精神。

故事欣赏

鲁哀公经常向别人说自己是多么地渴望人才，多么喜欢有知识才干的人。有个叫子张的人听说鲁哀公这么欢迎贤才，便从很远的地方风尘仆仆地来到鲁国，请求拜见鲁哀公。

子张在鲁国一直住了七天，也没等到鲁哀公的影子。原来鲁哀公说自己喜欢有知识的人只是赶时髦，学着别的国君说说而已，对前来求见的子张根本没当一回事，早已忘到脑后去了。子张很是失望，也十分生气。他给鲁哀公的车夫讲了一个故事，并让车夫把这个故事转述给鲁哀公听。然后，子张悄然离去了。

终于有一天，鲁哀公记起子张求见的事情，准备叫自己的车夫去把子张请来。车夫对鲁哀公说："他早已走了。"

鲁哀公很是不明白，他问车夫道："他不是投奔我而来的吗？为什么又走掉了呢？"

于是，车夫向鲁哀公转述了子张留下的故事。那故事是这样的：

有个叫叶子高的人，总向人吹嘘自己是如何如何喜欢龙。他在衣带钩上画着龙，在酒具上刻着龙，他的房屋卧室凡是雕刻花纹的地方也全都雕刻着龙。天上的真龙知道叶子高是如此喜欢龙，很是感动。一天，真龙降落到叶子高的家里，它把头伸进窗户里探望，把尾巴拖在厅堂上。这叶子高见了，吓得脸都变了颜色，惊恐万状，回头就跑。真龙感到莫名其妙，很是失望。其实那叶公并非真的喜欢龙，只不过是形式上、口头上喜欢罢了。

寓言解读

我们现实生活中像叶子高这样的人也有不少，他们往往口头上标榜的是一套，而一旦要动真格的，他们却临阵脱逃了，这跟叶公好龙又有什么两样呢？

皮毛相附

寓言出处

选自《左传·僖公十四年》。左丘明曾与孔子一起“乘如周，观书于周史”，据有鲁国以及其他封侯各国大量的史料，所以依《春秋》著成了中国古代第一部记事详细、议论精辟的编年史《左传》，和现存最早的一部国别史《国语》，成为史家的开山鼻祖。

故事欣赏

有一年，魏国的东阳地方向国家交售的钱粮布帛比往年多出 10 倍，为此，满朝廷的大臣高兴得不得了，一齐向魏文侯表示祝贺。

魏文侯对这件事并不乐观。他在思考：东阳这个地方土地没有增加、人口也还是原来那么多，怎么一下子比往年多交 10 倍的钱粮布帛呢？即使是丰收了，可是向国家上交也是有比例的呀。他分析这必定是各级官员向下面老百姓加重征收得来的。这件事使他想起了一年前他遇到的一件事。

一年前，魏文侯外出巡游。一天，他在路上见到一个人将羊皮统子反穿在身上，皮统子的毛向内皮朝外，那人还在背上背着一篓喂牲口的草。

魏文侯感到很奇怪，便上前问那人道：“你为什么要反穿着羊皮衣，把皮板露在外面来背东西呢？”

那人回答说："我很爱惜这件皮衣，我怕把毛露在外面搞坏了，特别是背东西时，我怕毛被磨掉了。"

魏文侯听了，很认真地对那人说："你知道吗？其实皮板更重要，如果皮板磨破了，毛就没有依附的地方了，那你想舍皮保毛不是一个错误的想法吗？"

那人依然执迷不悟地背着草走了。

如今，官吏们大肆征收老百姓的钱粮布帛而不顾老百姓的死活，这跟那个反穿皮衣的人的行为不是一样的吗？

于是，魏文侯将朝廷大臣们召集起来，对他们讲了那个反穿皮衣的人的故事，并语重心长地开导他们说："皮之不存，毛将焉附？如果老百姓不得安宁，国君的地位也难以巩固。希望你们记住这个道理，不要被一点小利蒙蔽了眼光，看不到实质。"

众大臣深受启发。

寓言解读

任何事情都是一样的道理，基础是根本，是事物赖以存在的依据，如果本末颠倒，那将是得不偿失的。

桑中李树

寓言出处

选自《抱朴子·内篇》。葛洪，字稚川，两晋时学者、文学家。丹阳句容（今属江苏）人。曾为司徒王导主簿，又被征为散骑常侍、大著作，不就。后赴广州，在罗浮山炼丹。

《抱朴子》总结了战国以来神仙家的理论，从此确立了道教神仙理论体系；又继承魏伯阳炼丹理论，集魏晋炼丹术之大成；它也是研究我国晋代以前道教史及思想史的宝贵材料。《抱朴子内篇》主要讲述神仙方药、鬼怪变化、养生延年，禳灾却病，属于道家；《抱朴子外篇》则主要谈论社会上的各种事情，属于儒家的范畴，也显示了作者先儒后道的思想发展轨迹。

故事欣赏

从前有一个人出门，带了一些李子路上吃。他一路走一路津津有味地嚼着李子，一会儿就吃完了，只剩下几个李子核。把李子核扔到哪里去呢？这人一抬头，见旁边几步路远的地方有一棵桑树，不知道因为什么原因，树干上有一个大洞，里面已经空了。于是他就把核顺手扔进了树洞里。想了想，又弄来些泥土填进树洞将李子核种上。他这样做倒也并不是为了种出李子来，只是一时好玩罢了，种完就走了，也没有当成一回事。日子一长，他也慢慢地把这回事给忘了。

再说那被种下的李子核，天下雨时便得到雨水的滋润，在树上栖息的鸟儿拉的粪便成了天然的肥料，时间长了，竟真的发出芽来，长成了一棵李树。有人见到桑树里长出了李树，觉得很神奇，就把这怪事告诉了周围的人。

有个害眼病的人听说了，认为这棵李树可能是一棵神树，就拄着拐杖探索着来到李树下，向它许愿说：“李树啊，您如果能保佑我的眼疾消除，我就献给您一头小猪。”他一说完，就觉得眼睛疼得没那么厉害了。又过了些天，他的眼睛竟慢慢变好了。他高兴极了，逢人就说：“桑树里长出的那棵李树治好了我的眼睛，果真是一棵神树啊！”然后又准备了小猪，叫人敲锣打鼓地抬到李树下去还愿，附近的人都来看热闹，大家都知道了这棵李树是神树。

就这样，“神树”的事一传十、十传百，很快远近的人就都知道了，而且越传越神：“那棵李树能让瞎子重见光明呢！”“那棵李树可以医好百病呢……”人们都带着祭品慕名而来，祭拜这棵“神树”，希望它保佑自己。

过了一年多，当年那个种李树的人又经过这里，听说了“神树”的事，又见到大家争相祭拜它的盛况，就到树边去看个究竟。这一看不要紧，他不禁哑然失笑：“这棵树是我一年前种下的呀，有什么神奇的呢？”

种树人一语中的，“神树”不神，不过是大家捧出来的罢了。那个害眼病的人病好了只是偶然的，或者根本就只是他自己的心理作用帮他医好了病，哪里又是李树保佑的呢？

寓言解读

我们遇到非同一般的现象，不要盲从轻信，要以冷静的头脑仔细分析推测，做出科学的解释。

后羿射箭

寓言出处

选自《说苑》。刘向编撰的《说苑》一书结构体例颇为独特。编撰《说苑》是抱着有补于汉室治国、挽救衰亡中西汉的强烈目的。因此，全书20篇都统摄于这一目的之下，希望通过所收录的故事探寻出历史兴亡的规律，给统治者以借鉴。20篇的编排顺序遵照故事义理与治国关系的疏密编排。

故事欣赏

从前有一位神射手，名叫后羿。他练就了一身百步穿杨的好本领，立射、跪射、骑射样样精通，而且箭箭都射中靶心，从来没有失过手。人们争相传颂他高超的射技，对他非常敬佩。

夏王也从左右的嘴里听说了这位神射手的本领，也目睹过后羿的表演，十分欣赏他的功夫。有一天，夏王想把后羿召入宫中来，单独给他一个人演习一番，好尽情领略他那炉火纯青的射技。

于是，夏王命人把后羿找来，带他到御花园里找了个开阔地带，叫人拿来了一块一尺见方，靶心直径大约一寸的兽皮箭靶，用手指着说："今天请先生来，是想请你展示一下您精湛的本领，这个箭靶就是你的目标。

"为了使这次表演不至于因为没有竞争而沉闷乏味，我来给你定个赏罚规则，如果射中了的话，我就赏赐给你黄金万两；如果射不中，那就要削减你一千户的封地。现在请先生开始吧。"

后羿听了夏王的话，一言不发，面色变得凝重起来。他慢慢走到离箭靶一百步的地方，脚步显得相当沉重。然后，后羿取出一支箭搭上弓弦，摆好姿势拉开弓开始瞄准。

想到自己这一箭出去可能发生的结果，一向镇定的后羿呼吸变得急促起来，拉弓的手也微微发抖，瞄了几次都没有把箭射出去。后羿终于下定决心松开了弦，箭应声而出，“啪”地一下钉在离靶心足有几寸远的地方。后羿脸色一下子白了，他再次弯弓搭箭，精神却更加不集中了，射出的箭也偏得更加离谱。

后羿收拾弓箭，勉强赔笑向夏王告辞，悻悻地离开了王宫。夏王在失望的同时掩饰不住心头的疑惑，就问手下道：“这个神箭手后羿平时射起箭来百发百中，为什么今天跟他定下了赏罚规则，他就大失水准了呢?”

手下解释说：“后羿平日射箭，不过是一般练习，在一颗平常心之下，水平自然可以正常发挥。可是今天他射出的成绩直接关系到他的切身利益，叫他怎能静下心来充分施展技术呢？看来一个人只有真正把赏罚置之度外，才能成为当之无愧的神箭手啊!”

寓言解读

患得患失、过分计较自己的利益将会成为我们获得成功的大碍。我们应当从后羿身上吸取教训，面临任何情况时都应尽量保持平常心。

善解疙瘩

寓言出处

选自《庄子》。

故事欣赏

鲁国有一个乡下人，送给宋元君两个用绳子结成的疙瘩，并说希望能有解开疙瘩的人。

于是，宋元君向全国下令说：“凡是聪明的人、有技巧的人，都来解这两个疙瘩。”

宋元君的命令引来了国内的能工巧匠和许多脑瓜子灵活的人。他们纷纷进宫解这两个疙瘩，可是却没有一个人能够解开。他们只好摇摇头，无可奈何地离去。

有一个叫倪说的人，不但学识丰富、智慧非凡，就连他的弟子，也很了不起。他的一个弟子对老师说："让我前去一试，行吗？"

倪说信任地点点头，示意他去。

这个弟子拜见宋元君，宋元君叫左右拿出绳疙瘩让他解。只见他将两个疙瘩打量一番，拿起其中一个，双手飞快地翻动，终于将疙瘩解开了。周围观看的人发出一片叫好声，宋元君也十分欣赏他的聪明才干。

第二个疙瘩还摆在案上没动静。宋元君示意倪说的这个弟子继续解第二个疙瘩。可是这个弟子十分肯定地说："不是我不能解开这个疙瘩，而是这疙瘩本来就是一个解不开的死结。"

宋元君将信将疑，于是派人找来了那个鲁国人，把倪说弟子的答案说给他听。那个鲁国人听了，十分惊讶地说："妙呀！的确是这样的，摆在案上的这个疙瘩是个没法解的疙瘩。这是我亲手编制出来的，它没法解开，这一点，只有我知道，而倪说的弟子没有亲眼见我编制这个疙瘩，却能看出它是一个无法解开的死结，说明他的智慧是远远超过我的。"

天下人只知道就疙瘩解疙瘩，而不去用脑筋推敲疙瘩形成的原因，所以往往会碰到死结，解来解去，连一个疙瘩也解不开。

寓言解读

要像倪说的弟子那样用分析的眼光，区别对待不同性质的事物，这样才能绕过障碍，抓住关键，克服困难，顺利地解开自己工作中一个又一个的"疙瘩"，同时也要注意从实际出发，避免死钻牛角尖。

老鹰和猫头鹰

寓言出处

选自《拉封丹寓言》。拉封丹在前人的基础上将简单淳朴的传说故事加工成意义深刻、活泼生动的寓言诗，使寓言和诗歌这两种体裁的优势都得以充分发挥，其内容之丰富、讽刺之尖锐、刻画之传神，都达到了很高的水平。

故事欣赏

老鹰和猫头鹰停止了攻击，它们甚至以拥抱的方式表示亲热的程度，并决定不再互相伤害彼此的孩子，一个用鸟中之王的信誉担保，一个则以枭族的诺言担保。

猫头鹰问道："你认得我的孩子吗?"

"不。"

"真糟糕!"猫头鹰叹息着说道，"我很挂念我的孩子们，保住它们的命真靠运气了。

因为你是鸟中之王，不会把小事记在心上，如果你碰到了我的孩子，而又不认识它们，那它们准会没命。"

"你的孩子长什么样，讲给我听听；要不然指给我看看也行。我向你保证，我绝不会伤害你的孩子。"老鹰说道。

"我的孩子很漂亮，长得娇小动人。光这些特点你就能很容易地将它们辨认。请记好了，千万要记住，不然的话，死神就会到我家中，把死亡降临在它们头上。"猫头鹰以未来母亲的身份说道。

没过多久，上帝把孩子赐给了猫头鹰。有一天傍晚，猫头鹰外出给孩子寻找食物，老鹰碰巧看到一个破旧的巢穴中，有几个神态阴郁，面目丑陋的小东西发出奇怪的叫声。老鹰见状说："我把它们作为晚餐吧！这应该不会是我朋友的孩子。"鹰这家伙干这种事从来都是干净利索的，不一会儿将它们全部吃掉了。

不一会儿，猫头鹰回家了。天啊，它看到自己孩子的几个脚爪，伤心得昏了过去。它向大家哭述，并向神哀告，祈求严惩这丧心病狂的强盗。

这时有街坊对它讲："你还是自我反省一下吧。你总认为自己的孩子比别人的孩子更漂亮。谁叫你在老鹰面前把自己的孩子夸得那么好？这与它们的本来面目相差太大，没有什么共同之处嘛。"

寓言解读

人说话、办事都要讲求实际，不要脱离客观事实夸大其词，这样你才能避免不必要的麻烦。

轮扁削车轮

寓言出处

选自《庄子》。

故事欣赏

在我国春秋战国时代，有一位擅长做车轮的能工巧匠，他的名字叫轮扁。

一天，齐桓公在殿堂上读书，轮扁在堂下砍削车轮。齐桓公读书读到妙处，不禁摇头晃脑、口中念念有词，很是得意。

轮扁见桓公这样爱书，心里觉得纳闷。他放下手中的锥子、凿子，走到堂上问齐桓公说："请问，大王您所看的书，上面写的都是些什么呀？"

齐桓公回答说："书上写的是圣人讲的道理。"

轮扁说："请问大王，这些圣人还活着吗？"

齐桓公说："他们都死了。"

于是轮扁说："那么，大王您所读的书，不过是古人留下的糟粕罢了。"

齐桓公很是扫兴。他对轮扁说："我在这里读书，你一个做车轮的工匠，凭什么瞎议论呢？你说圣人书上留下的是糟粕，如果你能谈出个道理来，我还可以饶了你，如果你说不出道理来，我非杀你不可！"

轮扁不紧不慢地回答齐桓公说："我是从自己的职业和经验体会来看待这件事的。就说我砍削车轮这件事吧，速度慢了，车轮就削得光滑但不坚固；动作快了，车轮就削得粗糙而不合规格。只有不快不慢，才能得心应手，制作出质量最好的车轮。由此看来，削车轮也有它的规律。

可是，我只能从心里去体会而得到，却难以用言语很清楚明白他讲授给我儿子听，因此我儿子便不能从我这里学到砍削车轮的真正技巧，所以我已经 70 岁了，还得凭自己心里的感觉去动手砍削车轮。由此可见，古代圣人心中许多只可意会、不可言传的知识精华已经随着他们死去了，那么大王您今天所能读到的，当然只能是一些古人留下的肤浅粗略的东西了。"

寓言解读

实践经验是很重要的，因为它不但是产生理论知识的源泉，而且有些精深的技艺是难以从书本上得到的。当然，忽视书本知识，排斥间接经验，盲目地将书本知识一概视为糟粕的观点，也是不可取的。

报　复

寓言出处

选自《泰戈尔寓言》。泰戈尔的作品闪耀着深邃的哲理光芒，不仅唤起对大自然、对人类，对世界上一切美好事物的爱心，而且也启示着人们如何执著于现实人生的理想追求，让整个人生充满欢乐与光明。

故事欣赏

有一天，一个画家在集市上卖画，有一个在年轻时曾把画家的父亲欺辱致死的大臣的孩子，带了一群仆人走过集市。孩子在画家的作品前面停了下来，挑选了一幅画。画家却在画上盖了一块布，说他不出售这幅画。从此以后，这孩子日夜思念着这幅画，郁郁寡欢，最后他的父亲来了，愿意出高价买这幅画。但是画家宁肯让那幅画挂在画室的墙壁上，却不愿出售。他沉着脸坐在画前，自言自语地说："这就是我的报复。"

这位画家表示虔诚的唯一形式是每天早晨描一幅神像。但现在他觉得这些画像一天天变得同他往常画的迥然不同了。

这件事情使他感到苦恼，而且找不出一个答案，直到有一天，他在看自己的画时猛地惊跳起来。他刚画好的一幅神像的眼睛，竟是那个大臣的眼睛，神像的嘴唇也是大臣的嘴唇。

他气急败坏地撕毁了画像，大声叫喊：“我的报复已经回报到我头上来了！”

寓言解读

心中如果装着太多的仇恨，那么生命就缺少了阳光，我们所做出的事情也会因此而贬值。

魏晋生辞魏王

寓言出处

选自《韩诗外传》。

故事欣赏

戴晋生是个很有才学的人，平日里与朋友们一起或做诗写字，或品评国事，总表现出不凡的思想与见地，很受朋友们尊重。

魏王听说了戴晋生的非凡才干，很渴望见到戴晋生，于是吩咐下属将戴晋生请来。戴晋生来到魏王宫中，魏王一看，此人虽衣着寒酸却相貌不凡，在魏王面前站着，神态自若，毫无谦卑之态。魏王笑着请戴晋生坐，和他亲切交谈。谈话间，魏王觉得戴晋生果然满腹经纶，是经国济世之才，于是产生了要留戴晋生在宫中做官的想法。

魏王说：“请先生留在宫中，我封你为上大夫，怎么样？”

戴晋生一听，笑了笑说：“实在对不起，我对做官不感兴趣。”

魏王说：“你出来做官，身为上大夫，出入有气派，家人生活富裕，不比你现在的境况好得多吗？”

戴晋生依然笑笑，摆摆手，起身告辞了魏王。

回家后，朋友们知道了这件事，很不理解：戴晋生为什么放着如此好的事不干。他的妻子也埋怨他不该拒绝魏王。面对朋友们和家人的劝说，戴晋生还是一笑了之。

过了几天，戴晋生去见魏王，依然穿着那身破旧的衣服。

魏王见他那副模样，对他说："前几天，我那样诚恳地请你留下，赐你上大夫的优裕地位和俸禄你都不肯留下来，今天怎么又来拜访我呢？"

戴晋生笑了笑，不无遗憾地说："看起来，真是不值得和您往来呀，原本我还打算把您作为朋友交往的，可是您对我太不了解。您见过那沼泽荒地中的野鸡吗？它没有人用现成的食物喂养，全靠自己辛勤觅食，总要走好几步才能啄到一口食，常常是用整天的劳动才能吃饱肚子。可是，它的羽毛却长得十分丰满，光泽闪亮，能和天上的日月相辉映；它奋翅飞翔，引吭长鸣，那叫声弥漫在整个荒野和山陵。您说，为什么会这样呢？因为野鸡能按自己的意志自由自在地生活，它不停地活动，无拘无束地来往在广阔的天地之中。现在如果把它捉回家，喂养在粮仓里，使它不费力气就能吃得饱饱的，它必然会失去原来的朝气与活力，羽毛会失去原有的光润，精神衰退，垂头丧气，叫声也不雄壮了。您知道这是什么原因吗？是不是喂给它的食物不好呢？当然不是。只是因为它失去了往日的自由，禁锢了它的志趣，它怎么会有生气呢！"

魏王听了，若有所思地望着戴晋生。

寓言解读

其实，自由是比任何物质的享受还要珍贵得多的。野鸡尚且如此，更不用说人了。

如影常随形
福祸两相依

先哲老子说过一句颇有深意的名言：“祸兮福之所倚，福兮祸之所伏。”

福与祸之间不是互相排斥的非此即彼的关系，福对人并非绝对有利，祸对人也并非绝对不利。福祸相倚的道理，不仅存在于古代的典故中，更为今世间形形色色、各种真实的生活故事所验证。相信只要有一定生活阅历的人，都能从自己的经历中体悟到这一点。

所以，当我们遭遇某种灾祸时，切记不要过于悲伤；当我们遇到了好事时，也不要大喜过望，得意忘形。“胜不骄，败不馁”、“亡羊补牢”、“吃一堑，长一智”、“居安思危”等格言警句，都隐含有福祸相倚、待机转化的道理，是我们对福与祸应有的正确态度。

阳谷献酒

寓言出处

选自《吕氏春秋》。

故事欣赏

有一次，楚军与晋军在鄢陵交战，双方龙争虎斗，直杀得天昏地暗。楚国的国君楚恭王也亲自率兵参加这场血战，一连几天相持不下，激战中，楚恭王身负重伤，只好鸣金收兵，暂回营中。

楚王的大将军司马子反，在前线奋战，又累又渴，一回到营帐就直嚷着要喝水。子反有个叫阳谷的仆人，平时对主人一向忠心耿耿百般爱护，此刻一见主人这般模样，赶紧搬来一坛酒，让子反解渴，并用汗巾一个劲地替子反擦汗。司马子反这个人向来嗜酒如命，见了酒便什么都忘了，拿起酒杯便不醉不休。这次自然也不例外，一喝上酒，哪里还顾得上眼下正大敌当前，军营帐外，叫战声声。子反一杯接一杯喝了个一醉方休，直至醉倒床上。

休战半日，楚恭王准备重新开战，迎击晋军。恭王派人去司马子反帐中催他出战，不料子反正醉意沉沉，睡在床上鼾声大作，哪里能起床打仗。于是仆人阳谷又对来人说子反胸口痛，不能出战。

恭王听说大将在这紧急关头病了，十分着急，便亲自到子反帐中探望。楚恭王刚一进帐篷就闻到一股浓烈的酒味，顿时气得脸色发紫。恭王指着睡在床上的子反大声喝道："今日之战，关系重大，寡人亲自出战，身受重伤，指挥全军就完全靠你了，谁知你在这紧要关头竟敢胡来，这不是存心要让楚国亡国吗？像你这样置国家利益于不顾的嗜酒之徒，还能再率兵打仗吗？罢！罢！罢！这仗不能打了！"

楚恭王没有办法，只好命令撤军回朝。子反的仆人阳谷后悔得不知所措，求恭王原谅子反，自己愿替子反顶罪。恭王冷笑道："你作为仆人，一味只知道娇宠自己的主人，你的罪过也不轻。子反作为国家大将，误了国家大事，你顶替得了吗?”

楚恭王回朝后，按军法将司马子反斩首示众，以戒众人。子反的仆人阳谷从此离开楚国，不知去向。

寓言解读

作为仆人的阳谷，爱护主人，对主人忠诚无可厚非，但不顾场合，不考虑后果，在战争的紧急关头还满足主人喝酒的爱好，结果误了国家大事，使主人招来杀身之祸，悔之晚矣。这种不讲原则、不顾后果的爱实在害人不浅。

楚庄绝缨

寓言出处

选自《东周列国志》。

故事欣赏

一次，楚庄王因为打了大胜仗，十分高兴，便在宫中设盛大晚宴，招待群臣，宫中一片热火朝天。楚王也兴致高昂，叫出自己最宠爱的妃子许姬，轮流着替群臣斟酒助兴。

忽然一阵大风吹进宫中，蜡烛被风吹灭，宫中立刻漆黑一片。黑暗中，有人扯住许姬的衣袖想要亲近她。许姬便顺手拔下那人的帽缨并赶快挣脱离开，然后许姬来到庄王身边告诉庄王说：“有人想趁黑暗调戏我，我已拔下了他的帽缨，请大王快吩咐点灯，看谁没有帽缨就把他抓起来处置。”

庄王说：“且慢！今天我请大家来喝酒，酒后失礼是常有的事，不宜怪罪。再说，众位将士为国效力，我怎么能为了显示你的贞洁而辱没我的将士呢?”说完，庄王不动声色地对众人喊道：“各位，今天寡人请大家喝酒，大家一定要尽兴，请大家都把帽缨拔掉，不拔掉帽缨不足以尽欢！”

于是群臣都拔掉自己的帽缨，庄王再命人重又点亮蜡烛，宫中一片欢笑，众人尽欢而散。

三年后，晋国侵犯楚国，楚庄王亲自带兵迎战。交战中，庄王发现自己军中有一员将官，总是奋不顾身，冲杀在前，所向无敌。众将士也在他的影响和带动下，奋勇杀敌，斗志高昂。这次交战，晋军大败，楚军大胜回朝。

战后，楚庄王把那位将官找来，问他：“寡人见你此次战斗奋勇异常，寡人平日好像并未对你有过什么特殊好处，你是为什么如此冒死奋战呢？”

那将官跪在庄王阶前，低着头回答说：“三年前，臣在大王宫中酒后失礼，本该处死，可是大王不仅没有追究、问罪，反而还设法保全我的面子，臣深深感动，对大王的恩德牢记在心。从那时起，我就时刻准备用自己的生命来报答大王的恩德。这次上战场，正是我立功报恩的机会，所以我才不惜生命，奋勇杀敌，就是战死疆场也在所不辞。大王，臣就是三年前那个被王妃拔掉帽缨的罪人啊！”

一番话使楚庄王和在场将士大受感动。楚庄王走下台阶将那位将官扶起，那位将官已是泣不成声。

寓言解读

寓言彰显出一个领导者明智过人的一面，更表现出一个男人容人所不容的博大胸怀。如果人们都能正确分析问题，从大处着眼，不以眼前小事来干扰自己的心智，有时，坏事能变成好事。

韩娥善歌

寓言出处

选自《列子·汤问》。

故事欣赏

从前，韩国有位歌唱家名叫韩娥，要到位于东方的齐国去，不想在半路上就断了钱粮，从而使基本生活都发生了困难。为了渡过这一难关，她在经过齐国都城西边的雍门时，便用卖唱来换取食物。韩娥唱起歌来，情感是相当投入的，以至在她离开了这个地方以后，她那美妙绝伦的余音还仿佛在城门的梁柱之间缭绕，竟至三日不绝于耳。凡是聆听过韩娥歌唱的人，都还沉浸在她所营造的艺术氛围之中，好像她并没有离开一样。

有一天，韩娥来到一家旅店投宿时，店小二狗眼看人，见她穷困潦倒，便当众羞辱她。韩娥为此伤心至极，禁不住拖着长音痛哭不已。她那哭声弥漫开去，竟使得方圆一里之内的人们，无论男女老幼都为之动容，大家泪眼相向，愁眉不展，人人都难过得三天吃不下饭。

后来，韩娥难以安身，便离开了这家旅店。人们发现之后，急急忙忙分头去追赶她，将她请回来，再为劳苦大众纵情高歌一曲。韩娥的热情演唱，又引得一里之内的老人和小孩个个欢呼雀跃，鼓掌助兴，大家忘情地沉浸在欢乐之中，将以往的许多人生悲苦都一扫而光。为了感谢韩娥给他们带来的欢乐，大家送给韩娥许多财物和礼品，使她满载而归。

寓言解读

文中表现韩娥善歌哭，采用了侧面烘托的手法。韩娥的故事说明：真正的艺术家，应当扎根于人民大众之中，与大众共悲欢，成为他们忠实的代言人。

济阴贾人

寓言出处

选自《郁离子》。

故事欣赏

济阴的一个商人在过河时翻了船，他只好抓住水中漂浮的一堆枯枝乱草拼命挣扎。一个打鱼的人听到呼救的喊声，立即把船划过去救他。

商人看到了缓缓驶来的小船，顿时产生了获救的希望。然而汹涌的河水无情地告诉他，随时都有被淹没的危险。为了抓紧时间死里逃生，商人对着渔夫大声喊道："我是济阴的名门富豪，只要你能救我，我就送给你一百金！"

渔夫使出浑身的力气，抢在商人沉没之前把他救到岸上。可是商人上岸后只给了渔夫十金。渔夫对商人说："你不是答应给我一百金的吗？现在你得救了就只给十金，这样做对不对呢？"商人一听变了脸色。他恶狠狠地说道："像你这样的一个渔夫，往常一天能挣几个钱？刚才一眨眼工夫你就得到了十金，难道还不满意吗？"渔夫不好跟他争辩，低着头、闷闷不乐地走了。

过了些日子，那个商人从吕梁坐船而下。他的船在半路上又触礁翻沉了。从前的那个渔夫碰巧正在附近。有人对渔夫说："你为什么不把岸边的小船划过去救他呢？"渔夫答道："他就是那个答应给我酬金，过后却翻脸不认人的吝啬鬼！"说完，渔夫一动不动地站在岸上袖手旁观。不一会儿，那个商人就被河水吞没了。

寓言解读

商人爱财如命、言行不一和渔夫见死不救的作为，反映出他们缺乏诚信和人道主义精神，都是不可取的。说话要一诺千金，万不可食言，如果这么做，会失去自己的信用，那么到最后害的是自己！

鹰和鼹鼠

寓言出处

选自《拉封丹寓言》。拉封丹常用民间语言，通过动物形象讽刺当时法国上层社会的丑行和罪恶，嘲笑教会的黑暗和经院哲学的腐朽。

故事欣赏

鹰王和鹰后从遥远的地方飞到远离人类的森林。它们打算在密林深处定居下来，于是就挑选了一棵既高大又枝繁叶茂的橡树，在最高的一根树枝上开始筑巢，准备在这儿孵养后代。

鼹鼠看到后，好心向鹰王提出警告："这棵橡树可不是安全的住所，它的根几乎烂光了，随时都有倒掉的危险。你们最好不要在这儿筑巢。"

鹰王根本瞧不起鼹鼠的劝告，心想：真是怪事啦！老鹰还需要鼹鼠来提醒？你们这些躲在洞里的家伙，难道能否认老鹰的眼睛是锐利的吗？鼹鼠是什么东西，竟然胆敢跑出来干涉鹰王的事情？

于是鹰王毫不理睬鼹鼠善意的劝告，立刻动手筑巢，当天就把全家搬了进去。不久，鹰后孵出了一窝可爱的小家伙。

一天早晨，太阳刚刚升起来，外出捕食的鹰王带着丰盛的早餐飞回家来，顿时被眼前的景象惊呆了：那棵橡树已经倒掉了，它的鹰后和它的子女都已经摔死了。

鹰王悲痛不已，它放声大哭道："我多么愚蠢啊！我竟然把最好的忠告当成了耳边风，所以，命运就给予我这样严厉的惩罚。我从来不曾料到，一只鼹鼠的警告竟会是这样准确，真是怪事啊！"

谦恭的鼹鼠答道："轻视从下面来的忠告是愚蠢的。你想想看，我就在地底下打洞，和树根十分接近，树根是好是坏，有谁还会比我知道得更清楚呢？"

寓言解读

不要轻视任何人的忠告，首先要认真思考。不管你的地位有多么高、多么受人景仰，轻视从下面来的忠告都是愚蠢的。人听从规劝要像流水一样，乐于接受别人的批评意见。

燕子与小鸟

寓言出处

选自《拉封丹寓言》。拉封丹一生写过戏剧、小说、歌剧、神话诗，宗教诗、书简诗、科学诗，但以寓言诗成就最高，到1694年共出版了12本寓言集，包括244首寓言诗。

故事欣赏

一只燕子在飞行途中学到了不少的知识，俗话说，行千里路读万卷书嘛。

这只燕子已能预见到常见的雷雨了，因此在暴风雨袭来之前，它能向航行在海上的水手发出警报。

播种的季节里，它看到农民在耕种，便对小鸟说："我看到了潜在的危险，我很同情你们。因为面对这一危险，我可以及早远远地躲开，到一个安宁的地方生活。可你们不行，你们看到在空中挥动的手，它撒下的东西，用不了多久就会毁掉你们，各种捕捉你们的工具都会出现，到处都是陷阱，你们不是身陷鸟笼就是等下油锅，反正是死路一条啊！"燕子顿了一下接着说，"所以请你们相信我，赶快把那些该死的种子全吃掉。"

小鸟觉得燕子说的疯话十分可笑，因为大田里可吃的东西太多了，区区种子值得劳神吃吗？

转眼间，大田里长出了绿油油的苗，燕子着急地对小鸟说："趁还没有结出可恶的果实，赶紧把这些苗统统拔掉，不然的话，遭殃的是你们大家。"

"你这个预言灾祸的丧门星，别整天瞎唠叨！"鸟儿不耐烦听它的预报，"要知道，这样的好差事没有上千只鸟是做不了的！"

庄稼就要成熟了。燕子痛心疾首地来相告："可怕的日子就要来到，至今你们还不相信我，一旦人们收割完庄稼，秋闲下来的农民将拿你们开刀，等着你们的是捕鸟的夹子和罗网。你们最好待在家里别乱跑，要么学候鸟飞到温暖的南方，可你们又不能越过沙漠和海洋去寻找其他的地方。你们最好找些隐蔽的墙洞躲起来。”

寓言解读

小鸟把燕子的忠告全当了耳边风，于是当年先知卡桑德拉不幸言中的悲剧发生了。小鸟就像七嘴八舌不听劝阻的特洛伊人一样落得了同样悲惨的结局。

人们只听得进和自己看法一致的意见，只有当大难临头时才体会到忠言逆耳利于行。

山鸡起舞

寓言出处

选自《异苑》。刘敬叔，南朝彭城人。《异苑》一书中许多故事都流露着平民百姓的观点，有的大胆幻想，有的无情披露。记述奇闻怪事之书，所陈多民间传说，有的故事源远流长。神怪的故事，大都富于想象力和幻想性，而在想象中又寓现实意味。

故事欣赏

山鸡天山美丽，浑身都披着五颜六色的羽毛，在阳光的照耀下熠熠生辉、鲜艳夺目，叫人赞叹不已。山鸡也很为这身华羽而自豪，非常怜惜自己的美丽。它在山间散步的时候，只要来到水边，瞧见水中自己的影子，它就会翩翩起舞，一边跳舞一边骄傲地欣赏水中倒映出的自己那绝世无双的舞姿。

魏武帝曹操当政的时候，有人从南方献给他一只山鸡。曹操十分高兴，召来了有名的乐工，为他奏起动听的曲子，好让山鸡跳舞歌唱。乐工卖力地又吹又打，可是山鸡却一点都不买账，充耳不闻，既不唱也不跳。曹操的手下人拿来美味的食物放在山鸡面前，山鸡连看都不看，无精打采地耷拉着脑袋走来走去。就这样，任凭大家想尽了办法，使尽了手段，始终都没办法逗得山鸡起舞。

曹操非常扫兴，气恼不已，斥责手下人说："你们这么多人，连一只山鸡都对付不了，还怎么做大事！"

曹操有一位十分钟爱的小儿子，名字叫作曹冲。曹冲自幼聪明伶俐，又博览群书、见识渊博。这时候，他动了动脑子，有了主意，于是就走上前对曹操说："父王，儿臣听说山鸡一向为自己的羽毛感到骄傲，所以一见到水中有自己的倒影，就会跳起舞来欣赏自己的美丽。何不叫人搬一面大镜子来放在山鸡面前，这样山鸡顾影自怜，就会自动跳起舞来了。"

曹操听了拍手称妙，马上叫人将宫中最大的镜子抬过来，放在山鸡面前。

山鸡慢悠悠地踱到镜子跟前，一眼看到了自己无与伦比的丽影，比在水中看到的还要清晰得多。它先是拍打着翅膀冲着镜子里的自己激动地鸣叫了半天，然后就扭动身体、舒展步伐，翩翩起舞了。

山鸡迷人的舞姿让曹操看得呆了，连连击掌，赞叹不已，也忘了叫人把镜子抬走。

可怜的山鸡，对影自赏，不知疲倦，无休无止地在镜子前拼命地又唱又跳。最后，它终于耗尽了最后一点力气，倒在地上死去了。

寓言解读

山鸡的确美丽，但它的虚荣心也实在太强了，以致于受人愚弄。我们可不能让虚荣心、好胜心战胜了理智，否则就会遭到惨败。

宋玉进谗

寓言出处

选自《登徒子好色赋》。宋玉，战国后期楚国辞赋作家。他运用烘托的手法，以更细腻更极尽刻划形容之能事，分别描绘了一幅丑女和美女的肖像。此赋问世以后，既不追逐美女，又从不见异思迁的登徒子便成了好色之徒的代称。

故事欣赏

古时候，楚王手下有个叫作宋玉的大臣。宋玉相貌英俊，穿戴华丽，风流倜傥（tì tǎng），又写得一手好文章，深得妇女们的倾慕。楚王欣赏他的才华，也很宠幸他，给他自由出入后宫的特权，以便宋玉能写出可供宠妃演唱的歌词来。

但是宋玉这个人的品质实在不怎么样，他十分好色，仗着楚王的信赖，常到后宫中和楚王的妃子们接近。日久生情，竟跟妃子们私通起来。天下没有不透风的墙，时间一长，就有些风声走漏出去，影响很不好。

楚国大夫登徒子是个刚直不阿的大臣，他也听到了一些不好的传闻，就去跟楚王进谏说道："大王，宋玉这个人长得很好看，又有一张能说会道的巧嘴，很能讨妇女们的喜欢。他又非常好色，不是个能洁身自好的人，您让他这样肆无忌惮地进出后宫，恐怕不太方便，要是万一惹出什么事来，岂不有损王室的威严？还是不要再让他接近妃子们了吧！"楚王听了，不禁有些心动。

不知怎么的，这件事却传到了宋玉的耳朵里。他勃然大怒，气急败坏地跑到楚王那里去，先替自己辩解了一番，说自己实在冤枉，因为才学高又得到楚王的恩宠，所以遭到别人的嫉妒和陷害。接着他便开始说登徒子的坏话，声色俱厉地告诉楚王："其实真正好色的人，正是登徒子本人啊！"

楚王很吃惊，问道："你这样说登徒子，有什么真凭实据吗？"

宋玉得意地说开了："证据确凿！登徒子的老婆是一个非常难看的丑女人，她有一头乱蓬蓬的头发，嘴是三瓣的，牙齿稀疏，弯腰驼背，走起路来是个罗圈腿，东倒西歪。她全身还长满了疥疮。就是这样一个丑到极点的女人，登徒子还十分喜欢她，跟她连生了 5 个儿子，这不正说明他好色到了严重程度了吗？"

寓言解读

可怜登徒子连和他的丑妻感情好这件事都被宋玉用作攻击他好色的根据，可见只要想说一个人的坏话，是不愁找不到理由的。

忘恩负义的商人

寓言出处

选自《拉封丹寓言》。拉封丹作品大多取材于伊索寓言，希腊费德鲁斯寓言和古印度寓言，几乎涉猎了所有古今寓言家，寓言收集家、寓言改写家和翻译家的作品。

故事欣赏

一个商人很幸运，从事航海贩运发了财。他曾屡屡战胜各种困难，各种各样恶劣的气候或地形都没有给他造成损失，命运女神格外垂青他。他的所有同行都得向主管生死的阿特洛波丝女神和海神乃普敦交税，只有他的船不交税也能够平安返航。代理人和经销商对他忠实守信，人们奢侈的享受和购买欲望使他财源滚滚，他所经营的砂糖、瓷器、肉桂和烟草，都能够顺利地贩卖出去，财富像雨点般落下，没过多久，他便是腰缠万贯的大富翁了。

他驾车走路，就是斋戒的日子里也有十分气派的排场。一个朋友目睹了他的豪华宴会之后，非常羡慕。“您的家常便饭也有这样的气派！”他的朋友说。

“这还不是靠我的聪明、我花的心血，靠我自己的努力奋斗，靠我抓住机遇投资准确得来的吗！”

这位商人觉得赚钱是很容易的事。因此，他把赚得的钱拿出去搞投机活动，这一次却不是那么顺利。租的船的设备很差，遇到一点风浪就会翻船；另一艘船连基本的防御武器都没有，它接连遭受海盗的袭击；第三条船呢，虽然能够平安到港，但由于经济萧条，没有了往日那种追求奢华的风气和买货狂潮，货物积压时间太长，都变质了。另外，代理人的欺骗和商人花天酒地、挥金如土、大兴土木的生活方式，使他很快就变成了一个穷光蛋。他的一个朋友看到他如今的境况，问他道：

“你怎么变成这样了？”

"唉，甭提了，全怪那不济的命运。"

"您别放在心上，如果命运不愿意看到你幸福，至少它会教你变得谨慎小心。"朋友安慰他说。

寓言解读

不知道他是否听进去了这个忠告，但可以肯定的是，人们在一般情况下，总爱把成绩归功于自己的才干，如果失败，那就要大骂命运女神。

在取得成绩的时候，要时刻保持清醒的大脑，千万不要被成功冲昏了头脑。骄傲自满，只会使自己陷于失败的境地。

两只鸽子

寓言出处

选自《拉封丹寓言》。

故事欣赏

两只鸽子生活在温馨的亲情之中，其中一只鸽子厌倦了家中的温馨生活，它像着了魔似的渴望到远方去旅行。另一只鸽子劝它说：

"你为什么非要去呢？分离是很痛苦的事，你愿意离开自己的兄弟吗？这真是太残忍了。旅程中千辛万苦，望你三思而后行。此外，天气也转凉了，等到明年开春再去吧。我想现在旅行会十分危险，什么老鹰啊、罗网啊。我还得惦记着：是否下雨了，我兄弟的必需品都齐全吗？晚餐怎样，有安全的住宿吗……"

一席话，虽然让这位"旅行者"的心有所收敛，但想出去闯闯、见见世面的思想还是占了上风，它说道："擦干你的眼泪吧！我最多三日就能完成这次旅行。很快我就会回来的，到时候向你描述我的见闻，这会给你解闷的。我要是什么也没看到，就说不出什么来。我所说的旅行会使你十分向往。我将会说：'我曾经到过那里，这事我碰到过。'那么你就如同亲临其境一般了。"

说完这番话，它俩流着泪分手了。

鸽子开始了它的旅程，这时，天色大变，暴雨来临，鸽子不得不找到唯一的一棵大树躲雨。尽管有树叶遮挡，但鸽子还是遭受了暴风雨的袭击。雨过天晴，鸽子冷得直打哆嗦，它展开翅膀又启程了，它要晒干自己湿漉漉的身体。这时，它一眼就看见田边撒着一些小麦粒，旁边还站着一只鸽子。饥肠辘辘的它飞了过去，却被网给网住了。原来这些米粒是引诱飞禽上钩的诱饵啊。还好网很破旧，鸽子用翅膀扑腾，用爪子撕扯，用尖嘴啄，终于把网给弄开了，挣扎之中掉了几尾羽毛在网中。

但厄运并没有终止，一只凶恶的秃鹫远远地盯上了它，此时的它如丧家之犬。就在秃鹫准备向它攻击的时候，另一只老鹰伸展着双翅，斜刺里飞了过来，鸽子趁机逃了出来，它惶恐不安地向一座破房子逃去。

它想自己这下可找到一块安定的绿洲了。谁知一个淘气的孩子正拿着弹弓向它瞄准、射击，哎呀，糟了！不幸的鸽子几乎被打个半死。鸽子只好自认倒霉，垂着双翅，拖着伤爪，可怜兮兮地飞回家中。

寓言解读

谢天谢地，总算活着回到了家。

两只鸽子重逢了，请您想想看，它们在饱尝了种种痛苦经历后，对“幸福”这个字眼的理解将会是多么的深刻。

经历过人生的风风雨雨，才能够丰富自己的阅历，理解人生的真谛。

唇亡齿寒

寓言出处

选自左丘明《左传·僖公五年》。《左传》与《春秋公羊传》、《春秋谷梁传》合称“春秋三传”，是研究先秦历史和春秋时期历史的重要文献，它代表了先秦史学的最高成就，对后世的史学产生了很大影响，特别是对确立编年体史书的地位起了很大作用。

故事欣赏

晋献公要出兵攻打虢（guó）国，首先必须经过虞国，但是他担心虞国不肯答应借路。这时，晋国大臣荀息对献公说："您如果肯将垂棘（地名）所产的名贵玉石与屈产（地名，均属晋国领土）所出的良马奉送给虞国的国君，然后再向他借路，我想他是会答应的。"

晋献公有些犹豫地说："垂棘玉石是我祖传的宝贝，屈产宝马是我心爱的坐骑啊。如果虞国国君收下了我的这两件珍贵礼物，却仍然不肯借路给我，那怎么办？"

荀息于是对献公分析道："虞国的国君如果不肯借路，他定然不敢随便收下我们的礼物；如果他收下了玉石和宝马，就一定会借路给我们。至于这两件宝贝，您有些舍不得，这也不要紧，只不过是暂时寄存在那里罢了，迟早还是要归还给您的。打个比方，我们将垂棘玉石放在虞国，就好比从内室移到了外室；而将屈产宝马放到虞国，也就好比是从内马圈牵到了外马圈一样。到时候，您如果要把这两件宝贝取回来，那还不容易吗？"

一番话说得晋献公如释重负，于是决定按荀息的计谋行事。

虞国的国君见到这两件稀世宝物后，有些动心，打算给晋国借路。这时，虞国大夫宫之奇出面劝阻说："国君可不能这样做呀！虢国是我们的邻邦，他们与我国恰似一种唇齿相依的亲密关系，如果嘴唇没有了，牙齿是会挨冻的呀！长期以来，我们两国在危难之际互相救助，这并不是什么互施恩德，而完全是战略上的互相需要啊。而今，您同意给晋国借路，让其攻打虢国。如果晋国在今天消灭了虢国，我们虞国在明天就会被晋国吃掉，这该是多么危险的事啊。"

可是，虞国国君一心贪恋晋国的宝玉和良马，听不进宫之奇的劝阻，给晋国军队让出了一条攻打虢国的必经之路。

晋国凭借自己的国力强盛、兵强马壮，很快就消灭了弱小的虢国。在班师回朝之际，又顺便剿灭了毫无准备的虞国。为此，荀息专门去虞国找回宝玉和良马，当面归还给晋献公。

晋献公望着失而复得的宝物，十分得意地说："宝玉还是我原来的那一块，没有变样；只是这马又多长了一颗牙齿，比去年大一岁了。"

寓言解读

虞国国君为了贪图眼前的一点小利，置国家利益于不顾，结果招致亡国的巨大灾难，这个深刻的历史教训，是值得后人深思的。

曲高和寡

寓言出处

选自《对楚王问》。

故事欣赏

战国末年，楚国的顷襄王经常听到有人说宋玉的坏话，于是就把宋玉召来，当面问他："先生恐怕是有一些行为不够检点的地方吧？不然，为什么各个阶层都有人对你不满呢？"

聪明的宋玉一听这话，知道大事不好，灾难就要临头了，赶紧伏在地上，诚惶诚恐地说："是的，大王说的也许都是事实。但我还是请大王能够宽恕我的罪过，容我把话说完。"

顷襄王答应了宋玉的请求，宋玉就讲了一个故事——

在先王的时代，有位歌唱家来到楚国的郢（yǐng）都，当他开始演唱通俗歌曲《下里》和《巴人》时，有几千人聚在一起随声和唱；接下来他唱起了民谣《阳阿（e）》和《薤（xiè）露》，这时能跟着和唱的还有几百人；最后他唱起了高雅歌曲《阳春》和《白雪》，这时还能跟着哼哼的就只剩几十人了；而当这位歌唱家将五音的美妙发挥到了极致，创造出了一种悠扬婉转、令人陶醉的意境时，仍能欣赏和跟唱的就只有几个人了。请问，这是什么原因呢？它说明歌曲越是高雅深奥，能跟随和唱的人就会越少。

故事讲完之后，宋玉偷眼看了一下顷襄王的神情，只见他若有所思，频频点头。宋玉心里有底了，于是更是放开胆子，高谈阔论起来——

所以呀，在鸟类中有凤凰，在鱼类中有大鲲。凤凰振翅高飞，可达九千里云天，那些在篱笆间跳跃的小鷃，又哪里能像凤凰一样知道天高地大呢？大鲲清晨从昆仑山脚出发，中午来到渤海湾的碣石处晒太阳，傍晚又到孟诸湖去歇息，那些只会在小水塘里打滚的小鲵（ní），又怎么能像大鲲这样探测江阔海深呢！其实，岂止是在鸟类中有凤凰，鱼类中有大鲲，人类中不也有一些特殊的人物吗？他们美好的思想和行为都超出于一般民众之上，那些凡夫俗子们，又怎么可能理解我的所作所为呢？

寓言解读

宋玉的这番辩解，终于使顷襄王改变了对他的看法，并因此而避免了一时的祸患。但是，宋玉这种自命清高、妄自尊大、孤芳自赏、脱离民众的言行，却是不足为训的。

鞋匠和财主

寓言出处

选自《拉封丹寓言》。

故事欣赏

鞋匠很喜欢唱歌，从早到晚不停歇，每一段曲子都很欢快。看起来，他无忧无虑生活得很自在。

他的旁边住着个财主，却和他相反，虽然有很多钱，却非常害怕别人偷走，甚至把钱缝在衣服里。他很少唱歌，尤其缺少睡眠。很多个早上，他才刚刚入睡，鞋匠就开始唱歌，他就再睡不着。

财主抱怨道：“上帝啊，您太不眷顾我了！如果睡眠能像食物和饮料一样被买到，我就很幸福了。”

财主就把唱歌的鞋匠叫到跟前，“亲爱的先生，你一年能赚多少钱？”他问道。

“一年吗？”鞋匠带着笑声说着，“要是说真话，大人，我是绝不会这样计算我的收入的。

而且，我也不天天赚钱，我只要能混到年底就行了，我每天挣钱糊口，过一天算一天。”

“那么，告诉我，你一天能挣多少钱？”

“有时多一点，有时少一点，要是倒霉的事情少一点，我能挣得更多。糟糕的是一年当中歇工的日子实在太多，过多的节日让我不得不停工，我受尽了这样的苦头。但就是这样，本堂神父在讲道时，还在不断提出新圣人的纪念日。我却无可奈何。”

财主知道，为了表示崇敬，教会规定了一些圣人的节日要停工纪念。鞋匠表现出的朴实让财主很高兴，他对他说；“我今天要使你像当上国王一样，来，把这一百埃居（法国古币名）拿去，好好地存起来，将来你会用得着的。”

一百埃居，这可不是个小数目！鞋匠以为自己看到了百多年来，大地为了满足大家的需要生产出来的所有钱财。

他回到家里，把钱藏在地窖里，但同时也把他的欢乐给弄丢了。自从他得到了那笔钱，他发愁了，他的歌声消失了，睡眠也离开了他，而忧虑、怀疑、虚惊，倒成了他家里的常客。他提心吊胆地过着每一天，怕有人把钱抢了去，夜里猫弄出点儿声响，他甚至以为猫也在偷钱。他快要崩溃了，最后，这个可怜的人实在受不了了，就跑到财主家里，对财主说：“把我的歌声和我的睡眠还给我，把你那一百埃居拿回去！”

寓言解读

金钱不能买到一切，没有钱也能生活得很好。就像故事中的鞋匠，得到了金钱，却带给他烦恼，他的生活不再平静，更不能像以前那般快活自在，好在他终于发现了问题的所在，退还了金钱，他的生活又将恢复以往的快乐。

郑袖不妒

寓言出处

选自《战国策·掩》。

故事欣赏

魏王送给楚王一位美人，楚王十分惬意。

夫人郑袖看到楚王宠爱新人，于是也极力装出喜欢新人的样子。服饰玩物，拣新人爱好的，都给送去；宫室卧具，凡新人喜欢的，一概让出。真是体贴入微，关怀备至，疼爱之情胜过楚王。

楚王感叹道："女人之所以能够取悦于自己的丈夫，凭借的是她们的美色。而相互妒忌，则是她们的本性。如今郑袖知道我喜欢新人，其爱怜之心比我还深，这样的美德就如同孝子服事双亲，忠臣侍奉君王啊！"

郑袖知道楚王已不再怀疑自己妒忌了，便马上施展手段，借刀杀人。她对新人说："楚王很爱你的美貌，可是不太喜欢你的鼻子。今后你见楚王时，如能把鼻子掩住，你就会更加得到君王的欢心。"新人依言而行，每次见了楚王都捂着鼻子。

楚王很纳闷，去问郑袖："新人最近见我，老是捂着鼻子，不知是什么缘故？"送袖说："妾知道。"但又故作姿态，欲言又止。楚王看她吞吞吐吐的样子愈加怀疑，催促说："即使是难听的话也没关系，你直接了当地说吧！"郑袖这才说："好像是厌恶君王的臭味。"楚王气得七窍生烟，骂道："不识抬举的贱人，太狂了！"随即下令把新人的鼻子割掉，不得违命。

寓言解读

笑里藏刀，阴谋诡计，借刀杀人，阴险歹毒。

狮后的丧礼

寓言出处

选自《拉封丹寓言》。

故事欣赏

狮后死了，动物们都来吊唁，看到这种情形，狮王感到更加悲伤。狮王诏书全国，葬礼将如期举行，司仪官员将主持仪式，作好席位安排、检查出席情况等工作。

狮王放声大哭，大殿里回荡着令人恐惧的哭吼声。朝中大臣都按照狮王的样子用不同的语言跟着哭号。这是一群效仿君王的奉承者。顿时，哭喊声汇成一片，响彻云天。

这时，只有一只鹿无动于衷。它为什么不哭呢？因为狮后的死实在让它解气。狮后曾经吃掉了它的全家，只有它侥幸逃了出来。这时，有个拍马屁的家伙赶紧去打小报告，还说看见鹿在笑。国王一听勃然大怒，它发出一声令人毛骨悚然的怒吼。

狮王指着鹿恨恨地说："你这森林中的无名小辈，在这个时候你还笑得出来？我今天没功夫用神圣的爪子撕开你亵渎神灵的身体。群狼！你们去为死去的王后报仇，把这个叛徒杀死，用它的鲜血去祭奠亡灵吧！"

听到这可怕的判决，鹿急中生智，它对狮王说道："陛下，悲伤的时候已过去，痛苦也变得多余。你亲密的伴侣静卧在花丛里，已向我显灵。'朋友，'它说，'当我现在升天成仙的时候，请注意，葬礼中不需要你痛哭。在上帝的花园中我享受到了无比的乐趣。因为我和上帝生活在一起。让狮王悲痛吧，看它如此怀念我，我心中十分地快慰'。"

"真是神了！狮后成了仙！"一席话说得百兽欢呼雀跃起来。

至此，鹿不但没受惩罚，反而得到了丰厚的赏赐。

寓言解读

在遇到危险的时候，要善于开动脑筋，这样你就能够化险为夷。

持家勿偷闲
勤懒需相宜

懒惰和勤奋都是人类的特性。

人类要生存，就得吃饭、穿衣、住房、走路、读书等，人们所需要的一切生产资料和生活资料无一不是辛勤劳动的创造，谁离开劳动谁就无法生活下去。所以，劳动是人类得以生存的基础，是人类得以延续的先决条件。懒惰作为人性的普遍存在，某种程度上也促进了人类社会的进步；懒惰虽是人类进步的动力，但是进步往往不是懒惰的人创造的。

懒惰的心理根源：不劳而获、一劳永逸、一蹴而就、一无所求。但世界上没有一招制胜的秘诀，也不会经常出现孤注一掷就能成功的事情。

梓庆制鐻

寓言出处

选自《庄子》。

故事欣赏

梓庆是古代一位木匠，他擅长砍削木头制造一种乐器，那时人们称这种乐器为鐻（jù）。

梓庆做的鐻，看到的人都惊叹不已，认为是鬼斧神工。鲁国的君王闻听此事后，召见梓庆问：“你是用什么方法制成鐻的？”

“我是个工匠，谈不上什么技法。”梓庆回答说：“我只有体会，在做鐻时，从来不分心，而且实行斋戒，洁身自好，摒除杂念。斋戒到第三天，不敢想到庆功、封官、俸禄；第五天，不把别人对自己的非议、褒贬放在心上；第七天，我已经进入了忘我的境界。此时，心中早已不存在晋见君主的奢望，给朝廷制鐻，既不希求赏赐，也不惧怕惩罚。”

梓庆在把外界的干扰全部排除之后，进入山林中，观察树木的质地，精心选取自然形态合乎制鐻的材料，直至一个完整的鐻已经成竹在胸，这个时候才开始动手加工制作。

“否则，我不会去做！”梓庆向鲁王详细介绍制鐻过程后，继续说：“以上的方法就是用我的天性和木材的天性相结合，我的鐻制成后之所以能被人誉为鬼斧神工，大概就是这个缘故。”

寓言解读

这个寓言教育人们，要想成就任何事情，心里必须执着、专一、忘我。梓庆制鐻虽然有些过分夸大精神作用，但是强调干事业摒除杂念、精神专注是非常重要的。

造剑的人

寓言出处

选自《淮南子·道应训》。

故事欣赏

大司马是楚国的官员，有一位专为他造剑的工匠，尽管有八十来岁，但打出的剑依然锋利无比，光芒照人。

“您老人家年事已高，剑仍旧造得这么好，是不是有什么窍门?”大司马赞叹老匠人高超的技艺。

老工匠听了主人的夸奖，心中有些不自在，他告诉大司马：“我造了一辈子剑，我在二十岁时就喜欢造剑。除了剑，我对其他东西全然不顾，不是剑就从不去细看，一晃就过了六十余年。”

大司马听了老工匠的自白，更是钦佩他的献身精神。虽然他没有谈造剑的窍门，但他揭示了一条通向成功的道理。他专注于造剑技艺，几十年如一日，执着的追求使他掌握了造剑工艺，进而达到一种高妙的境界。有了这样的精神，哪有造剑不是又锋利又光亮的道理!

寓言解读

世上无难事，只怕有心人。种瓜得瓜，种豆得豆。精湛的技艺，丰硕的收获，事业的成功，都是靠专心致志终身追求而取得的。

秉烛而学

寓言出处

选自刘向《说苑》。

故事欣赏

春秋时期，晋国原本是一个强大的国家，参与大国争霸战争，与齐、宋、秦、楚合称“春秋五霸”。

但是到了晋平公姬彪登上国君的宝座时，晋国的形势已经发生了很大的变化。当时国内的韩、赵、魏三大家族共同执掌晋国的朝政，大权旁落的晋平公名义上虽为一国之君，实际上形同虚设。尽管如此，他仍然不学无术，不思进取，对韩、赵、魏三大家族束手无策，不能重振朝纲，每天只知吃喝玩乐，得过且过。

他在位的26年中，毫无建树，使晋国的形势越来越衰弱，面临着被韩、赵、魏三大家族瓜分的危险。

晋平公到了老年，反思自己平庸的一生，忽然产生了一种要求学习的强烈欲望，但又感到来日不多，怕学不好，因而心情十分矛盾。

有一天，晋平公对晋国的乐师师旷说：“乐师，寡人的年纪已经70岁了，很想学习，恐怕为时已晚了。”

师旷说：“君侯，既知时间已经晚了，为什么不点亮蜡烛呢？”

晋平公想：我说时间晚了，是指年纪大了，而不是指时间到了夜晚，他却让我点亮蜡烛，这不是开玩笑吗？

晋平公想到这里，就对师旷说：“乐师，寡人虽无太大作为，但怎么说仍是你的国君，哪里有做臣下的戏弄国君的呢？”

师旷说：“臣虽双目失明，但还不至于眼里没有君。臣的话自有臣的道理，怎么敢戏弄国君呢？”晋平公说：“乐师，你说说有什么道理？”

师旷说："我听说过几句话，不知君侯有兴趣听没有？"

晋平公说："近日寡人心中苦闷，也无人跟寡人说真心话，近臣都是一些溜须拍马之辈，你能跟寡人说真心话，寡人当然有兴趣听了。有什么话你就说吧！"

师旷说："有几句话是这样说的：一个人在少年时期好学，就像初升的太阳一样，光辉灿烂，前途无限；一个人在壮年时期好学，就像中午的太阳一样，光辉正盛，大有前途；一个人在老年时期好学，好像蜡烛的光亮一样，它的光亮虽然不如太阳的光辉，不也比在黑暗中走路更强吗？"

晋平公拍手叫好说："说得好啊！"

寓言解读

老年时好学虽秉烛之光不像刚刚升起的太阳和正午的太阳那么明亮，但点蜡烛走路总比摸黑走路更好。活到老，学到老，只要坚持不懈，即使年龄再大才开始学习也为时未晚，学和不学大不一样。在今天这个知识爆炸的信息时代，这个寓言仍具有现实意义。

二人学弈

寓言出处

选自《孟子·告子上》。《孟子》一书是孟子的言论汇编，由孟子及其弟子共同编写而成，记录了孟子的语言、政治观点（仁政、王霸之辨、民本、格君心之非，民贵君轻）和政治行动的儒家经典著作。孟子曾仿效孔子，带领门徒游说各国。但不被当时各国所接受，退隐与弟子一起著书。

故事欣赏

战国时期，齐王拿不出好的办法来治理齐国，使齐国不如以前那么强盛了，有人说："大概是齐王的天资不够聪明吧？"

伟大的思想家孟子听说了，就从植物生长的规律对这件事情进行分析。他解释道："植物的生长，需要温暖的阳光而害怕寒冷的气候。如果在阳光下晒它一天，在寒冷的空气里一连冻它十天，即使是天下最容易生长的植物，也一定长不起来，这就是"一暴十寒"的道理。"

接着，他又对怀疑齐王天资的人说："你不要怀疑齐王的天资。我和齐王见面的次数太少了。我偶然见他一次，等我离开以后，别人就连续到来。他像植物一样被寒冷的空气包围着，被火热的太阳炙烤着，他虽有成长的希望，结果还是长不成。这不能说他天资不聪明。"

随后，孟子就人的天资聪明不聪明的问题，讲了下面一则寓言故事：

从前，有一个叫秋的下棋能手，人们都称他为弈秋。他的棋艺在全国是独一无二的，非常高超，经过大大小小的比赛，他从来没有输过。久负盛名的弈秋认为如果自己死了，就没有人再掌握这些高超的棋艺的话，实在是太可惜了。于是就招收了两个徒弟，要把自己的高超棋艺传下去。

下棋是一项脑力劳动，需要天资聪明，头脑灵活。在招收徒弟时，弈秋对要来学棋的人进行了智力测验，从计算能力、理解能力、反应能力、应变能力等方方面面考察。考试非常严格，经过层层的筛选，最后选出了两名智商最高的人，收为徒弟，其他的人都被淘汰了。

有幸成为全国闻名棋手弈秋的徒弟，被选上的两个人别提有多高兴了。能选出智商最高的人为徒弟，弈秋也十分高兴。

举行过拜师仪式之后，弈秋开始教两名徒弟学棋。

这两个徒弟的智商旗鼓相当，但是学习态度却是完全不一样。其中一个徒弟，专心致志，集中精力听弈秋讲课。另一个徒弟虽然也坐在那里听弈秋讲课，可是他的心早就溜走了。他心里惦记着天空飞翔的鸿雁，考虑怎样用弓箭把它射下来，弈秋讲课的内容，他根本没有听进去。

结果，两个人的学习效果也是大不相同：前一个徒弟成了弈秋棋艺的传人，后一个徒弟什么也没学会。

寓言解读

学习、做事都要专心致志。孟子不仅承认围棋是门深奥的艺术，必须专心致志才能学会，同时又指出这种奥秘是可以通过学习掌握的。

造父学御

寓言出处

选自《列子·汤问》。最初以赵为姓的人，是颛顼帝的子孙造父，他以善于驾御，于周穆王的时候，得到了赵城这个地方为封地，就以封地的名称作为自己家族之姓，而世代相传下来。

故事欣赏

造父是古代的驾车能手，他在刚开始向泰豆氏学习驾车时，对老师十分谦恭有礼貌。可是3年过去了，泰豆氏却连什么技术也没教给他，造父仍然执弟子礼，丝毫不怠。这时，泰豆氏才对造父说："古诗中说过：擅长造弓的巧匠，一定要先学会编织簸箕；擅长冶金炼铁的能人，一定要先学会缝接皮袄。你要学驾车的技术，首先要跟我学快步走。如果你走路能像我这样快了，你才可以手执6根缰绳，驾驭6匹马拉的大车。"

造父赶紧说："我保证一切按老师的教导去做。"

泰豆氏在地上竖起了一根根的木桩，铺成了一条窄窄的仅可立足的道路。老师首先踩在这些木桩上，来回疾走，快步如飞，从不失足跌下。造父照着老师的示范去刻苦练习，仅用了3天时间，就掌握了快步走的全部技巧要领。

泰豆氏检查了造父的学习成绩后，不禁赞叹道："你是多么机敏灵活啊，竟能这样快地掌握快行技巧！凡是想学习驾车的人都应当像你这样。从前你走路是得力于脚，同时受着心的支配；现在你要用这个原理去驾车，为了使6匹马走得整齐划一，就必须掌握好缰绳和嚼口，使马走得缓急适度，互相配合，恰到好处。你只有在内心真正领会和掌握了这个原理，同时通过调试适应了马的脾性，才能做到在驾车时进退合乎标准，转弯合乎规矩，即使跑很远的路也尚有余力。真正掌握了驾车技术的人，应当是双手熟练地握紧缰绳，全靠心的指挥，上路后既不用眼睛看，也不用鞭子赶；内心悠闲放松，身体端坐正直，6根缰绳不乱，24只马蹄落地不差分毫，进退旋转样样合于节拍，如果驾车达到了这样的境界，车道的宽窄只要能容下车轮和马蹄也就够了，无论道路险峻与平坦，对驾车人来说已经没有什么区别了。这些，就是我的全部驾车技术，你可要好好地记住它！”

寓言解读

要学会一门高超的技术，必须掌握过硬的基本功，然后才能得心应手，运用自如。学习驾车如此，做其他任何事情也都应当这样。

黄粱美梦

寓言出处

选自《枕中记》。沈既济，字不详，德清（今属浙江）人。唐代小说家、史学家。唐德宗时做过史馆修撰，《旧唐书》本传称他“博通群籍，史笔尤工”。

故事欣赏

多年来修炼已经到了仙术的道士吕翁，于奔波途中，来到了邯郸道上的一家旅舍里。时当春末，气候已很暖和，路上又走得累了些，所以，一进旅舍，吕翁什么也不顾，把行囊往地上一放，摘下帽子，松松腰带，坐在大门下就歇息起来。

他刚坐下，便见有一位穿着褐色短衣，骑着青色马驹的青年书生，从远处直朝这个旅舍奔来。

这青年书生，原也是住店的，他名叫卢生。没用了多长时间，吕翁与卢生便熟悉起来。俩人共席而坐，谈天说地，言笑不止。言笑中，卢生忽然低下头去看看自己陈旧的衣袋，同时长长地叹息道：

“哎！——”卢生的叹息，引起了吕翁的好奇，问道：“卢生，你身体健壮，且很健谈，我以为你很快活，可是为什么叹息呢?”卢生说：“人生在世，应该建树功名，享受荣华富贵。可我……”显然，卢生是不安于其碌碌无为而又清清贫贫的生活。吕翁觉得好笑，又说道：“年轻人，你不是想建树功名享受荣华富贵吗？我倒有一个妙法：我这里带着一个青瓷枕头。你只要枕着它睡一会儿，人世间的一切功名富贵，你就都能得到。”

“那我来试一试。”

说着，卢生便从吕翁手中接过青瓷枕头，枕着去睡。说也怪，他的头一挨那枕头，便昏昏沉沉了……这时候，在院中一角造饭的店主人，正往锅里下米。

卢生马上进入梦中。他觉得枕在头下的青瓷枕头渐渐大了起来。他好生奇怪，便直起身子低下头去瞅。只见青瓷枕头一端，又渐渐变成了一扇很大的门。他小心翼翼地走进去。不知怎的，青瓷枕头的里边，竟也是一个有着天和地的朗朗世界。而且，他的家，就在里边。他高兴地向家里走去。从此，他过上了安闲的日子。日月如梭。他娶了妻子。娶的是清河县崔氏之女。崔氏女，不仅长得十分娇艳，而且家中非常富有，给他带来很厚的一份嫁妆。卢生的日子幸福美满。后来，卢生去应试，竟中了进士。

他先任渭南都尉，继任监察御史、河南采访使、史部侍郎，迁户部尚书兼御史大夫……在任期间，他开河修渠，镇边杀敌，走到哪里就把功业建到哪里，被人称为贤相。然而，荣贵未尽，灾祸已来。这一日，他突然遭到了奸臣的忌恨，无中生有地给他捏造了许多罪名，要下他大狱。当狱吏带人前来捉拿他时，他颤抖着对妻子说：“我老家在山东，有良田五顷，足可以糊口度日。可放着安稳日子不过，我却外出求荣觅禄，只落了这样个下场。我不如死去……”说着，他抄起一把刀来就要自刎，多亏妻子相阻，方免遭一死。

后来，皇帝明察，给他平了反，并复封为燕国公。但这时他对功名已不感兴趣，一心一意为家庭忙碌了。他要使自己成为名门望族。于是，他有了五个儿子。他的五个儿子又都做了官，娶了从望门来的五房闺秀，继而生下了十余个孩子。他的愿望实现了，果真成了名门望族。而且，厩中名马，数不胜数；后庭美人，个个艳丽。老了老了，卢生又奢荡与风流起来了。但是，岁月不饶人。年渐迈，体渐衰，皮宽骨瘦，卢生的终年到了。

将死的时候，他给皇上写了封信。信中叙述他一生的功名与对帝王的忠诚。帝王看过他的信后很感动，就复信给他，并希望他好好治病。可是，就在接到帝王信的当天晚上，他与世长辞了。梦中的死，惊醒了卢生。他睁开眼睛一看，自己仍在旅舍，吕翁仍在身旁。回味着刚才的梦，他对吕翁说道：

"适才的梦，真算得是一个美梦。人一生的荣与辱，穷与富，得与失，生与死，都让我领略到了。谢谢你了！谢谢你了！"说着，卢生站起来深深地向吕翁鞠了一躬。

这时候，店主人造饭下进锅里的米，还未熟呢。

寓言解读

幸福的生活，不是可以靠虚幻的美梦得来的。任何时候都不要指望坐享其成，自己扎扎实实地辛勤劳动，才能把愿望变成现实。

一袋宝石

寓言出处

选自《奥修寓言》。奥修，印度人，曾研习过哲学，当过许多年哲学教授。奥修的故事、寓言，赋予人们从未体验过的清新与活力，以巧妙的风格向人们展示深层意义、永恒的现实意义。

故事欣赏

一大早，太阳还没有出来，渔夫就到了河边，他觉得有什么东西在他的脚下，后来才发现是一小袋的石头。他将渔网放在一旁，捡起了袋子，坐在岸边等待日出，以便开始一天的工作。他懒洋洋地从袋子里拿出一块石头丢进水里。没有什么事可做，他继续把石头一块块地扔进水里。

太阳渐渐升起来了，大地重现光明，这时还剩下最后一块石头没有被他扔掉。当他借助白天的光看到他手中的这块石头时，他的心跳几乎都要停止了，那是一颗宝石！在黑暗中，他把整袋的宝石都一块块地丢掉了！在未知的情况下，他损失了多少财富啊！他充满懊悔，咒骂自己的愚蠢。

他在无意间遇到的财富能够让他过一辈子的好日子，然而在黑暗中，在不知不觉当中，他又把它扔掉了。但是就某方面来讲，他还是幸运的：至少还留下了一块宝石，在他将那颗宝石扔掉之前，天已经亮了。一般来讲，大多数人甚至还没有那么幸运。

寓言解读

生命是一个大的宝库，如果不好好利用它，只能是白白地将它浪费掉，等到我们知道了生命的重要性时，我们已经将时光消磨殆尽。

陈寔遗盗

寓言出处

选自《后汉书·陈寔传》。《后汉书》纪10卷和列传80卷的作者是范晔，此书简明周详，叙事生动，故取代以前各家的后汉史。北宋时，有人把晋朝司马彪《续汉书》志30卷与之合刊，成今天《后汉书》。《后汉书》全书主要记述了上起东汉的汉光武帝建武元年（公元25年），下至汉献帝建安二十五年（公元220年），共196年的史事。《后汉书》大部分沿袭《史记》、《汉书》的现成体例，但在成书过程中，范晔根据东汉一代历史的具体特点，则又有所创新，有所变动。

故事欣赏

东汉时期，有个叫作陈寔（shi）的人，是个饱学之士，品行端正、道德高洁，远乡近邻的人因此都非常敬重他。陈寔不仅自己自觉自律，对儿孙们的要求也相当严格，常常抓住各种场合和机会教育他们，而且很注意方法，所以总能收到比较好的效果。

有一年洪水泛滥，淹没了大片村庄和良田，成千上万的人无家可归，到处逃荒。为此盗贼四处横行，天下很不太平。

一天夜里，有个小偷溜进了陈寔家里。他刚准备动手偷东西，忽然听得几声咳嗽，不好，有人来了。慌乱间，小偷一时找不到妥善的藏身之处，急中生智，顺着屋内的柱子爬到大梁上伏下身子，大气也不敢喘。

陈寔提着灯从里屋出来拿点东西，偶然间一抬头，瞥见了梁上的一片衣襟，他马上心知家里进了贼了。他一点都不惊慌，也不赶紧抓小偷，而是从容不迫地把晚辈们全都叫起来，将他们召集到外屋，然后十分严肃地说道：

“孩子们啊，品德高尚是我们为人的根本，在任何情况下，我们都应该对自己高标准、严要求，不能够因为任何借口而放纵自己、走上邪路。有些坏人，并不是一出娘胎就是天生的坏人，而是因为不能严格要求自己，慢慢地养成了不好的习惯，后来想改都改不过来了，这才沦为了坏人。比如我家梁上的那位君子，就是这种情况。我们可不能因为一时的贫困而丢掉志气、自甘堕落啊！”

听了陈寔的一番教诲，梁上的小偷吃了一惊：原来自己早就被发现了。同时他又很为陈寔的话所感动：他不但没抓自己反而耐心教育自己。小偷羞愧难当，就翻身爬下梁来，向陈寔磕头请罪说：“您说得太好了，我错了，以后再也不干这种勾当，求您宽恕我吧。”陈寔和蔼地回答道：“看你的样子，也并不像个坏人，也是被贫穷所逼的吧。以后要好好反省一下，要改还来得及。”说完，他又吩咐家人取来几匹白绢送给小偷。小偷感激涕零，千恩万谢地走了。

从这以后，这一带就几乎再没有偷盗之类的事情发生了。

寓言解读

陈寔不失时机地给小偷和晚辈们上了一堂生动的德育课。这也启发我们，不要简单粗暴对待犯了错误的人，要分析事物的本质，立足于挽救，往往能够收到比较好的效果。

狼与狗

寓言出处

选自《拉封丹寓言》。

故事欣赏

一只骨瘦如柴的狼，因狗总是跟它过不去，好久没有找到一口吃的了。

这天遇到了一只高大威猛但正巧迷了路的狗，狼真恨不得扑上去把它撕成碎片，但又寻思自己不是对手。于是狼满脸堆笑，向狗讨教生活之道，话中充满了恭维，诸如仁兄保养得好显得年轻，真令人羡慕云云。

狗神气地说："师傅领进门，修行靠个人，你要想过我这样的生活，就必须离开森林。

你瞧瞧你那些同伴，都像你一样脏兮兮饿死鬼一样，生活没有一点保障，为了一口吃的都要与别人拼命。学我吧，包你不愁吃和喝。

"那我可以做些什么呢？"狼疑惑地眨巴着眼问。

"你什么都不用做，只要摇尾乞怜，讨好主人，把讨吃要饭的人追咬得远远的，你就可以享用美味的残羹剩饭，还能够得到主人的许多额外奖赏。"

狼沉浸在这种幸福的体会中，不觉眼圈都有些湿润了，于是它跟着狗兴冲冲地上了路。

路上，它发现狗脖子上有一圈皮上没有毛，就纳闷地问：

"这是怎么弄的？"

"没有什么！"

"真的没有什么？"

狗搪塞地说："小事一桩。"

狼停下脚步："到底是怎么回事？你给我说说。"

"很可能是拴我的皮圈把脖子上的毛磨掉了。"

"怎么！难道你是被主人拴着生活的，没有一点自由了吗？"狼惊讶地问。

"只要生活好，拴不拴又有什么关系呢？"

"这还没有关系？不自由，不如死。吃你这种饭，给我开一座金矿我也不干。"

说罢这话，饿狼扭头便跑了。

寓言解读

人们不能像故事里的狗一样，用牺牲自由来换取幸福，那样就没有尊严，而应该像故事里的狼那样，每天用辛辛苦苦的劳动来换来食物，才可以很自由。

封人言政

寓言出处

选自《庄子》。

故事欣赏

古时封建官吏被百姓尊称为封人。有一名封疆官吏出任长梧的地方官。不日，他碰到孔子的学生子牢。三句话不离本行，他与子牢探讨治理地方、管理长梧的方法。

封人和子牢谈得很投机。他讲到自己的治理经验，认为处理政务绝不能鲁莽从事，管理百姓更不可简单粗暴。

从治理之道又谈到种田之道。封人说自己曾种过庄稼。那时，耕地马马虎虎，无所用心，果实结出来稀稀拉拉；锄草粗心大意，锄断了苗根和枝叶，一年干下来，到了收获季节、收成无几。

听了封人的讲叙后，子牢很关心地打听他以后的状况。

封人吃一堑长一智，总结自己种田的教训，第二年便改变了粗枝大叶的态度。他告诉子牢，从此开始深耕细作，认真除草，细心护理庄稼，想不到当年获得好收成，一年下来丰衣足食。

有了种田的失败和成功，封人悟出一条道理，做任何事都贵在认真。现在他出任地方官，便守住这条做人的准则。子牢常常拿封人的事教育他人。

寓言解读

只有认真负责，通过艰苦细致的劳动才能达到理想的效果。无论干什么事情，认真是做好任何事情的保证和前提。轻描淡写，随随便便，不愿意实实在在下番苦功夫，是绝不会有好结果的。

仕数不遇

寓言出处

选自《论衡·逢遇》。王充出身低微，学习非常刻苦，一生博学而不守规墨。

故事欣赏

有个周朝人，一生中多次求官，直到鬓发斑白都没有成功。

这天，他走在路上，回首往事，伤感地落下泪来。

有人问道："您为什么哭泣呢？"他抽咽着说："我几次谋官都得不到赏识。现在已经年迈。再没有机会了，因此伤心地落泪。"那人又问："您为什么一次都得不到赏识呢？"他回答说："我少年时苦读经史，后来文才具备，试图求官，不料君王却喜欢任用老年人。这个君王死后，继位的君王又喜欢任用武士，我发愤改学武艺，谁知武功刚学成，好武的君王又死去了。现在新立的君王开始执政，又喜欢任用年轻人，而我的年龄已经老了，所以终生不曾得到一次赏识，未能做官。"

寓言解读

学业须扎扎实实，学好精通；投机钻营，肯定失败。

土偶与桃梗

寓言出处

选自《战国策·齐策》。

故事欣赏

在淄水河畔，一个泥人与一个木偶人谈话。

木偶对泥人说："您是用西岸的泥土捏成的泥人儿，等到八月，天下大雨，淄水暴涨，那您就很难保全自己了。"

泥人说："不对。我本来是西岸的泥土，被水冲坏还是泥土，仍然留在西岸；可您是用东方的桃木刻成的人，雨后水涨，就会把您冲走。您将随波逐流，想想看，那您将是什么样的下场呢？"

寓言解读

人各有长短，应互相学习，取长补短，不应互相攻讦。

守株待兔

寓言出处

选自《韩非子·五蠹》。

故事欣赏

宋国有一个农民，每天在田地里劳动。一年四季，早上天一亮就起床，扛着锄头往田野走；傍晚太阳快落山了，又扛着锄头回家。他实在是很辛苦。

有一天，这个农夫正在地里干活，突然一只野兔从草丛中窜出来。野兔见到有人而受了惊吓。它拼命地奔跑，不料一下子撞到农夫地头的一截树桩子上，折断脖子死了。农夫放下手中的农活，走过去捡起死兔子。他非常庆幸自己的好运气。

晚上回到家，农夫把死兔交给妻子。妻子做了香喷喷的野兔肉，两口子有说有笑美美地吃了一顿。

第二天，农夫照旧到地里干活，可是他再不像以往那么专心了。他干一会儿就朝草丛里瞄一瞄、听一听，希望再有一只兔子窜出来撞在树桩上。就这样，他心不在焉地干了一天活，该锄的地也没锄完。直到天黑也没见到有兔子出来，他很不甘心地回家了。

第三天，农夫来到地边，已完全无心锄地。他把农具放在一边，自己则坐在树桩旁边的田埂上，专门等待野兔子窜出来。可是又白白地等了一天。

后来，农夫每天就这样守在树桩边，希望再捡到兔子，然而他始终没有再得到。而农夫地里的野草却越长越高，把他的庄稼都淹没了。农夫因此成了宋国人议论的笑柄。

寓言解读

把一次偶然的事件当做常有的现象、看成是一种必然规律的做法是缺乏根据和十分轻率的。一个人如果那样去看问题，就会做出像这个宋国人一样的蠢事来。

无巧不成拙
诚诈有所鉴

诚实就是忠诚老实，不讲假话，不歪曲事实，不隐瞒自己的观点，光明磊落，处事实在。诚实之人行动上必然守信，守信之人在社会上必能赢得别人的信任，在健康社会中这是一个良性循环。

诚实是做人处事和安身立命之本，是人之所以为人的最重要的品德，是人们在公共交往中最起码的道德规范。

诚实待人，会点燃你生命的明灯，生活不会亏待诚实的人。诚实的人得到别人的尊重和信任，获得真诚的朋友和友谊，将来在事业上才能得到更好的合作伙伴和他人的支持。

在当今的市场经济时代里，诚实守信是每个人必备的素质。

不识车轭

寓言出处

选自《韩非子·外储说左上》。

故事欣赏

车轭是驾车时套在牲口脖颈上的一种木制驾具，略微弯曲有点像个“人”字形。

一天，一个郑国人走在路上捡到一个车轭。因为他从未套过牲口驾车，所以不认识这是个什么东西。回家后，他拿着车轭去问邻居说：“这是个什么东西?”

邻居告诉他说：“这是车轭。”

虽然这个郑国人知道了自己手里拿的这根弯木棒叫作“车轭”，但毕竟印象不深，他并没把这件事放在心上。第二天，这个人又在路上捡到一个车轭，他又拿去问邻居，邻居回答说：“这是车轭。”

谁知这个郑国人听了以后，竟大怒。他说道：“先前那个东西，你说是车轭，现在这一个，你又说是车轭，路上哪来这么多的车轭呢？我看这分明是你在骗我，你不是个好东西。”他说着、骂着，竟然抓起邻居的衣领同他打起架来。

寓言解读

一个人遇到了疑难事情，往往要请教别人。可是这个郑国人，既想请教别人，又不虚心，还要怀疑别人。他不知道自己的愚昧无知，却怀疑别人在欺骗自己。如此自以为是而又蛮横无理的人，真是愚蠢可笑。

校人烹鱼

寓言出处

选自《孟子》。

故事欣赏

某一天，有人把一条鲜活的大鱼送到郑国子产的府上，以表达对这位卿相的恭敬。豪门大户平时并不缺一顿饭菜，所以子产便叫一个小吏把鱼放到池塘里养起来。

相府池塘里的鱼虽然很多，但并不是一个小吏所能轻易享用的。这次小吏见鱼就在手里，便悄悄拿回去煮着吃了。

事后，小吏报告子产说："我已经把那条鱼放到池塘里去了。您猜怎么着，那鱼刚一入水，呆头呆脑，稳不住身子。我当它是活不过来了。可是没过多久，鱼就缓过气来，甩了甩尾巴，一头钻进深水中去了。"子产高兴地说："好、好！这正是我们常说的'如鱼得水'。它找到合适的去处了。"

小吏见谎话没有被识破，从子产那里出来时很得意。他自言自语地说："都说子产很聪明，我看有点言过其实。鱼已经被我煮着吃了，他还以为正在池塘里，嘴上不住地说什么'找到合适的去处了'。难道这合适的去处竟然是我的肚肠吗？哈、哈！真有意思。"

寓言解读

子产能在郑国被人称为一个贤相，必然具备一定的才华。他被小吏所蒙骗的事实说明，一个有才学的人虽然难以被不合情理的话所蒙蔽，但不等于说他不会被合乎情理的话所欺骗。

不死之药

寓言出处

选自《战国策·楚策》。

故事欣赏

有一个人拿着吃了可以长生不死的药来到楚国，要将这不死的药敬献给楚王。

宫廷的守门官捧着药进宫去，碰上宫中的卫士。卫士问：“你拿的是什么好东西?”

守门官说：“是不死的药。”

卫士说：“是可以吃的吗?”

守门官说：“当然是可以吃的呀。”

于是卫士从守门官手里夺过药就把它吃下去了。

楚王知道后，非常生气，立即派人去将卫士抓来，要将卫士斩首。可是卫士不慌不忙地对楚王说：

“大王先息怒，请听我说。我曾问过守门官这药能不能吃，他说可以吃，我才吃的。我是一个位居守门官之下的卑微小臣，我在征得守门官同意以后才吃那药的，因此我是无罪的。如果说那药是献给大王的，别人吃了就算是犯罪，那么这罪责应该由守门官来承担。再又说回来，如果那人献给大王您的真是不死之药，您就不该杀我，因为如果您把我杀了，那药岂不是死药吗？这么看来，那人把送给您的死药说成是不死之药而大王还准备重赏他，就说明他分明是在欺骗您。大王您如果杀了我一个无罪的小臣，等于是向世人宣布您被人欺骗的丑闻，大王您这样贤明的君主怎么也会被人欺骗呢？您倒不如饶恕我，把我放了，这么一来，世人将会称颂您的英明和大度。”

楚王听了卫士的一番话，觉得很有道理，于是下令把卫士放了。

寓言解读

其实这个卫士得以活下来，并不是什么“不死之药”的魔力，而是全凭着卫士自己的聪明才智。他用了一个逻辑的二难推理与楚王辩论，用聪明机智揭露骗局，戳穿了“不死之药”的谎言。这则寓言告诉我们，只要有科学的头脑，一个“小人物”也可以不畏君主的强暴，在坚持真理的斗争中做出贡献。

澄子夺衣

寓言出处

选自《吕氏春秋》。

故事欣赏

宋国人澄子不知在什么地方丢失了一件黑布做的上衣。他跑上大路沿途寻找，到处都找不着那件黑衣。

失财的痛惜化为一股气恼。他一边走，一边捉摸着要想出一种办法来补救丢失一件上衣的损失。碰巧这时迎面走来一位身穿黑色上衣的妇人。澄子不由分说地将她一把抓住。他一面拉扯那妇人的衣裳，欲取其衣，一面狠狠地说道：“刚才我丢失的黑衣，原来在你这里！”那妇人被这光天化日之下突如其来的拦路行凶举动吓蒙了。她急忙对澄子解释道：“这件衣裳是我亲手纺的线、织的布，亲手剪裁、缝制而成的。它的长短、大小正合我身。虽然您丢的也是一件黑衣，但是并不是这一件呀！”那妇人的声音听起来显得有一些柔弱、哀怜。但是她如泣如诉吐出的一字一句里所含的分量，使澄子心里怔了一下。如果把一个小女子的衣裳说成是自己的，扒下来后，自己却穿不上岂不荒唐？于是他立刻转了一个话题，但是仍然气势汹汹地说：“我丢失的是一件夹衣，而你身上穿的这件是单衣。你用一件单衣抵我一件夹衣，难道还不便宜吗？”

寓言解读

这则寓言告诉我们，任何时候都要尊重事实，不论如何狡诈诡辩，事实总是不能歪曲的。

各有所长

寓言出处

选自刘向《说苑》。

故事欣赏

甘戊出使齐国，前去游说齐王，走了几天来到一条大河边，甘戊无法向前，他只好求助于船夫。

船夫划着船靠近岸边，见甘戊一副士人打扮，便问："你要过河去干什么？"

甘戊说："我要到齐国去，替我的国君游说齐王。"

船夫满不在乎地指着河水说："这条河只不过是个小小的缝隙而已，您都不能靠自己的本事渡过去，您怎么能替国君充当说客呢？"

甘戊反驳船夫说："您说的并不对呀。您不了解世上的万事万物，它们各有各的道理，各有各的规律，各有各的长处，也各有各的短处。比方说，兢兢业业的人忠厚老实，他可以辅佐君王，但却不能替君王带兵打仗；千里马日行千里，为天下骑士所看重，可是如果把它放在室内捕捉老鼠，那它还不如一只小猫顶用。宝剑干将，是天下少有的宝物，它锋利无比削铁如泥，可是给木匠拿去砍木头的话，它还比不上一把普通的斧头。就像你我，要说抡桨划船，在江上行驶，我的确远远比不上你；可是若论出使大小国家，游说各国君主，你能跟我比吗？"

船夫听了甘戊一席话，顿时无言以对，也似乎长了不少知识。他心悦诚服地请甘戊上船，送甘戊过河。

寓言解读

每样东西都有各自的用处，应该要用其长处，发挥其特点。不能因为别人的短处而瞧不起别人，要学会取长补短。

若只是拿自己的长处去指责别人的短处，那就太片面了。

园主与官员

寓言出处

选自《拉封丹寓言》。

故事欣赏

一个有文化教养的园艺师，在村子里有一座修剪打理得挺不错的园子，花园有一块地，四周种的一圈灌木成了篱笆。园子里蘑菇和莴苣长得很好，虽然西班牙茉莉种得不多，但百里香却是不计其数，姑娘们的生日有足够的鲜花可供赠送。哪知道一只野兔竟搅乱了平静幸福的生活。于是园艺师找镇上的官员报告："这该死的东西不分昼夜地糟蹋植物，连陷阱、石块、棍子都奈何它不得，我觉得它一定有魔法在身。"

"有妖法？那我倒要去领教领教。"镇官接着又说："假如它真有魔法，不管用什么手段，我的猎狗米洛都能一把抓住的。

"放心吧，朋友，我敢保证。"

"您几时过来？"

"别延误了，就从明儿开始吧。"事情就此说妥了。镇官带着一彪人马来了。"这么着吧，我们先吃饭。"他说，"你家里有子鸡吗？嗨！屋里的姑娘快过来让老爷瞧瞧，你们什么时候为她置办嫁妆？找姑爷了吗？"边说边让姑娘挨着他坐下套近乎。"朋友，这可是要大操大办一番啊。"说着拿起姑娘的手，托着胳膊，撩起姑娘的头巾直打量。姑娘客气地抽回手，站了起来，作园艺师的父亲也看出了镇官的轻浮嘴脸。这个时候，全家人都在忙着给客人下厨烧菜。

“你的火腿已熟了，看样子味道一定不错。”

“老爷，这是为您特地做的。”

“真的吗?”镇官说，“我倒是很想尝尝。”于是这一伙人马放开肚皮大嚼了一顿。

老爷在园艺师家里俨然像主人般发号施令，肆行无忌，酒壮色胆竟对姑娘动起手脚来。饱餐之余，这些人摩拳擦掌，号角震天，闹得园艺师头皮发麻。可怜的菜园被他们踩得不像样子，莴苣和韭葱没剩一根，连今后做汤也成问题。野兔藏在大白菜下的地洞里，这些人追捕驱赶，使它从一个缺口，就是镇官为了骑兵方便强行在篱笆上开的一个很大的缺口跑了出去。园艺师叹息道：“老爷的本事真是让人服了!”这伙人恐怕在短短一小时内所造成的损失，要远远超过当地所有野兔在近百年造成的损失。

寓言解读

弱小之国，要靠自己解决内部的争端，求助于大国实在失策，不要让他们插手你们间的纷争，也不要让他们踏上你的国土。

南辕北辙

寓言出处

选自《战国策·魏策》。

故事欣赏

季梁对魏王说：“这次我来的时候，在大路上看见一个人，正驾着车子往北走。

“他对我说：‘我要到楚国去。’

“我不解地问：‘你去楚国应该往南走，怎么反而向北奔驰呢？’

“他说：‘我的马好。’

“我告诉他：‘马虽好，可这不是去楚国的路啊！’

“他又说：‘我的旅费多。’

“我再次诚恳地说：‘旅费再多，往北走，也无论如何到不了楚国啊。’

“他还固执地说：‘我的车夫的技术很高。’

“其实，他不知道，方向错了，这几方面的条件愈好，离开楚国就会愈远。”

寓言解读

方向对头，条件越好，干劲越高，成绩越大；方向错了，适得其反。

樵夫与赫耳墨斯

寓言出处

选自《伊索寓言》。

故事欣赏

有个樵夫在河边砍柴，不小心把斧子掉到河里，被河水冲走了。他坐在河岸上失声痛哭。赫耳墨斯知道了此事，很可怜他，走来问明原因后，便下到河里，捞起一把金斧子来，问是否是他的，他说不是；接着赫耳墨斯又捞起一把银斧子来问是不是他掉下去的，他仍说不是；赫耳墨斯第三次下去，捞起樵夫自己的斧子来时，樵夫说这才是自己所失掉的那一把。赫耳墨斯很赞赏樵夫为人诚实，便把金斧、银斧都作为礼物送给他。樵夫带着三把斧子回到家里，把事情经过详细地告诉了朋友们。其中有一个人十分眼红，决定也去碰碰运气，跑到河边，故意把自己的斧子丢到急流中，然后坐在那儿痛哭起来。赫耳墨斯来到在他面前，问明了他痛哭的原因，便下河捞起一把金斧子来，问是不是他所丢失的。那人高兴地说："呀，正是；正是！"然而他那贪婪和不诚实的样子却遭到了赫耳墨斯的痛恨，不但没赏给他那把金斧子，就连他自己的那把斧子也没给他。

寓言解读

这故事说明，诚实人会得到人们帮助，狡诈的人必遭到人们唾弃。

贤士在精

寓言出处

选自刘向《说苑》。

故事欣赏

一天，赵简子乘船在黄河上游玩，十分开心。看着滔滔东去的河水，忽然，赵简子深有感慨地说："怎样才能得到贤士，整天与他相处呢？"

划船的人名叫古乘，听了赵简子的感叹后向赵简子深深鞠了一躬，说：

"大人听我冒昧地说几句。你看那些珠宝、美玉，它们没有长脚，离这里又有千里之远，却能来到这里，为什么呢？这是人们因为喜好它们，便从千里之外将它们寻了来。而贤士是长脚的，他们不来，恐怕是因为您不喜好他们吧？"

赵简子说："不对，我平素广招人才，门下食客就有上千人。我对他们的供养也是很真心的，如果发现早上吃的东西不够了，我马上派人在晚上去市场收税供给他们；如果晚上吃的东西不够了，早上就派人去市场收税供给他们。我对他们如此真诚大方，还能说我不喜好贤士吗？"

古乘听了赵简子这番话后说："鸿鹄之所以能飞得又高又远，是因为它依靠着坚硬的翅膀。它背上的细毛、腹部的绒毛，长长短短、松松软软、多多少少没有一个定数。这样的毛，少了一把，不影响它飞得高，多了一把，也不影响它飞得低。大人您所需要依赖的应该是像翅膀那样能让您高飞的有用之才，而不是像细绒毛那样无足轻重的无用之才。贤才在精而不在多，庸才再多也无益。

不知大人门下上千食客中，有没有像鸿鹄翅膀那样的有用之才？该不会都是些细绒毛吧！”

古乘一番话，使赵简子深受启发，自己门下食客上千，却常常生出渴求贤士的感慨，这原因恐怕已经十分明确了。

寓言解读

爱惜人才、选拔人才，并不在于数量和形式，而要寻求真正的有用之才，于国于己有利，这才是明智之举。

攸里西斯的伙伴

寓言出处

选自《拉封丹寓言》。

故事欣赏

希腊伊达克的国王攸里西斯与他的伙伴们，在经历了为期10年的特洛伊战争的殊死搏斗后，在回归故里的途中，又在海上四处漂泊，与海风恶浪和变化多端的命运抗争。这一天他们在一个小岛靠了岸。

这里是太阳神的女儿西尔赛管辖的岛屿，当攸里西斯途经此地时，她使攸里西斯的伙伴们喝了一种甜美的魔酒，酒里掺入了一种致命的毒物。结果，攸里西斯的伙伴们失去了人的理智，一会儿功夫，他们的脸庞和肢体开始变成了各种动物的模样和神态，他们变成了大象、狮子和熊。有的硕大无朋，有的则娇小玲珑，像只鼹鼠。只有攸里西斯一人躲过了这场灾难，因为他提防了西尔赛这害人的一手。

攸里西斯聪明且有英武之貌，风度翩翩又温文尔雅。他使得西尔赛也如同喝了甜美魔酒一般，身不由己地坠入情网。这位仙女向攸里西斯倾诉了自己烈焰般的爱情，攸里西斯借此机会，用自己的智慧，终于促使她答应让他的同伴——这些希腊人恢复成人。

“他们真想吗？他们会接受你的建议吗？”仙女西尔赛半信半疑地说，“你这就去问问他们看。”

攸里西斯跑到变成各种动物的同伴处，对他们说：“你们喝的那杯毒酒现在仍继续在发挥着药效，我是特意赶来解救你们的。亲爱的伙伴们，你们应该乐意再恢复成人吧？现在你们已经有讲话的能力了。”

狮子说话了，它好久没讲话，一说起来几乎是大声地喊叫：“我的头脑还没有傻到如此地步，放弃我刚刚获得的这份优厚的生活待遇！我有尖牙利爪，谁惹恼了我，我就把他撕成碎片。我现在是兽中的国王，难道我还会重新到伊达克国去作一个小小的市民？也许你还想让我重新回到你的身边当一名普通士兵，不过我不想改变目前的状况。”

从狮子处碰了一鼻子灰，攸里西斯又来到了熊那儿：“嗨！我的好兄弟，瞧你成了啥模样！过去的你多么英俊潇洒。”

“啊！真的我们又相聚了，”熊接着话说下去，“我现在的模样是啥样子？就是一只熊该有的样子。怎么能说谁的样子就比我强？难道非要用你的标准来裁决我的好恶？在母熊的眼里我就是它的白马王子。我的话伤了你的心吧，那你就走好了，让我留下来。我活得自由自在，无忧无虑，很是知足，现在干脆跟你挑明了吧，我决不想改变我目前的状况。”希腊王子又向狼建议，并试图说服它恢复人形。他说：“伙伴啊，我真为你感到羞愧，一个年轻漂亮的牧羊女逢人便说你是多么的贪婪，你吃了她许多羊，过去你还曾经保护过她的羊群呢，你过的是正直充实的生活。可如今呢？离开森林吧，你不要作令人憎恶的狼了，重新回到善良的人当中吧！”

“你是善良的人吗？”狼反诘道，“我真是看不出来。你把我当成了凶残的动物，你这样对我说话，你又算是什么正人君子呢？没有狼，你们不照样宰吃这些羊吗？村子里的人照样为之叫苦不迭。假如我是人，照你讲的道理，是不应滥杀无辜的，但为什么你们常常因一句话不投机就大开杀戒？你们这不也是狼的行为吗？经过深思熟虑后，我要对你讲，既然都是坏东西，我想宁愿当狼也比做人强。我决不会改变现状。”

寓言解读

攸里西斯苦口婆心地对伙伴们反复作了相同的劝说工作，可大小各类动物的回答竟如出一辙，它们需要的是自由、森林以及为所欲为。伙伴们全都拒绝过人类真正的生活，以为放纵自己就能得到解脱，获得新生，然而他们没有想到，他们恰恰又沦为自己情欲的奴隶。

荆棘、蝙蝠和鸭子

寓言出处

选自《拉封丹寓言》。

故事欣赏

荆棘、蝙蝠和鸭子它们三个觉得自己在国内难以赚大钱，于是结伙集资到海外去做买卖。它们有精明的经纪人和代理商，还有国外的分行进行国际结算，账目清楚十分可靠，一切进行得很顺利。

它们的货物要经过很窄的有着许多暗礁的海峡，航程艰险，结果所有打捆的货物全都沉入了塔耳塔洛斯这地狱的海底。它们三位后悔也无济于事，其实，只要它们装着没事一样，保持住商业信誉，情况或许还有转机。但很不幸，这三位只顾为损失而痛苦得肝肠寸断，却让损失的情况走漏了风声。它们失去了信誉，没有资金，真是一筹莫展，寸步难行，只等着因欠债而头戴不光彩的绿帽当街示众。

没有人再肯借钱给它仨，又是本金加利息；又是起诉状和差人，讨债的人天还没亮就堵在了家门口。三位穷于应付，只能向讨债人说好话。只要有人找上门，荆棘就把他们钩住，并求情说："先生们，行行好吧，请容我们从深渊中找回那些货物再说吧。"鸭子则潜在水底四处寻找那些落入深海的货物；而蝙蝠白天更是不敢飞近人们的家门口，送状子的差人整日都在它的后面紧跟着，它只好白天躲在洞里藏身。

寓言解读

我曾见到许多欠债的人，他们既不是荆棘、蝙蝠，也不是鸭子，他们没有陷入到如此的窘迫困境，他们是些达官显贵，整日里利用暗道来脱身。

唇亡齿寒

寓言出处

选自《吕氏春秋·权勋》。

故事欣赏

从前，晋献公派大夫荀息到虞国去借路攻打虢国。

荀息献计说："请让用垂棘的美玉和屈地的良马去贿赂虞公，然后向他借路，一定会马到成功！"

献公迟疑地说："垂棘的璧玉，是我先祖的传世珍宝；屈地的马匹，是我最好的骏马。如果虞公接受了我们的礼物，却又不肯借路，那怎么办呢？"

荀息回答道："不会这样。他如果不答应借路，必然不敢接受我们的礼物；如果他接受了礼物，借路给我们，那好比将璧玉从内库取出贮放在外库，把良马从内厩牵放在外厩，您何必担心呢！"

献公听荀息说得有理，便同意了他的计策，派他牵上屈地的良马，带上垂棘的璧玉，去向虞国借路攻打虢国。

虞公果然贪图美玉好马，想答应借路。

这时，他的臣子宫之奇上前劝阻说："不能答应！虞虢两国，好像车与车辅一样，利害相关。车靠车辅，车辅也得依赖于车。虞虢两国关系正是如此。古人说'唇亡齿寒'。虢国今天没有灭亡，是因为有虞国。虞国今天存在，也是因为有虢国。如果我们借路给晋国去攻打虢国，那么虢国清晨灭亡，夜晚虞国也就跟着灭亡了。怎么能借路给他们呢！”

虞公不听，把路借给了晋国。

荀息带兵借路攻打虢国，把它灭掉了。回师途中，果然攻打虞国，也把它灭掉了。

荀息捧着璧玉，牵着骏马，凯旋而归，把这两件珍宝重献给献公。

献公得意地笑着说：“璧玉依旧，只是骏马老了点！”

所以说，贪图小利，就会损害根本利益。

寓言解读

应分清敌我，团结对敌，明记唇亡齿寒的教训。

指鹿为马

寓言出处

选自西汉司马迁撰《史记》。司马迁，字子长，西汉左冯翊夏阳（今陕西韩城）人，是我国古代伟大的历史学家和散文家。司马迁在武帝时为郎中。38岁那年，继其父为太史令。后因论李陵投降匈奴一事，触怒武帝，下“蚕室”，受“腐刑”。

司马迁少时曾“耕牧河山之阳”，又游历了大半个中国，接触了社会，开阔了眼界，并在皇家“金匮石室”阅读整理了大量史实。受刑后，奋发图强，忍辱著书，经过十二年的努力，完成了我国第一部伟大的历史巨著——《史记》。

《史记》包括本纪、表书、世家和列传，共130篇。司马迁用进步的历史观，全面地叙述了我国上古至汉初3000年来的政治、经济、文化等方面的历史发展，是我国古代历史的伟大总结。《史记》开创了我国的传记体的史学，同时也开创了我国的传记文学，它对后来历史散文、传记文学的发展产生了极其深刻的影响。

故事欣赏

秦二世时，赵高野心勃勃，日夜盘算着要篡夺皇位。可朝中大臣有多少人能听他摆布，有多少人反对他，他心中没底。于是，他想了一个办法，准备试一试自己的威信，同时也可以摸清敢于反对他的人。

一天上朝时，赵高让人牵来一只鹿，满脸堆笑地对秦二世说："陛下，臣献给您一匹好马。"秦二世一看，心想：这哪里是马，这分明是一只鹿嘛！便笑着对赵高说："丞相搞错了，此乃鹿也！"赵高面不改色心不慌地说："请陛下看清楚了，这的的确确是一匹千里好马。"秦二世又看了看那只鹿，将信将疑地说："马的头上怎么会长角呢？"赵高一看时机到了，转过身，用手指着众大臣们，大声说："陛下如果不信我的话，可以问问众位大臣。"

大臣们都被赵高的一派胡言搞得不知所措，私下里嘀咕：这个赵高搞什么名堂？是鹿是马这不是明摆着吗！当看到赵高脸上露出阴险的笑容，两只眼睛骨碌碌地轮流盯着每个人的时候，大臣们忽然明白了他的用意。一些胆小又有正义感的人都低下头，不敢说话，因为说假话，对不起自己的良心，说真话又怕日后被赵高所害。有些正直的人，坚持认为是鹿而不是马。还有一些平时就紧跟赵高的奸佞之人立刻表示拥护赵高的说法，对皇上说："此乃千里好马也！"

事后，赵高通过各种手段把那些不顺从自己的正直大臣纷纷治罪，甚至满门抄斩。

寓言解读

故意颠倒是非，混淆黑白。

狼和狐狸

寓言出处

选自《拉封丹寓言》。

故事欣赏

日常生活里没有谁满足自己的现状，这到底出于什么原因呢？有的人想去当兵，而当兵的却对这人羡慕得很。据说有只狐狸极想变成狼，但谁敢保证和羊打交道就没有使狼苦恼过？

狐狸对狼说："亲爱的，我的饭菜通常总是一只老公鸡，不然就是些瘦小鸡。见到这饭菜我就倒胃口。你的饭菜比我的丰富得多，所担的风险又小，我必须走近住宅，而你躲在一旁就行了。把你的本事教给我吧，好哥们，行个方便吧！让我成为狐狸中最棒的一只，能在铁叉上烧烤一只肥羊慢慢享用。我绝不会忘恩负义的。"

狼满意地说："我乐意为你效劳。我的一个兄弟刚巧死了，你赶紧去把它的皮拿来穿上。"待狐狸正欲去取狼皮时，狼又说道："假如你想甩掉看守羊群的猎狗，你非得学会一些必要的本领不可。"

狐狸披上了狼皮，反复操练着它的狼老师告诉它的动作要领。开始时的动作还不太像，到后来就十分逼真了，以至于维妙维肖，以假乱真。正当它刚学好这套本领时，恰巧有群羊从此地经过。这只披着狼皮的狐狸立刻奔了过去，一时间恐怖气氛笼罩了山野。就这样，（它真像巴特洛克尔穿上他朋友希腊英雄阿喀琉斯的盔甲代他出征一样，使得营地和全城一片惊慌，公婆儿媳，大家扶老携幼都跑进教堂去逃难。）羊群仿佛是看到了地球就要灭亡一般，狗、羊群和牧羊人都朝村子里狂奔逃命，只有一只母羊跑得慢，快被这个披着狼皮的强盗抓住了。可就在几步之遥，狐狸听到一只公鸡在打鸣叫了起来，这个不合格的学生马上朝公鸡窜了过去，把它老师给的那件狼皮工作服丢在了地上。什么母山羊、动作要领、辅导教师啦，一起全都抛到了脑后，它向往的猎物还是那只令它垂涎的鸡。

寓言解读

伪装毫无作用，以为这样就能改变一个人的秉性，那只是痴人说梦！只要机会适宜，他们立刻故态复萌，一切照旧！

世间难辨识 虚实有妙境

大道废，有仁义，智慧出，有大伪。

千遍的巧言，抵不上一句诚实话。更多的虚假掩饰，只会让更多无辜的人遭受伤害。因此，圣经里的亚古珥向神祷告只求两件事，第一件就是求虚假和谎言离开。

真话比谎言更可贵。不要因为有人最初虚假，便帮他使他在虚假的基础上无穷尽地掩饰。不要因为有人勇敢地说出真相，便可以在面不改色的否认中无穷尽地进行诋毁。

庄子知鱼乐

寓言出处

选自《庄子·秋水》。

故事欣赏

庄子在濠水桥上与著名的哲学家惠施一起散步。他看见鱼儿在水中悠然自得地游戏，便对身边的惠施说："这是鱼儿的乐趣啊！"

惠施不以为然地反问庄子："你不是鱼，怎么知道鱼儿是快乐的呢？"

庄子反唇相讥："那么，你不是我，怎么知道我不了解鱼的乐趣呢？"

两个人你一言我一语互不相让，惠施辩解道："我不是你，当然不知道你的感觉。你本来就不是鱼，你肯定也不会知道鱼的感觉。"

庄子到底是做学问的人，十分善于总结问题的症结。他认为两人争论的焦点是，你问我怎么知道鱼儿的快乐，这是你承认我了解鱼的乐趣以后才会提出的问题。于是他告诉惠施：

"那是因为我在桥上的心情很高兴，所以我就认为鱼儿在水中也是很快乐的。"

寓言解读

这篇寓言是中国古代一场著名的辩论，带有浓厚的哲学意味。惠施的观点是，人只能自知，不能他知；而庄子的观点则是，人既可自知，又能感知其他事物。

楚人渡河

寓言出处

选自《吕氏春秋》。

故事欣赏

楚国人准备偷袭宋国，进军的线路是打算渡过澭河抄近道走，以便趁宋国人在没有防备的情况下一举获胜。

楚国经过周密谋划，先派人到澭河边测量好水的深浅，并在水浅的地方设置了标记，以便偷袭宋国的大部队能沿着标记顺利渡河。

不料，澭河水突然大涨，而楚国人并不知道这个情况。部队在经过澭河的时候依然照着原来作的标记渡河。加上又是夜间，结果，士兵、马匹大批地进入深水、漩涡，使楚军措手不及。他们被湍急的澭河水搅得人仰马翻、惊骇不已。漆黑中，澭水里人喊马嘶、一片混乱，简直像数不清的房屋在倒塌一般。就这样，楚国军队被淹死1000多人，侥幸没死的也无法前进，只好无功而返。

先前，楚国人在设置标记的时候，当然是正确的。如果河水不涨，他们是可以依照标记渡河的。可是后来，情况变了，由于河水暴涨，水位升高了许多，而楚国人在不了解变化的情况下仍按原来的线路渡河，当然只能惨败。

寓言解读

情况是在不断变化的，人的认识也应该随着客观情况的发展变化而变化。人们必须随时根据新情况采取相应的措施，否则就会吃亏、跌跤。

正如哲学所言，世间万物都是变化的，唯有变化是不变的。做事一定不能墨守成规，应该根据外界的变化发展而行动。否则，事情很可能会失败。

野兔与青蛙

寓言出处

选自《拉封丹寓言》。

故事欣赏

野兔在自己的洞穴中冥思苦想，这也难怪，在黑糊糊的洞里，除了想问题，还能干什么呢？它有一种莫名的恐惧感，烦躁忧郁困扰着它。它叹息道："我是多么的弱小啊！不仅吃不到好东西，还要时常注意突如其来的袭击，我就是这样生活的，该死的恐惧始终困扰着我，即使睡着了，眼睛也还是睁得大大的。我从来就没有享受过快乐的滋味。"

"你必须改变这种生活态度。"一只聪明的兔子建议说。

"恐惧能消除吗？我想许多人可能会像我一样，时常处于危险之中。"野兔得出了上述结论，并时刻警惕地环顾着四周。它不放过任何值得怀疑的地方，机敏多疑地捕捉一丝微风、一点阴影。

野兔又陷入了沉思，一点轻微的响动惊醒了它。它飞快地向兔窝跑去．经过池塘时，只见青蛙飞快地跳进池中，深深潜入水里。

"哦，我也能让其他动物感到害怕，青蛙见了我都要飞快地跑开！我也是一个战士了！我是一个胆小的人，但青蛙却比我更加胆小。"

寓言解读

每个人都有自己的长处，即使是很弱小的人。人要活得快乐，必须抛开自卑，承认自己的价值并树立自信；只有丢弃自卑，你才能将你的优势更好地发挥出来。

失宠的弥子瑕

寓言出处

选自《韩非子·说难》。

故事欣赏

弥子瑕是卫国的一名美男子。他在卫灵公身边为臣，很讨君王的喜欢。

有两件事最能说明卫灵公宠爱弥子瑕的程度。其一是弥子瑕私驾卫王马车的事。有一次，弥子瑕的母亲生了重病。捎信的人摸黑抄小路赶在当天晚上把消息告诉了他，一瞬间，弥子瑕心如火燎，他恨不得立刻插上翅膀飞到母亲身边。可是京城离家甚远，怎么能心想事成呢？卫国的法令明文规定，私驾君王马车的人要判断足之刑。为了尽快赶回家去替母亲求医治病，弥子瑕不顾个人安危，假传君令让车夫驾着卫灵公的座车送他回家。后来卫灵公知道了这件事，不但没有责罚弥子瑕，反而称赞道："你真是一个孝子呵！为了替母亲求医治病，竟然连断足之刑也无所畏惧了。"

卫王接受弥子瑕没吃完的半个桃子，是卫灵公宠爱弥子瑕的第二件典型事例。事情的经过是这样的。有一天，弥子瑕陪卫灵公到果园游览。当时正值蜜桃成熟的季节，满园的桃树结满了白里透红的硕果。轻风徐徐送来蜜桃醉人的芳香，让人垂涎欲滴。弥子瑕伸手摘了一个又大又熟透的蜜桃，不洗不擦就大口咬着吃了起来。这种摘下便吃所感受的新鲜爽口滋味是他未曾体验的。当他吃到一半的时候，想起了身边的卫王。弥子瑕把吃剩的一半递给卫王，让他同享。卫灵公毫不在意这是弥子瑕吃剩的桃子。他自作多情地说："你忍着馋劲把可口的蜜桃让给我吃，这真是爱我啊！"

弥子瑕年纪大了以后，脸上现出了衰老的容颜。卫灵公因此丧失了对他的热情。这时假如弥子瑕有得罪卫王的地方，卫灵公不仅再不像过去那样去迁就他，而且还要历数弥子瑕的不是："这家伙过去曾假传君令，擅自动用我的车子；目无君威地把没吃完的桃子给我吃。至今他仍不改旧习，还在做冒犯我的事!”

寓言解读

弥子瑕从年轻到年老，始终把卫灵公当成自己的一个朋友看待，在卫王面前无拘无束。可是卫王则不一样。他以年龄和相貌作为宠人、厌人的根据，从而对弥子瑕所做的同样的事情表现了前后截然相反的态度。因此不顾事情的本质，只按表面现象决定好恶的做法是十分错误的。

楚庄王纳谏

寓言出处

选自《韩非子》。

故事欣赏

楚庄王准备去攻打越国，他把这个想法告诉了他的谋臣杜子。杜子问：“不知大王出兵越国的理由是什么?”楚庄王说：“越国目前政治腐败，兵力不足，正是攻打的好机会，我不想放过这个机会。”杜子又问：“大王有成功的把握吗?”楚庄王十分自信地说：“当然有把握。越国眼下正不堪一击，我出兵必定是马到成功!”

看着楚庄王那盲目自信的样子，杜子语重心长地说：“大王，您所说的情况并不全对。越国目前情况的确很糟，可是我们楚国的情况也很不妙啊。人的智慧跟人的眼睛一样，一个人可能常常深谋远虑，但往往想不到近忧，这就像人的眼睛常常看得很远却难以看清自己的睫毛一样。大王您很清楚地看到越国的危机，却对楚国的不足缺乏足够的分析。您仔细想想，楚国的军队其实并不强大，曾被秦国、晋国打败，还丢失了几百里的疆土，这不是兵力不强的表现吗?楚国的政治也未必清明，像庄（足乔）这样的大强盗，可以在国内横行霸道，肆意违法，而各级官吏却对他毫无办法，这不也是政治腐败的表现吗？依我看，楚国的情况要比越国更加糟糕，大王您看不到这些，却还想着要对越国用兵，这不正像目不见睫那样缺乏自知之明吗？您是否想到别的国家也会像您对越国的考虑一样而对楚国虎视眈眈呢？因此，大王的当务之急应是认真把楚国自己的事办好才对呀！”

杜子的一番话，说得楚庄王如梦初醒，心服口服，他决定不去攻打越国，从此加强对楚国的治理，使楚国真正强大起来。

寓言解读

我们在日常生活中也很容易犯“目不见睫”的错误，看别人的缺点很容易，看自己的不足则很难；考虑问题常常想将来很远的事，却难以把握眼前的情况。这种对待问题的态度和思维方式是不对的，如不进行矫正将是很危险的。

深涧止步

寓言出处

选自《韩非子·内储说上》。

故事欣赏

有一位名叫董阏（è）于的人被派往赵国的上地去任地方长官。

董阏于初来乍到，他深入民间调查，访探民俗民情、民心民意。这一天，他来到石邑山，只见山中有一条深涧，涧壁陡峭，像斧削，似城墙；涧深百丈，十分险要。于是董阏于找到在当地居住的人，问道：

“这里有没有人掉进过这深涧？”

那里的人回答说：“没有人掉进过。”

董阏于又问："不懂事的小孩子、白痴、聋哑、疯癫及反常的人，有没有掉进去过呢？"

那里的人回答说："也没有。"

董阏于继续问："牛马猪狗，有没有掉进去过呢？"

人们还是回答说没有。

董阏于想了想，说："为什么不曾有人畜掉进这深涧里去呢？"

那些人回答说："这深涧十分阴森危险，谁要是进去了，那还能有性命吗？因此无论谁，走到这深涧附近时，都万分小心，要么绕道而行，谁也不敢去碰这个危险，连牲畜看到这深涧也止步不前的。"

董阏于豁然开朗，他深受启发地拍手叹道：

"好啊，我能治理好我的臣民了。如果我制定严格的法制，又严厉地执法毫不宽容，让人们知道违法就如同掉进这万丈深涧一样有生命危险，那就谁也不会去触犯法律了。这样，我还有什么不能治理的呢？"

寓言解读

聪明人总能从身边的小事中受到启发，获得智慧。掌权的人从危险的深涧联想到执法如山，可想而知，他日后必定政绩卓著。

桓公遇鬼

寓言出处

选自《庄子·达生》。

故事欣赏

春秋时代，齐国的国君齐桓公有一次在沼泽地里打猎，由齐相管仲亲自为其驾车。突然间，桓公看见了一个鬼。他赶紧握着管仲的手，惊魂未定地问："仲父你看到什么了吗?"

管仲如实相告:"我什么也没有看到。"

齐桓公回宫以后,吓得丢魂失魄,从此就病倒了,竟至几天卧床不起。这时,有个名叫皇子告敖的读书人,主动求见桓公,对他说:"这是您自己伤害了自己的身体,鬼怎么能伤害得了您呢?一个人的体内如果产生了怒气并且郁结起来,那么他的魂魄就会游离于体外而使人精神恍惚;怒气上升而不下降,人就会爱发脾气;怒气下降而不上升,人就会发生健忘;而如果这股怒气不上不下,恰好郁结在身体的正中,它就会伤害心脏,这时人就要生病了。"

齐桓公听后,不禁半信半疑地问道:"那么,到底世间有没有鬼呢?"

皇子告敖肯定地回答:"有的!室内有鬼名叫履,灶房有鬼叫做髻(jì)。院子里的粪土堆上,有个叫雷霆的鬼住在那里;在东北方的墙脚下,时常有倍阿鲑(guī)蠪(lóng)一类的鬼出没其间;在西北方的墙脚下,则有泆(yì)阳鬼安家;水中的鬼叫罔(wǎng)象,丘陵的鬼叫峷,山上的鬼叫夔(kuí),原野上的鬼叫彷徨,而沼泽地里的鬼则叫委蛇(wěiyí)。"

齐桓公赶紧追问:"那委蛇是怎样的形状呢?"

皇子形容说:"委蛇嘛,像车毂(gū)那么大,像车辕那么长,穿着紫衣裳,戴着红帽子。委蛇特别不喜欢雷车发出的隆隆声响,一听到这种声音就会抱头而立。谁如果能见到委蛇,那就是将要成为霸主的一种先兆!"

齐桓公听了这一席话,顿时笑逐颜开。他兴奋地说:"我所见到的正是你说的这种委蛇呀!"于是,他赶紧重整衣冠,与皇子告敖对坐交谈。还不到一天的时间,齐桓公的病就不知不觉地好了。

寓言解读

俗话说:"疑心生暗鬼。"齐桓公见鬼是一种心理病态,皇子告敖用心理治疗的方法,阐明事物的真相,剖析事物的本质,以解除患者对事物的误解和疑惑,使其放下思想包袱,从迷惑中解脱出来,去除恐惧心理,增强勇气和自信,从而达到治病疗疾的目的。

换心鲁人

寓言出处

选自《列子·汤问》。

故事欣赏

鲁国的公扈、赵国的齐婴两人生病之后，一道去请神医扁鹊为其诊治。在扁鹊的精心调理之下，他俩的病没用多少时间就痊愈了。可是，扁鹊却对公扈和齐婴说："你们俩以往所求治的病，都是病邪从体外侵入到体内的五脏六腑所致，因此只需用药物和针灸治疗便能解决问题。这几天我发现你们身上还潜伏着一种病，那是从娘胎里带出来，并随同你们身体的发育而一道生长的。这种病很危险，我愿意再给你们治一下，怎么样?"

公扈和齐婴回答道："我们想听听这种病有些什么症状，然后再作决定。"

于是，扁鹊先对公扈说："你有远大的抱负，又善于思考问题，遇事能有很多的办法，但遗憾的是气质较为柔弱，在关键时刻往往优柔寡断，犹豫不决，坐失良机。"接着，他又转向齐婴："那么你呢？则正好与公扈相反。你对未来缺乏长远的打算，思想比较简单，然而气质却很刚强，为人处事少用心计，却喜欢独断专行。"最后，扁鹊对他俩说："现在如果让我将你们的心来个互换，你们就都可以变得完美无缺了。"

公扈和齐婴听了扁鹊的分析之后，都愿意接受换心手术。于是，扁鹊让他们二人分别喝下一种麻醉药酒，致使昏迷三天不醒。在这其间，扁鹊便将二人的胸腔打开，取出心来，交换安放。手术完毕之后，又在伤口处敷上神药，等他们苏醒转来后，仍如术前一样健康强壮。他们一同辞谢了扁鹊之后，就各自回家了。

可是，由于心已互换，结果公扈就回到了齐婴的家，而齐婴则回到了公扈的家。这两家的老婆孩子都不认识回家的人，于是都发生了争吵。公扈、齐婴无法可想，只好请扁鹊出面解释。扁鹊就把事情的原委告诉了这两家人，这样才使争吵得以平息。

寓言解读

这则寓言故事是借用神医扁鹊的名义，用换心术来打比方，说明每个人都有各自的长处和短处。一个人只要善于取他人之长，补自己之短，他就会逐渐趋向完美。

穿井得人

寓言出处

选自《吕氏春秋·慎行览·察传》。

故事欣赏

春秋时代的宋国，地处中原腹地，缺少江河湖泽，而且干旱少雨。农民种植的作物，主要靠井水浇灌。

当时有一户姓丁的农家，种了一些旱地。因为他家的地里没有水井，浇起地来全靠马拉驴驮，从很远的河汊取水，所以经常要派一个人住在地头用茅草搭的窝棚里，一天到晚专门干这种提水、运水和浇地的农活。日子一久，凡是在这家住过庄稼地、成天取水浇地的人都感到有些劳累和厌倦。

丁氏与家人商议之后，决定打一口水井来解决这个困扰他们多年的灌溉难题。虽然只是开挖一口十多米深、直径不到一米的水井，但是在地下掘土、取土和进行井壁加固并不是一件容易的事。丁氏一家人起早摸黑，辛辛苦苦干了半个多月才把水井打成。第一次取水的那一天，丁氏家的人像过节一样。当丁氏从井里提起第一桶水时，他全家人欢天喜地，高兴得合不上嘴。从此以后，他们家再也用不着总是派一个人风餐露宿、为运水浇地而劳苦奔波了。丁氏逢人便说："我家里打了一口井，还得了一个人哩！"

村里的人听了丁氏的话以后，有向他道喜的，也有因无关其痛痒并不在意的。然而谁也没有留意是谁把丁氏打井的事掐头去尾地传了出去，说：“丁家在打井的时候从地底下挖出了一个人！”以致一个小小的宋国被这耸人听闻的谣传搞得沸沸扬扬，连宋王也被惊动了。宋王想：“假如真是从地底下挖出来了一个活人，那不是神仙便是妖精。非打听个水落石出才行。”为了查明事实真相，宋王特地派人去问丁氏。丁氏回答说：“我家打的那口井给浇地带来了很大方便。过去总要派一个人常年在外搞农田灌溉，现在可以不用了，从此家里多了一个干活的人手，但这个人并不是从井里挖出来的。”

寓言解读

故事说明凡事总要调查研究，才能弄清真相。切不可轻信流言，以讹传讹，造成视听混乱。

乐不思蜀

寓言出处

选自《三国志·蜀书·后主传》。陈寿，字承祚，西晋巴西安汉（今四川南充北）人。《三国志》是一部主要记载魏、蜀、吴三国鼎立时期的纪传体国别史，详细记载了从魏文帝黄初元年（220年）到晋武帝太康元年（280年）60年的历史。

故事欣赏

三国时期，魏、蜀、吴三个国家各据一方，征战不休，争夺霸主的统治地位。其中，刘备管辖割据的地方称为蜀。

刘备依靠诸葛亮、关羽、张飞等一批能干的文臣武将打下了江山，他死后将王位传给了儿子刘禅。临终前，刘备嘱咐诸葛亮辅佐刘禅治理蜀国。刘禅是一位非常无能的君主，什么也不懂，什么也不做，整天就知道吃喝玩乐，将政事都交给诸葛亮去处理。诸葛亮在世的时候，呕心沥血地使蜀国维持着与魏、吴鼎立的地位；诸葛亮去世后，由姜维辅佐刘禅，蜀国的国力迅速走起了下坡路。

一次，魏国大军侵入蜀国，一路势如破竹。姜维抵挡不住，终于失败。刘禅惊慌不已，一点继续战斗的信心和勇气都没有，为了保命，他赤着上身、反绑双臂，叫人捧着玉玺，出宫投降，做了魏国的俘虏。同时跟他一块儿做了俘虏的，还有一大批蜀国的臣子。

投降以后，魏王把刘禅他们接到魏国的京都去居住，还是使他和以前一样养尊处优，为了笼络人心，还封他为安乐公。

司马昭虽然知道刘禅无能，但对他还是有点怀疑，怕他表面上装成很顺从，暗地里存着东山再起的野心，有意要试一试他。有一次，他请刘禅来喝酒，席间，叫人为刘禅表演蜀地乐舞。跟随刘禅的蜀国人看了都触景生情，难过得直掉眼泪。司马昭看看刘禅，见他正咧着嘴看得高兴，就故意问他："你想不想故乡呢？"刘禅随口说："这里很快乐，我并不想念蜀国。"

散席后，刘禅的近臣教他说："下次司马昭再这样问，主公应该痛哭流涕地说：'蜀地是我的家乡，我没有一天不想念那里。'这样也许会感动司马昭，让他放我们回去呀！"果然不久，司马昭又问到这个问题，刘禅就装着悲痛的样子，照这话说了一遍，但又挤不出眼泪来，只好闭着眼睛。司马昭忍住笑问他："这话是人家教你的吧？"刘禅睁开眼睛，吃惊地说："是呀，正是人家教我的，你是怎么知道的？"

司马昭明白刘禅确实是个胸无大志的人，就不再防备他了。

寓言解读

刘禅身为一国之主，居然乐不思蜀，甚至连装着想念故乡都装不出来，贪图享乐而志向沦丧竟到了这种地步，实在可气可叹。我们在任何情况下，都不应该放弃自己的理想，而要严格要求自己，志存高远，不懈地奋斗。

一人得道，鸡犬升天

寓言出处

选自《论衡·道虚》。《论衡》一书主要阐述了作者无神论的思想观点，对当时社会上谶纬盛行，社会上层和民间流行各种神秘主义进行了批判。

故事欣赏

有个人名叫刘安，不知怎么迷上了修道成仙的事，他做梦都想成为仙人，飞升仙境，那该是多么逍遥自在优哉游哉的事啊！于是他整天吃斋念经，求仙诵咒，如痴如狂。他放着淮南王不当，而专门结交那些会道懂巫的人，尊他们为座上宾，向他们请教得道成仙的秘诀。

刘安痴迷修道的事广为天下人所传，于是，四面八方的巫师术士道人，全都聚集到刘安居住的淮南地方。这些巫师道人，有的带来了自己炼制多年的灵丹，献给刘安说："吃了这些东西您便可以成仙了。"有的巫师道人住在刘安家为他现场熬制妙药。他们拿着诱人的妙药对刘安说："您吃了这些东西便可以得道了。"刘安十分高兴，他重赏了给他献丹献药的人，将这些灵丹妙药都收藏好。

刘安有了巫师术士道人们献的这些丹、药，修道更全心全意了。他每天念咒吃药，真的有一天，刘安忽觉身轻气爽，不知不觉竟飘了起来。原来，他真的得道了。他慢慢地成为仙人升天了。

他的妻子一看，丈夫得道升天了，便将那些灵丹妙药也拿来吃，果然也成仙升天了。接着，刘安家其他的人都争着吃那些剩下的灵丹妙药，一个个都得道飞升仙境。

后来，连刘安家那些鸡、鸭、猫、狗，因为舔食了盛药的器皿里的残余仙药，也都随着成仙升天了。

寓言解读

生活中也常有这样的事，一个人得势升官，家中亲戚和那些与他有关系的朋友，都跟着沾光，一个个飞黄腾达起来。这种丑恶的裙带关系，是社会的一大公害。

鲁婴泣卫

寓言出处

选自《韩诗外传》。

故事欣赏

春秋时代，鲁国有个城门卫士的女儿名叫鲁婴，生得聪明伶俐，多愁善感，富于同情之心。这天，是个月朗星稀的夏夜，一群少女聚集在月光下，唱歌跳舞讲故事。大伙儿正玩得十分开心的时候，鲁婴却躲到一旁去偷偷地哭了起来。

她的一位好朋友发现了以后，以为发生了什么事，便走过去悄悄地问鲁婴："你到底是为什么事而伤心哭泣呢?"

鲁婴睁开泪眼，望了望好朋友，然后说："白天我听人家说，卫国王子的品行不好，喜欢打仗，缺少爱心，当时我心里就很不是滋味。刚才大伙儿在讲故事时，我又想起了这件事，所以就哭了。"

这时，早已围上来的一群姑娘们都争着来劝慰她："卫国王子的品行不好，这跟我们鲁国有什么相干？再说打仗，那是诸侯间的争王争霸，你一个平民家的女儿，管得了吗？为这些不着边际的事情瞎操心，真是犯不着!"

鲁婴听了这番话，很不以为然。她说："我的想法跟你们不同。我至今还清楚地记得，前几年，有个宋国的大司马打了败仗，逃亡时经过鲁国，他的马就将我家好好的菜园子踩了个乱七八糟，使我家平白无故地遭受了损失。去年，越王勾践为复仇而攻打吴国，鲁国国君为了讨好越王，就在民间搜寻美女去献给他，结果将我的姐姐选中了。后来，我的哥哥前往越国去探视姐姐，又在中途被吴越混战的将士所杀害……”

说到这里，鲁婴早已泣不成声，难以自持了，围在一旁的姑娘们也难过得一个个低下了头。过了一会儿，鲁婴才停止了哭泣，继续说道：“这两件事告诉我，打起仗来是没有国界的，遭殃的首先是老百姓。现在，卫国的王子又是这样喜欢打仗，而我却只剩下一个弟弟了，说不定哪一天灾祸又会突然降临到我们姐弟头上，这又怎么能不让我担心害怕呢？”

寓言解读

鲁婴从自家的不幸遭遇中，悟出了世间万物互相联系、互为因果的哲学道理，并据此对事物的发展方向作出判断，这绝不是“杞人忧天”，而是未雨绸缪的科学态度。

象　虎

寓言出处

选自《郁离子》。

故事欣赏

在楚国，有一家人深受狐狸之害。狡猾的狐狸经常趁其不备，跑到院子里来偷只鸡呀，摸条狗呀，闹得这一家鸡犬不宁。这家人想了许多法子来抓狐狸，可是都没能抓到。

后来，有人给他家出了个主意，说：“老虎是山里的百兽之王，普天下的兽类见了它，都会害怕得丢魂奔魄，一个个只能趴在地上等死。”楚人感到此话有理，于是就用竹篾（miè）编了一个老虎模型，再用一张虎皮蒙在外面，放置在自家的窗户之下。没过几天，狐狸又来骚扰了，它刚一进院门就撞见了这个老虎模型，直吓得大叫一声，即刻就倒在了地上，只剩下束手就擒的份儿了。

又有一天，不知从何处来了一头野猪，窜到这楚人家的地里去糟蹋庄稼。于是，楚人又将老虎模型预先埋伏在草丛之中，同时派自己的儿子手执利戈，守候在大路上。一切安排就绪以后，他就让那些在地里干活的人齐声大喊，吓得那头野猪赶紧往草丛中逃生，可是在那里又看到了老虎模型，于是又折转身来，往大路上奔去，结果就被守候在大路上的儿子给抓获了。

有了这两次经历以后，楚人兴奋异常，他以为凭着这个老虎模型就可以降伏天下所有的野兽了。恰在此时，野外又发现了一种形状像马的动物，这位楚人立即带上老虎模型前往驱赶它。

有些见多识广的人出面劝阻楚人："这种形状像马的动物就是'駮'（bó）呀，它连真的老虎都会吃掉，你又何必带个假的老虎模型去送死呢？你这样去是要遭殃的！"可是楚人却听不进这善意的劝告，依然孤身前往。他到了野外之后，只见那像马的駮吼声如雷，一下子就冲到了楚人面前，迅速踢翻了他带去的老虎模型，接着就用前爪将楚人抓住，拼命撕咬，不一会儿就将楚人咬死了，脑浆溅了一地。

寓言解读

这个楚人制造了一个老虎模型，本来是只能用来吓唬狐狸和野猪一类并不强大的敌手的。可是他却错误地以为老虎模型无往不胜，结果在遇上了真正的强敌之后，不自量力的人最终只能搬起石头砸自己的脚，只能落得个粉身碎骨的可悲下场。

在我们的生活中，处理事情必须从实际出发，具体问题具体分析，如果不看客观形势的变化，而机械移植、盲目照搬，就容易犯经验主义的错误。

桓公出猎

寓言出处

选自《愚溪诗序》。柳宗元曾任监察御史、礼部员外郎等职，与刘禹锡等人一同参加主张革新的王叔文集团。改革失败后，被贬为永州司马，后调任柳州刺史，一直到死，所以又称柳柳州。

故事欣赏

有一次，齐桓公在出外打猎时忽然看到一只鹿从前面飞快地跑过，于是他策马紧追不舍，一直追进了一个山谷里。齐桓公正不知此山谷为何处，恰好遇一老者，齐桓公就问老者：

“这里叫什么谷?”

老者回答说：“这里叫愚公谷。”

齐桓公又问：“为什么叫这个名字?”

老者说：“这是用我的名字来命名的。”

齐桓公朝老者仔细看了看，疑惑不解地问：

“我看你的相貌，毫无愚蠢之状，为什么说是用你的名字来命名的呢?”

老者回答说：“让我把事情的原委告诉您吧。我曾经喂养了一头母牛，母牛下了一头小牛。后来小牛慢慢长大了，我便卖了牛买了一匹小马。一个年轻后生看到我牵着一匹小马，上前便呵斥道：‘你养的是一头牛，牛是不能生马的，你这马是哪来的？莫不是偷来的！’于是强行把我的马牵走了。后来乡邻们知道了这件事，都说我真愚蠢。他们把我叫做愚公，而把我住的这个山谷就叫做愚公谷。”

桓公听后也说：“依我看，你也的确愚蠢。既然那小马是你用辛勤喂养的牛换来的，你为什么要让那个年轻人把它牵走呢?”说完，齐桓公不去继续追赶鹿，调转马头回宫去了。

第二天上朝时，齐桓公把这件事讲给他的相国管仲听了。管仲一听，脸色变得严肃起来。他郑重地整了整自己的衣襟，向齐桓公两次下拜请罪说：

“在君王的属土之内竟然出现这样的事情，应该算做我的过错啊！假如是尧帝时候，皋陶为掌管刑狱的官员，哪里还会有人胆敢强抢人家的马驹子呢？即使有这样的情况，那被欺凌的老者也决不会轻易撒手，而是要找地方跟抢马的人评理的。如今那老者知道处理诉讼案件不公正，遇到巧取豪夺的人，惹不起、躲得起，只好把小马给他算了。看来，这不是一个老头愚蠢的问题，而是社会治理不力的问题。回头让我好好整顿一番吧。”

齐桓公十分赞成管仲的意见，支持他放手整顿法治，惩治邪恶，伸张正义。

寓言解读

一位聪明的老人故意假托解释地名，讲了一个傻得荒唐的寓言故事，意在讽刺齐国司法的废乱。然而齐桓公信以为真，把寓言当成了真实的事情，没有参透老人的真正目的。名相管仲理解并接受了老人的讽谏，改进治理，下大气力解决司法公正问题。显然，作者的用意在劝诫治政者应善于听取老百姓的意见，治理好国家。这篇故事告诉我们，愚公在年轻人以强凌弱的情况下舍弃利益求得平安的做法是不值得提倡的；要想根本改变社会的治安状况和树立良好的道德风尚，关键还在于领导的严于律己、认真治理和万众一心的积极参与。

景差为相

寓言出处

选自刘向《说苑·政理》。

故事欣赏

景差是郑国的相国。

一次，景差坐着马车带着随从外出，出都城走了一段路，发现前面车马拥挤，道路堵塞，景差让随从上前察看，原来前面很长一段路淤泥堆积，坑坑洼洼，车、马每行到此便难以前进，马摔倒路边，车陷进泥里，人只好下车去拼命推拉那些车、马，搞得十分狼狈。堵在后面的行人十分焦急。见此状况，景差忙命自己的随从都下去帮忙推车拉马，自己也亲自下车前去指挥，使混乱的局面慢慢变得有秩序起来。

又有一次，景差坐车经过一条河边，只见一个老百姓卷起裤脚走过河，因为时值隆冬，那人上得岸来，两条腿已经冻僵，全身也哆嗦成一团。景差看到这个情况，赶紧叫随行的人把那冻得浑身发紫的百姓扶到后面的车上，拿过一件棉衣盖在他身上。好半天那人才缓过气来，对景差真是千恩万谢，感激不尽。

景差关怀老百姓疾苦的事情传开了，大家都称赞景差是个了不起的人。可是晋国大夫叔向却与众人持相反的态度。叔向说：“作为一个相国，景差并不称职，只不过是个庸才罢了。假如他真正胜任本职工作，就该对交通情况、桥梁道路了如指掌。对泥泞的路面及时加以维修而不至于到了走不通时去指挥疏通。至于桥梁，他该在春季就动员百姓把河沟渠道清理好，在秋季就组织人力物力将渡口桥梁修复、架好。到了寒冷的冬季，连牲畜都不能走过河了，何况人呢？可见景差胸无全局，不会深谋远虑，算不得称职的相国。”

寓言解读

看来，叔向的评价是有道理的，作为一国之相，关心老百姓就必须从大事抓起，从根本上解决问题，而不是头痛医头，脚痛医脚。

晏子用人

寓言出处

选自《晏子春秋》。《晏子春秋》是中国最古老的传说故事集，大约成书于战国末期，是后人假托晏婴的名义所作。这部书详细地记述了齐国灵公、庄公、景公三朝贤相晏婴的生平轶事及各种传说、趣闻，215个小故事相互关联和补充，构成了栩栩如生的完整的晏子形象。

故事欣赏

晏子是齐国宰相，他辅佐齐王把齐国治理得井井有条。晏子手下有一位名叫高缭的，为官三年，从没做过什么错事，可是有一天，晏子却把高缭给免职了。晏子左右的人感到奇怪，觉得晏子这样做未免不合情理，于是，他们劝阻晏子。有的说："高缭侍奉先生三年，对先生向来都是言听计从，并没出过什么差错呀。"有的说："按常理，高缭做满三年，又没有过错，先生理当给他一定的爵位才是，怎么反而把他辞掉呢？这好像说不过去吧！"

晏子对左右劝阻的人说："我是一个有很多缺点的人，正如一块弯弯曲曲的木料，必须用规矩来定方圆，要用斧子来削，用刨子来刨，才能造就一件好的器具。我手下的人，就应像这些规、矩、斧子、刨子，帮我去掉那些不能成器的地方，以利我更好地帮齐王治国。可是高缭和我一起做事已经整 3 年了，对于我的缺点、过错，从来没提出过任何批评意见，也没作过任何纠正。我并非圣贤，平时工作中难免有失误，可是高缭只是一味顺从我、称赞我，这对我更好地为齐王工作又有什么好处呢？非但没有，反而有害。所以我决定辞退高缭，原因就正是你们所说的'高缭无过'。"

寓言解读

晏子真是一个有见地的贤相，他的用人标准是反对圆滑处世、一味讨好上司。这个用人标准，对我们每个人都是很有启发的。

做贼心虚

寓言出处

选自《联灯会要·重显禅师》。本书又名《宗门联灯会要》、《禅宗联灯录》，内容选录自《景德传灯录》、《天圣广灯录》等书。

故事欣赏

南唐时候，当涂县的县令叫王鲁。这个县令贪得无厌，财迷心窍，见钱眼开，只要是有钱、有利可图，他就可以不顾是非曲直，颠倒黑白。在他做当涂县令的任上，干了许多贪赃枉法的坏事。

常言说，上梁不正下梁歪。这王鲁属下的那些大小官吏，见上司贪赃枉法，便也一个个明目张胆干坏事，他们变着法子敲诈勒索、贪污受贿，巧立名目搜刮民财，这样的大小贪官竟占了当涂县官吏的十之八九。因此，当涂县的老百姓真是苦不堪言，一个个从心里恨透了这批狗官，总希望能有个机会好好惩治他们，出出心中怨气。

一次，适逢朝廷派员下来巡察地方官员情况，当涂县老百姓一看，机会来了。于是大家联名写了状子，控告县衙里的主簿等人营私舞弊、贪污受贿的种种不法行为。

状子首先递送到了县令王鲁手上。王鲁把状子从头到尾只是粗略看了一遍，这一看不打紧，却把这个王鲁县令吓得心惊肉跳，浑身上下直打哆嗦，直冒冷汗。原来，老百姓在状子中所列举的种种犯罪事实，全都和王鲁自己曾经干过的坏事相类似，而且其中还有许多坏事都和自己有牵连。状子虽是告主簿几个人的，但王鲁觉得就跟告自己一样。他越想越感到事态严重，越想越觉得害怕，如果老百姓再继续控告下去，马上就会控告到自己头上了，这样一来，朝廷知道了实情，查清了自己在当涂县的胡作非为，自己岂不是要大祸临头！

王鲁想着想着，惊恐的心怎么也安静不下来，他不由自主地用颤抖的手拿笔在案卷上写下了他此刻内心的真实感受："汝虽打草，吾已惊蛇。"写罢，他手一松，瘫坐在椅子上，笔也掉到地上去了。

寓言解读

那些干了坏事的人常常是做贼心虚，当真正的惩罚还未到来之前，只要有一点什么声响，他们也会闻风丧胆。

自古以来，做贼是一种不道德的行为和犯法的事情。所以，凡是做贼的人都必瞻前顾后，鬼鬼祟祟，忐忐忑忑，既怕被人看见，更怕被人捉住的特殊心理状态。

掣肘难书

寓言出处

选自《吕氏春秋·具备》。

故事欣赏

宓子贱受命治理单父，却恐怕鲁君听信谗言，使他不能按照自己的主张治理。于是在即将辞行、走马上任的时候，请鲁君派两名近侍随他同往单父。

到达单父，当地官吏都来参见，宓子贱让这两名近侍书记。近侍刚要书写，宓子贱不时从旁边摇晃他的胳膊，以致写得很不像样。宓子贱乘机大发雷霆。两名近侍十分犯愁，要辞别回都。宓子贱说："你们书法很差，回去努力自勉吧。"

两名近侍回去报告鲁君说："宓子贱这个人，很难共事，无法为他书记。"鲁君问："为什么呢?"近侍回答道：他让我们书写，却又不时摇晃我们的胳膊；字写不好，又大发脾气，单父的官吏们都笑他，所以我们告辞回来了。"鲁君听了，叹息着说："这是宓子贱在劝谏我改正不贤德的地方啊！过去我一定对宓子贱干扰过多，使他不能按照自己的主张办事。没有你们二人，我差点做错事。"

于是，立刻派遣一名宠信官吏，前往单父，转告宓子贱说："从今以后，我不兼管单父了，而属于您了。只要有利于治理单父，您就决策吧，五年之后再回报您的政绩。"

宓子贱恭敬地答应了，顺利地在单父推行了他的政治主张。

寓言解读

充分信任，放手使用，能否如此，是关乎事情成败的重要环节。

黎丘丈人

寓言出处

选自《吕氏春秋·颖似》。

故事欣赏

大梁北面黎丘一带，有个奇特的鬼怪，喜欢装成人们子侄兄弟的模样作祟。

一天，乡里有个老人到集市喝醉酒回家。黎丘鬼变作他儿子的模样，假意搀扶，一路上却闹恶作剧，把他捉弄得很苦。

老人回到家，酒醒以后责骂儿子说："我身为你的父亲，难道对你还不慈爱吗？今天我喝醉了酒，你却在路上捉弄我，居心何在？"

儿子一听，莫名其妙，委屈地哭了起来，磕着头说："真是作孽啊！我确实没有这么做。昨天我也外出，到东乡讨债去了，不信，可以去问。"

老人相信儿子的话，猛然醒悟说："噢，这一定是那个奇特的鬼怪！我早就听说过这种事情了。"他计划明天专门再去集市喝酒，准备在路上遇见鬼怪把它杀死。

第二天清晨，老人又到集市喝醉了酒。不料，他儿子担心父亲酒醉回不了家，就去途中迎他。老人望见儿子，以为是鬼，拔出剑来就把他刺死了。

老人被貌似儿子的鬼欺骗了，却误杀了自己的真儿子。

寓言解读

世事纷纭，要善辨真伪，否则受愚弄，害亲人。

晋公泛舟

寓言出处

选自刘向《新序·杂事第一》。

故事欣赏

晋平公泛舟黄河，船至中流，他感慨地说："啊！山川雄伟，景色壮丽，要是能够和天下的名人贤士共享此乐，该有多好啊！"船公固桑听了对他说："您说错了！利剑产于越地，明珠出自江汉，美玉生在昆山，这三件珍宝都能无足而至，归您所有。如果您真的爱好人材的话，那么贤士名人自然都会投到您的门下。"

平公很有些忿忿不平，说："固桑啊，我门下现有食客三千多人，早饭不够，我晚上就去收租，晚饭不足，我清晨就去催粮。难道能说我不爱惜人材吗？"

聪明的固桑看到他执迷不悟，打了个比喻："大雁穿云破雾，直上九天，靠的是双翼的羽茎。至于腹背的绒毛，多一把或少一把，都无关紧要，不会影响它的飞翔。不知您的食客是双翼的羽茎呢，还是腹背的绒毛呢？"平公语塞，无言以对。

寓言解读

要精心选拔人才，滥用反而有害。而假若只是喜欢人才，而不具备识别人才的慧眼，真正的人才，仍然无法获得。喜欢人才就只能是一句空话！

羊质虎皮

寓言出处

选自《法言·吾子》。扬雄，字子云，有人也写作“杨雄”。蜀郡成都人，是西汉末年著名的辞赋家。他被召入宫庭。作为文学侍从，随成帝祭祀游猎，写了不少歌功颂德的辞赋。但他无心仕进，一直是个黄门郎，生活较穷苦。《法言》是他仿《论语》之作，用语录体形式比喻说理。

故事欣赏

老虎，历来是林中的猛兽。南北朝时，却有这么一位勇猛如虎的壮士羊侃。他身长八尺，虎背熊腰，双目如炬，一脸浓黑的连鬓胡子，站在那儿，有如铁塔一般。北魏皇帝听说其人，甚是喜欢，忙把他召进宫里，对他说：“郎官谓卿为虎，岂羊质虎皮乎？试作虎状。”

他引用了一个典故，要弄清羊侃的本领。话中的意思是：人们都把你称作一员虎将，从外表看果然如此；但不知你有什么真本领，会不会只是一只披着虎皮的羔羊——见到青草就欢喜，见到豺狼就发抖。你学个老虎的样子让我瞧瞧好吗？羊侃闻言，忙匍匐在殿上，四肢着地，脖颈高昂，学起老虎的样子；随即大吼一声，震得大殿上的帷帘瑟瑟抖颤。皇帝急令起身。满朝文武一看：在羊侃刚才手指抓过的石砖上留下了 10 个小坑。各个惊得目瞪口呆。皇帝高兴地赞道：“此乃壮士耶！”当场赏赐给羊侃一把镶珠宝剑。

后来，羊侃到了南方梁国，在简文帝时羊侃任军师将军。当时正值侯景拥兵谋反，已攻占数城，直逼京城，情势万分危急。羊侃亲率士卒，英勇抗敌，智勇双全，使侯景不能获胜。侯景狗急跳墙，施展一条毒计。他派人抓来了羊侃的儿子，将其捆绑起来推到城下，要挟羊侃，让士兵高喊：“羊侃，你儿子的性命在我主手中，你是要自己的亲生儿子，还是要那个行将崩溃的都城？”羊侃怒目圆瞪，气得狂叫："城中万千百姓的生命犹在我手中，我岂能顾及自己一个儿子的死活？要杀，你们尽早杀了他吧！"恶毒的侯景并不立即处死他的儿子，连续几天都来折磨羊侃。

在城上，羊侃看见儿子遍体鳞伤的惨状，心如火焚。他眼含热泪向儿子喊道："孩子，我精忠报主，以身许国，大敌当前，决不能以你的生死来考虑进退啦！"说罢，绰弓搭箭，朝儿子射去。遗憾的是，还没等击败敌人，羊侃就病故于京城之中了。简文帝痛惜爱将之死，举朝皆哀，赐他为护国将军。

寓言解读

羊虽然披上虎皮，还是见到草就喜欢，碰到豺狼就怕得发抖，它的本性没有变。比喻外表装作强大而实际上很胆小。色厉内荏，外强中干总会露出虚弱真相。

亡国怨祝

寓言出处

选自《论衡·解除》。《论衡》内容非常丰富，涉及的面相当广泛，但主题思想却很集中，就是作者概括的三个字："疾虚妄"。

故事欣赏

晋国的中行寅，在家族大难当头的时候，召来掌管祭祀的太祝，想问罪处治。

他质问道："你为我祭祀，想必是供神的三牲祭品不肥美，斋戒的心境不虔诚，以至激怒了鬼神，使我们家族处于灭亡的境地。你为什么要这样？"

太祝简回答说："当年我们的先君中行密子，仅有车十乘，但他并不嫌少，每天思虑的是修养德行，崇尚正义，唯恐有所过失。而现在您已拥有兵车百乘，却不考虑修备德行，只嫌兵车不足。要知道滥造战船兵车，穷兵黩武，势必加重对百姓的征敛；赋税徭役过重，必然招致百姓的怨恨和责骂。您难道真以为祈祷上天会造福家族吗？民怨沸腾，人心背离就会灭亡！而且您想我一人为您祝福，而举国上下却在诅咒您，一口称颂难平万众怨恨，您的家族将亡不是很自然的事吗？我又有什么罪呢？”

中行寅听了羞愧万分。

寓言解读

国家兴亡在于人心向背。

曲突徙薪

寓言出处

选自东汉班固撰《汉书·霍光传》。班固，字孟坚，东汉扶风安陵（今陕西咸阳）人。史称他幼年好学，博览群经。明帝永平元年（公元58年），他继父志，开始私撰《汉书》，被人诬告，下狱问罪。他弟弟班超上书解释，明帝弄清原委后，任他为兰台令史，后升为郎，典校秘书，继续编著《汉书》，积20多年始成（他死后由妹班昭和马续续写其中一小部分）。《汉书》起自高祖，终于王莽，共记230年的历史，分纪、表、志、列传，共100篇，是我国第一部断代史。

故事欣赏

有个客人路过一户人家，发现这家的灶是直道烟囱，近旁又堆积着干柴。客人提醒主人，改为曲道烟囱并应挪远柴堆，不然的话就会发生火灾。主人默不作声，不予理睬。

没有多久，这家人果然失了火。四方乡邻赶来抢救，总算幸运，把火扑灭了。

主人感激不尽，杀牛摆酒来感谢众位乡邻。他让被火灼伤的人坐在上座，其余的人论功排列。依次入座，唯独没邀请劝说改砌烟囱的人。

有人对主人说："当初，你如果听从那个客人的劝说，不仅不用破费酒肉，也不致发生火灾。现在论功请客，怎能忘掉那个提醒你改烟囱、挪柴堆的人，而只把焦头烂额的人尊为上客呢?"

主人这才醒悟过来，赶快去请那个客人。

寓言解读

防患于未然，弥祸于无形，要善于预料事物发展的必然结果。

橐驼种树

寓言出处

选自《柳河东集·种树郭橐驼传》。柳宗元贬官以后，创作了一系列优秀的寓言作品，短小精悍，寓意深远，对当时腐败的社会现实进行了无情的嘲讽，有力的鞭挞。他继承了先秦以来寓言创作的成就，吸收了民间寓言帮事的营养，使寓言发展成了一种独立的、完善的文学样式。

故事欣赏

橐驼以种树为业，技术精湛。长安城里植树以供观赏的富豪人家和果品商贩都争着请他。凡是他种植、移栽的树，没有一株不能成活，而且枝叶茂盛，果实早熟，连年丰收。其它种树的人，虽然千方百计察看、模仿，但没有一个能赶上他。有人问这是怎么回事，他答道："并不是我有什么神工妙术能使树木繁茂长寿，只不过我能按照它的自然生长规律去栽培罢了。栽培树木的要领是：让根舒展，施肥适量，选土适宜，培土填实。种好以后，就不要再去随意摆弄它。总之，栽植的时候，要像护理婴儿一样精心细致，栽种完毕，则听其自然生长。这样，就顺应了树木的生长规律和它自己的生活习性。所以说，我只是不妨害它的生长，并不能使它枝繁叶茂；也仅仅是不抑止、损伤它结果，而不能使它早熟高产。而别的种树的人就不是这样。他们搞得树根拳曲，又变易了土质，施用肥水不是过多就是欠缺。即便有人不是这样，却又过分溺爱、操心，时常摆弄。更有甚者，居然用手指去抠掐树皮以检验它的死活，摇动树根去观察填的松紧，这就日益背离了树木的生长规律和生活习性。这样做，说是爱它，其实是害它；为它操心，其实是糟蹋它。所以他们种的树都不如我，我又有什么特殊能耐呢？”

寓言解读

要按客观规律办事。否则，事与愿违。

临江之麋

寓言出处

选自《三戒》。柳宗元在谪居永州时所写，借麋、驴、鼠三种动物的可悲结局，讽刺了社会上的三种人。

故事欣赏

临江有一个人，猎获了一只小驼鹿，把它带回家去喂养。一进门，他家豢养的一群狗都流着口水，摇着尾巴跑过来。猎人大声呵斥，对狗进行恐吓。以后，他每天都把小驼鹿抱到狗的跟前，训练狗不要伤害它，过了一些时候，又逐渐让它们在一起游戏，日久天长，狗终于训练得能完全按主人的意思同小驼鹿和睦相处了。

小驼鹿一天天长大，竟然得意忘形，以为狗真是自己的好朋友，整天和它们在一起厮混嬉戏，日益亲昵。那些狗畏惧主人，只得顺从小驼鹿，友好相待，然而仍然时常舔着舌头，很想吃它。

这样过了三年。一天，小驼鹿偶然走出猎人家门，看见路上有很多狗，就跑过去想同它们玩耍。那些狗一见小驼鹿，喜出望外，立即狂怒嗥叫着，一哄而上把它扑倒，咬碎吃掉，路上乱七八糟地丢下些皮毛骨头。

小驼鹿到死也不明白狗为什么要吃它。

寓言解读

麋至死不悟的原因是它忘却了自己的种群本性，而且在养尊处优的情况下没有学会区分敌我，也不懂得独处时趋利避害。倚仗他人势力求得与对方要好的那种人为非作歹或懦弱无能，靠山一倒，很快垮台。同时，也告诉人们不要企图扭曲、改变事物的本性，越想改变，麻烦就越大，顺势而为才是根本。

黔驴技穷

寓言出处

选自《三戒·黔之驴》。

故事欣赏

从前，贵州一带没有毛驴。后来，一个好事人用船从外地运回来一头。运回来后又没什么用处，便把它放在山下。

山中老虎初次看到毛驴，见它身躯庞大，以为是头神兽，十分畏惧，悄悄躲在树林里偷看。过了一些时候，见驴没有什么举动，就小心翼翼地出来向它靠近，但仍弄不清它是什么东西。

一天，老虎正在观望，毛驴突然大叫一声，吓得老虎拼命逃窜，以为这头神兽要吃自己，万分害怕。后来经过多次观察，并没有发现驴有什么特殊本领，渐渐连驴叫也听习惯了。于是，老虎又开始在毛驴左右走动，不过终究还不敢和它争斗。以后又进而戏弄，撩逗它。毛驴见老虎冲撞，冒犯自己，不禁大发脾气，抬腿踢了一蹄子。老虎一见大喜，心想："原来这家伙就这么点本事！"于是，大吼一声，平地跃起，猛扑过去，咬断了驴的喉咙，吃尽驴肉，方才离去。

寓言解读

貌似强大，装腔作势，借以吓人，一旦被识破，后果悲惨。讽刺那些虚有其表，外强中干，无德无才的人。

枕麋而毙

寓言出处

选自皮日休《皮子文薮·悲挚兽》。皮日休，字逸少，后改字袭美，今属湖北省人。他曾任太常博士，后参加黄巢起义军，黄巢入长安称帝后，他做翰林学士，可能在起义失败后被杀害。他的诗文富有现实主义批判精神，对晚唐政治的腐败黑暗，作了尖锐的揭露和批判。《皮子文薮》是他自编的诗文集，其中有不少小品文和寓言故事。

故事欣赏

一个农夫，手持弓箭在沼泽地带看守庄稼。他巡视了一阵，来到一块苇地旁边休息。

他静静地坐在那里，不曾触及芦苇，却看芦花无风吹动而纷纷飞起，好像有什么东西在苇丛里舞弄似的。他仔细张望，发现原来是只老虎，在那里跳跃吼叫，看它那副欢跃的样子，就象捕到了什么。农夫猜测老虎是因为看见了它的猎物，才这样撒欢的，便急忙拿起了弓箭，隐蔽起身子，瞄准了老虎。趁它再次高兴得跃起的时候，一箭射去，正中虎腋，只听得"轰"的一声，老虎扑倒在地。

农夫跑去一看，那只老虎枕在一只死獐身上毙命了。

寓言解读

略有所获，沾沾自喜，忘乎所以，总会招致失败。

氓作氓怖

寓言出处

选自《笠泽丛书·庙碑》。陆龟蒙，字鲁望，今江苏省苏州市人。举进士不第，做过苏州、湖州两郡的从事，后隐居松江甫里，人称甫里先生，著有《笠泽丛书》、《甫里先生集》。他名为隐居，但并未忘记现实，他的小品文往往应用寓言或历史故事，托古讽今，指物言事，对晚唐的黑暗现实进行了无情的揭露和批判。

故事欣赏

瓯、粤一带，信奉鬼神。山巅河畔有很多造的神鬼庙宇。对庙里的神像，相貌凶猛威武、黝黑高大的，尊为将军；温良敦厚，面白年少的，就呼为某郎君；神态尊严的老妇，则恭称老母；姿色艳丽的妇人，便叫做仙姑。

人们还给它们修建了宽敞的庭院殿宇，筑起高高的阶台。两旁的老树，株密叶茂，上面滕萝盘绕，鸱鸺营巢筑窝。庙里还到处雕塑彩绘着神鬼的车马随从，奇形怪状，阴森可怕。

农夫们自己制造了这些偶像，自己又畏惧敬奉它们。供祭的时候，大的杀牛，稍次的宰猪，最差也不小于鸡犬，酒食鱼肉宁肯自己不吃，也要供祭神鬼。倘若一时怠慢失敬，老幼个个抖瑟害怕，唯恐神鬼降灾。逢上疾病死丧，不认为是恰值时疫或寿数已尽，统统归于鬼神。

寓言解读

诋作诋怖，自欺自愚，一旦觉醒，打碎偶像。

宋人御马

寓言出处

选自《论衡·非韩》。《论衡》以唯物主义观点，犀利的笔锋，渊博的知识，对当时表现在各个领域的种种天道神权迷信思想给予了尖锐的批判，充满了反正统思想的战斗精神，是我国古代思想史上的一部重要著作。

故事欣赏

宋国有一个赶路的人，他的马不肯前进，他就杀死一匹马，并把尸体投入溪水。接着他又继续赶路，他的马还是不肯前进，他又杀死一匹马，并把尸体投到溪水里去。像这样的情况发生了多次，即使是造父用来对马树立威严的办法，也不过如此了。没有掌握造父驭马的方法，而只是学到了造父的威严，这对于驾驭马是没有益处的。君主中的那些不肖者，就有点像这个宋国人的做法。君主没有掌握用民之道，而只是滥施淫威。威严的手段越多，人民越不为他所用。亡国的君主，大多都是以繁多的威严手段来使用他的人民。所以威严不可以没有，但也不值得专门依仗威严。譬如像盐对于滋味。大凡用盐，必须有所依托，但不适量就会把所依托的菜肴弄坏，从而变得不可吃了。威严也是这样，一定要有所依托，然后才可以施行。

寓言解读

只学形式，不学内容，只看现象，不看本质，是不行的，御马是这样，做其他事情也是如此。不学无术，蛮横行事，应该自责自问。

儒子驱鸡

寓言出处

选自《申鉴·政体》。荀悦，字仲豫，东汉末期颍阳（今河南省许昌县）人。献帝时历任侍讲、秘书监、侍中等官职。所著除《申鉴》5篇外，还撰有《汉纪》30篇。

故事欣赏

一个书生在那里赶鸡。他追得急了，鸡受惊乱窜；赶得慢了，鸡又停住观望。

鸡刚要向北，他突然拦截，便掉头跑到南边去了。鸡刚要往南，他又一拦，鸡又回身向北跑去。当他迫近时，鸡就扑打着翅膀飞去；当他远离时，鸡又漫不经心地随意走动。

应该是在鸡安闲的时候，接近它。当鸡徘徊不定，神情不安时，用食物去喂它。不要硬赶而去诱引，才是赶鸡的最好方法。鸡安详不惊，自己就会顺路回家。

寓言解读

要讲究方式方法，因势利导；胡乱折腾就会一事无成。

烛雏的罪状

寓言出处

选自《晏子春秋·内篇谏上》。《晏子春秋》语言明快、简捷、幽默和风趣，人物对话富于性格特征，特别是洋溢于人物语言中的幽默感，不但使故事意趣盎然，而且增加了语言的辛辣和讥讽。

故事欣赏

齐景公非常喜欢捕鸟，他常常将捕获的各种各样的鸟养起来赏玩，还专门指派了一个名叫烛雏的人主管捕鸟的事。

有一天，烛雏不小心，让捕获的鸟飞走了。于是齐景公十分生气，他大发雷霆，准备杀掉烛雏。晏子知道这件事后，赶紧跑来见齐景公。他对齐景公说：

“烛雏犯了罪，请让我来一一列举他的罪状，然后大王按他的罪过来处死他吧。”

景公同意了晏子的请求。

于是晏子派人把烛雏叫来，当着齐景公的面历数烛雏的罪状，说：

“大王派你专门看管鸟，你却粗心大意让鸟飞掉，这是第一条罪状；你使大王因为鸟飞掉的缘故而杀人，让大王背上杀人的名声，这是第二条罪状；如果让别的诸侯王听到这件事，认为我们的大王把鸟看得比人命还重，从此坏了大王威望，这是第三条罪状。”

晏子一口气列举了烛雏三大罪状后，请齐景公处决烛雏。

齐景公在晏子斥责烛雏罪状的时候早已醒悟过来，他摆摆手说：

“不要杀了，不要杀了，寡人盛怒之下差点做了错事。多亏爱卿指点。”

就这样，齐景公不但没有杀烛雏，还向他表示歉意。同时又向晏子表示感谢。

寓言解读

足智多谋的人在正面批评可能无济于事的情况下，往往采取侧面迂回的办法取得成功。

守财奴与猴子

寓言出处

选自《拉封丹寓言》。

故事欣赏

有一个人挣了钱总是攒着不用。为了确保挣来的钱安全，这个守财奴把家搬到了一个四面环水的岛上。他想，这样利用水就可以阻挡贼人的侵袭。这样的生活对一般人来说是毫无乐趣可言的，可这个守财奴却过得兴趣盎然。他仍然不停地攒钱，白天黑夜不倦地估摸、清点、计算这些钱币，点钱成了他的每天要做的最重要的一个任务。

他不停地点钱不止是为了看自己到底积攒了多少钱，这里还有另外一个原因，那就是他常常发现钱数和实际账目总是对不上。

原来，是他养的一只猴子——依我看，这只猴子要比它的主人聪明得多——它一直不断地从窗户里把一枚枚多布朗扔进海里，因此造成了钱数和账目总是不符。

房门上着锁，钱币都堆在账台上。一天，猴子脑子里又生出一个坏主意，它想用金钱向大海做一次大奉献。它打开了钱袋，它大概想证明一下自己的投掷技能和力气，于是它一会儿取出几枚多布朗，一会儿又取出一枚雅各布斯，一枚杜卡顿，接着又是几枚玫瑰色的诺布尔，这些被人类寄予希望的金属硬币，都被这只猴子扔向了大海。

要不是它听到它的主人把钥匙插进锁孔开门进屋的声音，那么所有的钱币都将飞进大海。

寓言解读

既然我们挣到了钱，就应该让它为我所用，如果只是会积攒，而不知道用，即使再有钱，也和穷光蛋没什么分别。

倒霉的贾布利科夫

寓言出处

选自《谢·米哈尔科夫寓言》。

故事欣赏

贾布利科夫迈着碎步上楼，他一边走，一边想："从小察言观色，敬重上司，该笑就笑，该捧就捧，该让座时快让座，该回避时闭眼睛。假如在人生的路上，你通晓这些规矩，保你沿着供职的阶梯步步高升，不费吹灰之力……"忽然，怎么搞的？迈过门槛儿，走进心驰神往的办公大厅，当着众人的面，大家都看见，贾布利科夫只向上司微微点点头，居然没有鞠躬，而上司还以为他是在递交最高苏维埃代表的荣誉证！

贾布利科夫递上一份待签的文件，直挺挺地站着，头也不低，立在办公桌旁，似一尊石像，临走的时候，也没有行礼。

咦！大家都反对流言与谣传！可是议论与猜测接踵而至："是他姐夫当了部长？""莫非是他的女儿嫁给了宇航员？"而倒霉的贾布利科夫实际上并未走运，对于升迁机遇，他一下子失去了自信，回想起首长令人生畏的面孔，他在厕所里狠狠地咒骂自己，是一时神经错乱断送了他的前程。

寓言解读

面对机遇，我们应冷静而富有勇气地去争取。不要让胆怯与不自信断送了梦寐以求的理想。

隐士和熊

寓言出处

选自《克雷洛夫寓言集》。

故事欣赏

有一个没有亲属的人，孑然一身，住在远离城市的荒僻森林里。隐士的生活开始是十分安逸的。穿过美丽的草原和茂盛的树林，越过山峰和溪流，躺在软绵绵的青草上，的确是赏心悦目！然而，如果没有人共同享受这些快乐，也还是十分寂寞的。隐士不久也承认离群索居并不愉快。他到森林中的草地上散步，想找个人说说话儿。

他看见几尺以外有一只健壮的大熊，他脱下帽子，向他的新朋友恭恭敬敬地鞠了一躬。他的新朋友也很高兴，伸出一只毛茸茸的爪子，和他握了握手。他们开始攀谈起来，不久就成了好朋友。

在一个人的漫长岁月中，隐士找到熊做他的伴儿，心里十分高兴。他整天和熊形影不离，没有了它心里就不痛快。

有一次，在一个明朗的夏天，他们计划要到森林里的草地上溜达，还要翻山越岭去远足。因为人的力气总比不上熊，隐士因正午的炎热而觉得累了。熊回头看到它的朋友远远地落在后面，心里充满了关切，劝说隐士睡觉休息一下。

隐士认为有睡觉的必要，躺下来，打了个呵欠，很快就睡熟了。于是熊忠实地守候在朋友身边。

一只苍蝇落在隐士的鼻子上，熊连忙驱赶，可是赶来赶去，那讨厌的苍蝇总是围着隐士飞来飞去。这下可把熊惹恼了，它捡起一块大石头，等到苍蝇歇在隐士的额角上时，使劲儿把石头向隐士的脑袋砸过去。这一下砸得可好，苍蝇被砸死了，隐士的脑袋也裂成了两半，熊的朋友就永远长眠不醒了。

寓言解读

紧急的时候得到帮助是宝贵的，然而并不是人人都会给予恰当的帮助，殷勤过分的蠢才比任何敌人都要危险。

寻找点金石的疯子

寓言出处

选自《泰戈尔寓言》。泰戈尔的作品中包含着精深博大的人生哲理启示，讴歌对人民的真挚的爱，抒发对整个大自然、整个人类，以及整个宇宙间的美好事物的赞颂。

故事欣赏

一个流浪的疯子在寻找点金石。他褐黄的头发乱蓬蓬地蒙着尘土，身体瘦得皮包骨。他双唇紧闭，就像他紧闭的心门。他通红的眼睛就像萤火虫用灯亮寻找它的爱侣。一个村童走上来问：“你腰上的那条金链是从哪里来的呢？”疯子被吓了一跳，那条本来是铁的链子真的变成金的了！这不是一场梦，但是他不知道是什么时候变成的。

他狂乱地敲着自己的前额。什么时候，呵，在他不知不觉之中成功了？拾起小石头碰碰那条链子，然后不看看变化与否，就把它扔掉，这已成了习惯。就是这样，这疯子失掉了本已到手的那块点金石。

太阳西沉，天空灿金。疯子沿着自己的脚印走回，去寻找他失去的珍宝。他筋疲力尽，身体弯曲，他的心像连根拔起的树一样，萎垂在尘土里了。

寓言解读

做任何事都要有耐心和信心，心浮气躁只能把唾手可得的好机会失掉。

大鹏与焦冥

寓言出处

选自《晏子春秋·内篇谏上》。《晏子春秋》多侧面地记叙了晏婴的言行和政治活动，突出反映了他的政治主张和思想品格。

故事欣赏

晏子是齐国有名的贤相。晏子很有学问，足智多谋，善于讽喻又敢于直谏，他经常跟齐王一起议论国家大事或谈论学问。

有一天，齐景公和晏子坐在一起聊天。齐景公问晏子说：“天下有极大的东西吗？”晏子回答说：“有哇。大王想要我说给您听吗？”齐景公说：“我想知道天底下最大的生灵是什么？”

晏子说：“在北方的大海上，有个叫大鹏的鸟，它的脚游动在云彩之中，背部高耸入青天，而尾巴则横卧在天边。大鹏在北海中跳跃着啄食，它的头和尾就充塞在天和地之间。它的两个阔大的翅膀一伸展，就无边无际看不到尽头。”

齐景公惊奇地说：“真是不可想象！不可想象！那么，天下有没有极小的生灵呢？”

晏子回答说：“当然有。东海边有一种小虫，它小到可以在蚊子的眼睫毛上筑巢。这种小虫子在巢里一代一代地繁衍生息。它们经常在蚊子的眼皮底下飞来飞去，可是蚊子连丝毫的感觉也没有。”

齐景公说：“太妙了，我从来没有听说过这种新奇的事，那是什么虫子呀？”

晏子说：“我也不知道它确切的名字叫什么，只听说东海边有些渔民称这种虫子为‘焦冥’。”

齐景公十分感慨地说：“世界之大，真是无奇不有啊！”

寓言解读

大鹏和焦冥，是先人们想象中的极大和极小的生灵。宇宙中物质的存在和运动，形式是极其复杂、多样的，因此，我们对世界的认识和对知识的追求也是永无止境的。

望洋兴叹

寓言出处

选自《庄子》。

故事欣赏

绵绵秋雨不停地落，百川的水都流入黄河。水势之大，竟漫过了黄河两岸的沙洲和高地。河面也被水涨得越来越宽阔，已经看不清对岸的牛马了。河神见状欢欣鼓舞，他自我陶醉，以为天下美景已尽收自己的流域。

河神洋洋得意顺流东下，到达大海。朝东望去一片汪洋，看不见边际，这使他顿时大吃一惊，一扫洋洋自得的神情。他眺望无边的海神，不禁大发感慨：俗话说的真是好，只有见识短浅的人，才认为自己高明。这说的正是我这类的人啊！

一番反思，河神想到曾有人说过，即使是孔子的见闻与学识也还是有限的；伯夷的高尚品德也没能达到顶点。那时我并不相信这样的评价。今天我看到坦荡无垠的海神如此浩瀚广博，一望无际。在事实面前我才明白这话讲得对。要不，我的所作所为定会被深明大义的贤者所笑话。

听完河神的一番自省，海神开口了。他说，井里的青蛙由于受自身居住环境的限制，不可以同它讲大海；夏天的昆虫受季节的局限，不可以同它说冬天；见识浅的人孤陋寡闻，受教育有限，不会听懂大道理。现今，你河神走出河流两岸，眺望大海，开阔了眼界，知道自己渺小浅薄，才能同你谈谈大道理。

寓言解读

世界是无限的，人们对世界的认识也是无止境的。知道少的人，往往以为自己不知道的也少；知道多的人，才会懂得自己不知道的也多。自我满足是知识浅薄、眼光短浅造成的。